LA DONCELLA GUERRERA

Teresa Sagrera

Papel certificado por el Forest Stewardship Council*

Primera edición: febrero de 2022

© 2022, Teresa Sagrera
Autora representada por Sandra Bruna Agencia Literaria, S. L.
© 2022, Penguin Random House Grupo Editorial, S. A. U.,
Travessera de Gràcia, 47-49. 08021 Barcelona

Printed in Spain – Impreso en España

ISBN: 978-84-666-7080-7
Depósito legal: B-18.817-2021

Compuesto en Comptex&Ass., S. L.
Impreso en Rodesa
Villatuerta (Navarra)

BS 7 0 8 0 7

Para Albert,
con quien comparto
la vida y los sueños

Si queréis saber quién es este valiente guerrero, quitad las armas y veréis ser la Dama de Arintero. Conoced los de Arintero vuestra Dama tan hermosa, pues que como caballero fue con su rey valerosa.

INSCRIPCIÓN DEL ESCUDO
HERÁLDICO DE LA CASA DE
LA DAMA DE ARINTERO

El bien y el mal, la prosperidad y la adversidad, la gloria y pena, todo pierde con el tiempo la fuerza de su acelerado principio.

FERNANDO DE ROJAS, *La Celestina*

Prólogo

Marzo de 1476

El miedo es un veneno que lo inunda todo sin piedad; avanza cautelosamente zigzagueando entre los pensamientos; hurgando con encarnizamiento en cualquier brecha por minúscula que sea, hasta penetrar en lo más hondo de nuestra existencia. Actúa sin misericordia, persiguiendo la vulnerabilidad de una duda; la debilidad de una pena; la añoranza de otro tiempo. Nunca estamos a resguardo de su pernicioso efecto, quedando vilmente expuestos a él, desnudos como cuando vinimos al mundo, solos ante el frío infinito de la noche eterna. No hay guarida que pueda protegernos del hielo que corre por nuestras venas.

Juana García llevaba más de un año recorriendo los territorios de la Corona de Castilla junto a las tropas leales a Isabel la Católica. Más de un año viviendo prisionera dentro de aquella coraza de acero y de la armadura de cabeza del caballero Diego Oliveros. Y se sentía tan extraña como un huésped en una posada desconocida. El tiempo había macerado sus anhelos, y estos habían madurado hasta agriarse. Todo lo que en un primer momento le parecía venturoso y halagador, había mutado hasta resultarle nauseabundo. Pero es imposible huir cuando tú mismo eres el carcelero. No existe ninguna posibilidad de engaño. Ningún plan para una fuga perfecta. Todo está bajo control, y a la vez no se controla nada.

Las dudas se agolpaban dentro de su cuerpo, con una fuerza insoportable, a punto de desbordarse. ¿Por qué había dejado cuanto amaba para volcarse en lo desconocido? ¿Cuándo acabaría aquella maldita guerra? Las ansias de volver a ser ella misma eran más poderosas que cualquier otro fin. Y cada día que pasaba, se sentía más atada a un presente desgarrador que la iba carcomiendo poco a poco. Aquellos encuentros furtivos conseguían ahogar su dolor por unos instantes, aunque después avivaran aún más el deseo de liberarse de aquel yugo y el miedo a ser descubierta. Afortunadamente, por más atemorizada que estuviera, siempre conservaba el control sobre sí misma.

Cuando la nostalgia le resultaba tan devastadora como un agudo dolor, tan solo la consolaba la compañía de su caballo, Sultán. Aquel pura sangre árabe había sido un regalo de su padre y le recordaba los buenos momentos compartidos con él. Pasaba largas horas cepillando su pelaje negro azabache, cuidando y limpiando sus cascos, procurando que no le faltase ni la comida ni el agua o susurrándole muy cerca mientras el animal la observaba con aquellos ojos grandes, tan abiertos. Juana tenía la certeza que a él no había logrado engañarlo con su ropa de varón, porque su mirada iba mucho más allá, era capaz de ver su alma. Por eso, estar junto a él era la única posibilidad de sentirse ella misma.

Más de una noche, como aquella, tendida junto a la tropa, contemplaba las estrellas durante horas, sin poder dejar de pensar que eran las mismas estrellas que iluminaban la noche a sus hermanas y a sus padres. El firmamento de su añorado Arintero.

Y una pesadilla la perseguía a todas horas: no quería morir encerrada en aquella falsa identidad. Deseaba olvidar todo lo que habían visto sus ojos, tanta muerte innecesaria, tanta devastación, tantos abusos cometidos contra el pueblo por aquellos que decían luchar en nombre de los reyes de uno y otro bando. Nada tenían que ver todas las desgracias vividas con las historias gloriosas que había leído de jovencita en los libros de su padre. Le resultaba incomprensible que él, que había luchado en la guerra durante su juventud, que conocía sobradamente ese mundo, no la hubiera retenido en casa, aunque hubiese tenido que atarla. Había preferido arriesgar su vida, sabiendo que la enviaba al mismo infierno, para alimentar su orgullo.

Juana había necesitado todo aquel tiempo para darse cuenta de que quizá no era tan distinta a su madre y sus hermanas como ella imaginaba. Que ninguna vida justificaba luchar por la Corona de Castilla. Que era una mujer, que siempre lo había sido y se sentía orgullosa de ello. Que nada envidiaba a todos esos aguerridos caballeros que luchaban en nombre de una panda de nobles, y que se inclinaban por una u otra reina según sus propios intereses.

Quería poder regresar a Arintero y borrar de su mente los momentos que habían hecho crecer la fama del valor y el coraje de aquel guerrero valiente y esforzado, el caballero Diego Oliveros.

PRIMERA PARTE

Enero-febrero de 1475

1

Vientos de guerra

Pasada la Navidad, los vientos empezaron a remover aires de guerra por las tierras castellanas. Desde Hondarribia hasta las orillas del Guadalquivir, nobles, hidalgos, obispos y clérigos no hablaban de otra cosa. La noche del 11 de diciembre había muerto el rey Enrique IV, y no eran pocos los que creían que no había sido por causas naturales. Su hermanastra, Isabel, había tardado tan solo dos días en proclamarse reina de la Corona de Castilla.

Aquel domingo, 10 de enero de 1475, el cielo de Arintero era de color plomizo, y la humedad calaba hasta los huesos de aquellos que se habían atrevido a acudir a misa. Las montañas leonesas que abrazaban la aldea estaban cubiertas por un espeso manto de nieve. Dentro del valle, la nevada era mucho menor que otros inviernos, tan solo de tres o cuatro palmos, a diferencia de otros años en que los lugareños estaban acostumbrados a que la nieve les cubriera medio cuerpo. De las pequeñas casas de piedra con tejados de madera y paja se alzaban finas columnas de humo. Entretanto, los carámbanos del tejado de la iglesia dedicada a Santiago apóstol resonaban en un gotear continuo bajo el tenue sol de invierno, las campanas marcaban a desgana el mediodía y por la puerta de la casa del Señor, abierta de par en par hacia el sur, iban saliendo los feligreses.

Doña Leonor, rodeada de sus hijas como una gallina clueca, esperaba impaciente bajo el porche de la ermita a su esposo, el conde García de Arintero. Unos pasos por detrás de ellas, en la entrada, justo al lado de la pila bautismal, el hombre acababa de empezar una conversación con el párroco. No parecía que tuvieran prisa por terminar, y hacía demasiado frío para quedarse aguardando con los pies entumecidos. De manera que la señora de Arintero tosió educadamente para llamar la atención de su esposo, este dejó de hablar con don Miguel, se giró y se la quedó mirando. Entonces, doña Leonor aprovechó para despedirse con discreción de ambos, bajando levemente la cabeza cubierta con un tocado a modo de reverencia. Y a continuación se dirigió a su hija mediana, que estaba un poco apartada del grupo, con voz afectuosa y cálida:

—Juana, nosotras nos vamos para casa —dijo, más como una información que esperando realmente que ella las siguiera.

—De acuerdo, madre.

La hija mayor, María, no pudo evitar lanzarle una mirada de desaprobación a su hermana, al tiempo que cogía a su madre del brazo que tenía libre, pues al otro lado estaba Inés, la segunda de sus hijas. Blanca y Elvira, las dos hijas menores, de tan solo ocho y cuatro años, correteaban jugando entre las columnas del porche, persiguiéndose, empujándose y riéndose, ausentes de cuanto allí pasaba.

María tenía veintiún años, y parecía increíble que a su edad pudiera ser tan gris. Callada y reservada, se había convertido en la sombra de Inés. Esta era un año menor que ella y no gozaba de buena salud. María la cuidaba con auténtica devoción cristiana y máxima entrega, no se separaba de su lado durante todo el día. Y nada de lo que hacía Juana le parecía bien, sentía por ella verdadera envidia, porque, en el fondo, a ella también le hubiera gustado llevar la vida despreocupada que aquella llevaba. Pero le habían impuesto un sentido de la responsabilidad tan férreo que no la dejaba vivir.

Juana las siguió con la vista mientras se iban alejando sobre aquella alfombra de nieve, decidida a esperar a su padre, como de costumbre, para regresar con él. Nunca había sabido encontrar su sitio entre tantas mujeres, era la tercera de cinco y siempre tuvo la sensación de ser distinta a ellas. Aunque esto tampoco le preocupaba en exceso.

Juana no era como sus hermanas, María e Inés, que desde la infancia aceptaron dócilmente el papel que les correspondía como mujeres: aprender a ser buenas esposas para el día que su padre les acordara un buen matrimonio. Se sentían dichosas de ser hijas de los condes de Arintero, a pesar de no pertenecer a la alta nobleza, vivían cómodamente en una casa solariega con cuadras para el ganado mayor, una corte para el menudo y numerosas aves de corral, y además disponían de una caballeriza con hermosos caballos de tiro y de monta. Su padre tenía grandes posesiones, y contaban con unos cuantos servidores que se encargaban de las tareas del hogar, del cuidado de los campos y del ganado. La máxima ocupación de María e Inés, así como la de su madre, era bordar y rezar. Y Blanca y Elvira, desde la distancia, seguían sus mismos pasos, aunque en aquel momento vivían todavía en su mundo particular, alejadas de las preocupaciones de los adultos.

Desde niña, Juana sentía pasión por los animales, en especial por los caballos. Aprendió a cabalgar a horcajadas muy pronto, bajo la mirada crítica y el temor de su madre, mientras su padre se regocijaba de sus logros. Pronto compartieron largos paseos, visitas a las cuadras y malestar cuando a uno de los caballos le aquejaba alguna dolencia. A menudo lo acompañaba a negociar a casa de algún vecino que se había atrasado en los pagos.

Fue la única de todas sus hijas a la que le regaló un corcel; las demás nunca mostraron por esos animales el más mínimo interés. En ese momento el conde no pensó que aquel hecho pudiera preocupar a sus otras hijas. Pero tales diferencias, poco a poco, fueron abriendo una brecha entre ellas, en principio minúscula, imperceptible, pero que fue acrecentándose con el paso de los días.

Juana necesitaba el contacto con la naturaleza, no podía permanecer encerrada en la casa señorial, el olor de los montes la hacía sentir viva. Le encantaba beber en los manantiales. Se deleitaba viendo crecer las primeras flores de genciana. Se sentía renacer al bañarse en el agua helada del río. Adoraba el contacto de la niebla resbalando por su piel. Disfrutaba corriendo en medio del rebaño. Le embelesaba recostarse sobre la alfombra verde de los prados. Amaba el ruido de las reses entre los chopos... Por lo demás, solo tuvo interés en que su padre le enseñara a leer y a escribir con la pluma y el tintero. En poco tiempo se leyó los pocos libros que había en la casa. Se los llevaba a escondidas y los leía en el bosque. Los que más le gustaban eran los de caballerías, soñaba con aquellos viajes por tierras lejanas, luchando por la justicia y el honor, combatiendo junto con otros caballeros, convertida en el paladín de los oprimidos.

Juana andaba perdida en aquellos pensamientos mientras iba rodeando la iglesia y su macizo campanario. Observaba cómo habían cambiado su apariencia las plantas cubiertas de nieve, cómo algunos árboles sacudían el pesado manto de sus ramas y buscaba su reflejo en los pequeños charcos helados del camino que habían ido abriendo desde la aldea hasta la iglesia, para a continuación pisarlos delicadamente con sus botas y ver cómo su imagen cristalina se resquebrajaba en mil pedazos.

La joven oía de lejos la conversación que mantenía su padre, ya que tenía la costumbre de hablar en un tono de voz alto —estaba habituado a mandar e imponerse sobre los demás—, pero le costaba de entender lo que decía el párroco. Enseguida se dio cuenta de que aquella no era una simple charla, y fue acercándose sigilosamente, sin que ellos la oyeran, para saber de qué se trataba.

El conde García era el señor local, perteneciente a un linaje que descendía de uno de los tres hermanos leoneses que destacaron en la defensa de la ciudad de León cuando esta fue ganada a los musulmanes. Y como tal, gozaba de un trato especial por parte del párroco. Mantenían una relación que los favorecía mutuamente. No podía decirse que se tratara de amistad, sino más bien de un juego de intereses pactado; más que mirarse, se estudiaban; más que escucharse, se interpretaban.

Don Miguel tenía un rostro extraño. Su cara era una máscara de cristal del color del pergamino muerto, en la que destacaba una prominente nariz de gancho y unas cejas espesas que enmarcaban unos ojos de zorro a punto de degollar a una gallina.

Al párroco le gustaba arrastrar sus palabras con cierta cadencia, como si estuviera pronunciando un sermón, con una lentitud que enervaba al conde García, que era puro genio.

—El rey Enrique ha terminado sus días dejando la nobleza dividida, los pueblos descontentos, el patrimonio real disipado y las Cortes privadas de autoridad. Todo, sin duda, fruto de un rey negligente que ha dejado muy debilitada a la Corona —afirmó don Miguel.

—Por eso, cuando la princesa doña Isabel, el 13 de diciembre pasado, fue aclamada reina de Castilla y León en Segovia, pocos de los grandes acudieron a rendirle obediencia —dijo el conde.

—Efectivamente, como tampoco se dieron prisa en llegar los procuradores de ciertas villas y ciudades. Según parece, son bastantes los nobles que no reconocen a la infanta Isabel como la nueva reina de Castilla —exclamó el párroco.

—Cuando Madrid, villa propiedad del marqués de Villena, se negó a considerar a doña Isabel como reina, se hizo evidente que su consolidación en el trono iba a ser complicada. Aunque imagino que ella albergaba la esperanza de conseguir que Villena y los demás partidarios de Juana terminaran aceptándola como reina de Castilla —continuó el conde.

—En este momento ya ha podido comprobar que no va a ser así. Pero no debéis olvidar que la reina Isabel cuenta con el valeroso apoyo de la Santa Sede, además de con la poderosa familia Mendoza —insistió don Miguel.

—Lo sé, así como también tengo constancia de que el bando nobiliario que apoya a Juana la Beltraneja se concentra en torno a los linajes de los Pacheco y los Zúñiga —dijo el conde.

—Efectivamente, son dos frentes demasiado poderosos. Por eso, la posibilidad de lograr un acuerdo que permita una sucesión pacífica se ha ido desvaneciendo —le contestó el párroco.

—¿A qué os referís? —dijo el conde alzando aún más la voz.

—Su Majestad la reina Isabel ha hecho un llamamiento a las principales ciudades castellanas reclamando su obediencia a ella como su reina y señora natural y hermana y legítima y universal heredera.

El conde frunció el ceño y apretó las quijadas de pura impotencia al escuchar aquella declaración. Él, que había servido en las tropas del rey Juan, era ahora demasiado mayor para dar cumplimiento a su deber. Y aquella situación lo colocaba en un terreno delicado que no sabía cómo afrontar.

—Soy hidalgo de solar, pertenezco a una casa solariega, mis cuatro abuelos poseían hidalguía acreditada, sé bien que esta condición me obliga a aportar un caballero armado al Ejército real —dijo el conde, resguardándose las manos en el tabardo de lana negra, pues se le estaban quedando heladas.

—Tenéis razón, sois hidalgo por los cuatro costados, pero... —el párroco se removió inquieto dentro de la casulla, sabía que sus palabras no serían bien recibidas.

—Pero... Sí, por desgracia Dios ha querido castigarme con la maldición de tener tan solo cinco hijas.

Juana escuchó estas palabras desde uno de los laterales de la iglesia, sin que ellos supieran de su presencia. Fueron para ella las palabras más dolorosas que había oído pronunciar en sus dieciocho años de vida. Sin saber cómo continuaría la conversación, arrancó a correr entre la nieve hasta la orilla del Villarías, con el corazón desbocado y las lágrimas pugnando por ahogar la pena tan inmensa que sentía en aquel momento. Esperaba que el murmullo familiar del agua le hiciera olvidar aquellas palabras que no debía haber escuchado nunca.

Limpió una de las piedras de la orilla y, sin importarle ensuciarse la ropa, se sentó encima y estuvo llorando largo rato, mecida por la música de la corriente que bajaba con fuerza, esperando que su padre apareciera en su busca y con su presencia le hiciera comprender que todo había sido un malentendido y que se sentía orgulloso de ella. Pero nada eso ocurrió. Fueron pasando las horas y empezó a oscurecer. Y Juana, muerta de frío, finalmente decidió regresar a su casa, con la esperanza de ser recibida por su padre con los brazos abiertos. Pensaba que, así, su reflejo en el hielo volvería a estar intacto.

La torre señorial del conde era un edificio grande, a diferencia del resto de casas de Arintero. Al entrar, Juana vio a su padre en la sala principal, sentado frente a la mesa de nogal, acompañado de una jarra de vino, y, a juzgar por su estado, llevaba rato bebiendo. Parecía que la estancia había sido arremetida por un vendaval: sillas por el suelo, parte de la vasija rota, vino derramado... Juana lo miró de lejos, desde la puerta, sin que él se hubiera percatado de su llegada. Bajo la penumbra de los candelabros y los últimos tizones que se consumían sepultados entre las escasas brasas del hogar, aquella escena parecía aún más terrible. No le costó imaginar que su madre y sus hermanas se habían retirado a las habitaciones, siempre callando, aceptando sumisamente cuanto les enviara la vida. Juana sintió pena de sí misma al comprobar que nadie la estaba esperando, y sintió aún más pena por su madre y sus hermanas y por su forma de ser.

Entró en la sala silenciosamente y empezó a recoger todo aquel estropicio. Entonces, el conde alzó ligeramente la cabeza, como si le costara un auténtico sacrificio soportar su peso, y posó sus ojos de animal herido en su hija, maldiciendo a Dios con un grito ahogado, que nadie pudo oír, por no haber hecho que naciera varón.

Juana respiró aquel resentimiento, porque de tan denso como era, llenaba todo el espacio. Notó que le faltaba el aire, que no podía respirar. Y por una vez en la vida, no encontró la manera de expresar su pena, porque las palabras le taponaban la garganta como si fueran piedras. Por fin, en un doloroso esfuerzo, tan solo fue capaz de articular tres:

—Buenas noches, padre— murmuró con voz temblorosa.

Ambos se miraron incómodos y apenados. Juana se marchó de la sala dejando un profundo rastro de tristeza, que alguien con un mínimo de olfato hubiera podido seguir por las escaleras hasta su habitación en el primer piso, sabiendo que aquella iba a ser la noche más desconsolada de su corta existencia.

2

La decisión

Aquella noche transcurrió muy lenta. Juana dio mil vueltas en su cama. Tenía la suerte, o la desgracia, de no compartir habitación con sus hermanas, de manera que nadie se dio cuenta tampoco de eso. María e Inés dormían en una misma estancia y Blanca y Elvira en otra; no recordaba en qué momento, ni por qué motivo se había decidido que fuera de aquella forma y no de otra. Juana no pudo dejar de pensar en todo lo sucedido durante aquel día. Después de reflexionar durante horas, llegó a la conclusión que lo mejor sería olvidar lo ocurrido. Y finalmente, ya de madrugada, cayó rendida, con la infantil ilusión de que a la mañana siguiente todo se habría restablecido y su mundo volvería ser como antes.

Por desgracia no fue así, y los días que siguieron fueron un auténtico calvario. Cuando su padre supo que la reina de Castilla había enviado heraldos a caballo que recorrían todo el territorio proclamando un llamamiento para enrolarse en su ejército, su comportamiento empeoró de manera impredecible. Él, que siempre había honrado la herencia del linaje, andaba a todas horas dando evidentes signos de ebriedad. Huraño y esquivo, rehuía cualquier encuentro con los demás miembros de la casa. Enojado de día y de noche, pasaba el tiempo sentado frente a la mesa de nogal de la torre solariega, intentando olvidar su suerte, vaciando una jarra de vino tras otra. Torturándose con la idea de que, por primera vez en siglos, ningún señor de Arintero acudiría a la llamada de la Corte. Sentía su honor mancillado y sabía con el certeza que aquel hecho tendría consecuencias, la relación con el señor de Aviados se vería resentida y su posición debilitada. Y le resultaba humillante pensar que algunos vecinos se preparaban para marchar hacia Benavente a fin de unirse al ejército como peones, al igual que harían también los vástagos de otros hidalgos.

Su esposa, desconcertada, procuraba hacer el mínimo ruido para no enfurecerlo, y había dado órdenes al servicio de que nadie lo molestara. Nunca antes lo había visto comportarse de aquel modo. Bebía para olvidar su mala fortuna, pero el alcohol, lejos de calmar su ira, lo enervaba aún más. Doña Leonor hacía lo posible para actuar como si nada estuviera sucediendo. No hablaba de ello, ni con su esposo, ni con nadie, como si el simple hecho de no hablarlo pudiera cambiar aquella situación. Y lo que era aún más grave, en el fondo se sentía culpable, pensaba que él tenía razón: si le hubiera dado un varón, aunque solo fuera uno, todo cuanto estaba sucediendo no habría ocurrido jamás. Juana podía leer en la expresión de su madre, así como en el tono sumiso de su voz, lo que esta pensaba. Y dudaba de si le dolía más la actitud de su padre o la de su madre.

Pero ella no estaba dispuesta a fingir. Intentó por todos los medios arrancarlo de allí.

—Padre, ¿por qué no me acompaña a dar una vuelta a caballo? Hace días que Sultán no sale de la cuadra y está muy nervioso.

—No tengo ganas de pasear, ve tú si quieres. Ya le he pedido a Hugo que se ocupe de cuanto sea necesario.

—Pero...

—¿Acaso no me has comprendido? —exclamó alzando la voz.

Juana y Hugo se conocían desde que este había empezado a servir a su padre siendo casi un chiquillo, poco después de quedar huérfano. Entre ellos había ido creciendo una celosa rivalidad, pues ambos ambicionaban la predilección del conde. Era poco mayor que ella y acostumbraba a acompañar a su señor en todas sus salidas, tanto si era a cazar, como a la feria de Medina del Campo, o por negocios.

Juana no soportaba la idea de pensar que su padre depositaba toda su confianza en Hugo. Cuando coincidían en las cuadras, no intercambiaban palabra, pero él no podía disimular una vana satisfacción por reconocerse como la mano derecha del conde.

Una semana después, aquel padre sereno, justo y de perfil imponente, pese a haber pasado ya la cincuentena, había envejecido prematuramente, deambulaba por la casa sin asearse y se había transformado en un verdadero extraño, dominado por un genio fuera de control. Las hermanas de Juana se mantenían apartadas de él, esperando dócilmente a que regresara aquel padre que ellas conocían. Pero la cólera lo consumía, a pesar de los intentos de su esposa por aliviar su rabia. Ni los mejores platos, ni las palabras más dulces, ni las atenciones más serviles conseguían amansar su furia.

Aquel día, doña Leonor había hecho preparar un jugoso almuerzo para su esposo y se dispuso a servírselo ella misma. Casi no había tenido tiempo de colocarlo en la mesa, cuando el conde estalló en gritos:

—¡Déjame, mujer! Nada de cuanto hagas va a poder compensar el hecho de que no hayas podido parir un solo hijo entre tantas hembras —exclamó, acompañando sus últimas palabras con un manotazo para apartar el plato, esparciendo la comida por el suelo.

Ella no contestó. Se quedó allí, de pie, clavada en el piso de madera, cabizbaja, iluminada por una triste luz de aceite, sin osar dirigirle una sola palabra a quien era amo y señor de aquel hogar.

—En mala hora pariste cinco hijas, mujer, cinco, y ni un solo varón que pueda cumplir con mi deber de aportar un caballero armado al Ejército real. —exclamó a gritos, con la lengua medio trabada y una agresividad propia de su embriaguez.

Y al pronunciar aquellas palabras golpeó con fuerza la mesa cerrando el puño. Entonces ella se arrodilló en silencio, con los ojos encharcados ante aquel desconocido, y empezó a recoger el potaje del suelo, mientras las lágrimas desbordaban sus ojos.

Juana acudió rápidamente a la sala, alertada por los gritos. Y esta vez las palabras salieron de su boca sin control, para su propia sorpresa y la de sus padres.

—Calle, padre, calle, ¡No diga tal maldición!

La reacción de Juana generó un extraño efecto en el conde, que no estaba acostumbrado a que nadie se atreviera a contestarle. Ella temblaba como una hoja, esperando la respuesta de su padre. La madre ni tan solo respiraba, aguardando la peor de las tempestades. Pero no hubo tal respuesta; el conde bajó la cabeza y guardó silencio, ensimismado en sus pensamientos. Y eso resultó más doloroso para Juana que un grito despavorido. No podía soportar ver a su padre transformado en un monstruo al que temían y del que huían su madre y sus hermanas.

Por aquel motivo, aquel mismo día se tragó el orgullo y fue al encuentro de Hugo, para que colaborara con ella. Eso era algo que nunca se hubiera imaginado que podría llegar a pasar. Pero pensó que si había alguna posibilidad de que el joven hiciera reaccionar a su padre, valía la pena intentarlo.

Los días de invierno eran todavía muy cortos en aquella aldea encaramada en el valle del Curueño. Hacía un tiempo hermoso, aunque frío. El sol de aquella tarde de mediados de enero estaba a punto de esconderse por el horizonte, pintando el cielo de un abanico de tonalidades que iban del color de la granada, pasando por el amatista brillante de las violetas silvestres, hasta el magenta pálido de las malvas o el rosa suave de las flores de almendro. Juana detuvo a Sultán, su caballo, embrujada ante tanta belleza. Vio a Hugo en un prado a lo lejos, controlando las cabezas de ganado del conde. Se acercó al galope hasta él, con el afán de demostrar que era un buen jinete.

—Buenas, Juana, que os trae por aquí. ¿Me echabais en falta? —exclamó en tono jocoso el muchacho.

Ella tuvo que dominarse para no explotar. Pero era inteligente y sabía contenerse cuando le interesaba. Apretó con fuerza los puños, clavándose las uñas para no dejarse llevar por sus impulsos y actuar con serenidad.

—He venido a hablar contigo.

Juana bajó del caballo para quedar a la misma altura que él. Y aprovechó aquel valioso tiempo para tranquilizarse y encarar de forma más serena la conversación.

—Me parece genial que finalmente accedáis a reconocer que tenéis que valorarme como es debido —dijo Hugo, que no podía disimular cuánto estaba disfrutando de aquella situación.

—No estoy de humor.

—Lástima.

—... Quiero pedirte un favor... —dijo, roja como una amapola de la vergüenza, al tiempo que suavizaba el tono de su voz.

—Perdonad, no he entendido qué me habéis dicho —añadió con aire de triunfal ironía.

—Necesito pedirte un favor —respondió Juana, esforzándose por sonar amable.

Llegados a aquel punto, Hugo empezó a darse cuenta de que la muchacha no hacía buena cara y respondió sin burlarse de ella:

—¿Qué ocurre, Juana?

—Es mi padre, lleva muchos días sin salir de casa. Está extraño... —no se atrevía a decir las cosas por su nombre.

—No veo el problema, todos tenemos días mejores y peores, pronto volverá a ser el de siempre.

—Verás...

—Si queréis que os ayude, vais a tener que ser un poco más sincera.

—Desde que se enteró de que la reina ha hecho un llamamiento a alistarse para ir a la guerra, y de que por su edad él no podrá participar, se pasa el día bebiendo. Anda con un genio incontrolado.

Hugo se sorprendió mucho, no era consciente de que su señor estuviera pasando tan malas horas.

—De acuerdo, mañana mismo acudiré a vuestra casa para intentar que venga conmigo con alguna excusa —dijo el muchacho muy serio.

A Juana le dolía haberse tenido que rebajar de aquella forma ante quien consideraba su rival. Pero si de algo estaba segura, era de la fidelidad de Hugo y del afecto que sentía por su señor, como si se tratara de su propio padre. Por este motivo, si él podía hacer que reaccionara, ya daba por bien empleado el sacrificio. Y antes de montar de nuevo a Sultán, le dio las gracias y se marchó de la misma forma en que había llegado.

Al día siguiente, a primera hora, una de las sirvientas anunció la llegada de Hugo a la casa del señor de Arintero. Antes de entrar, el muchacho observó el escudo que había sobre la puerta y que dejaba constancia de linaje de la familia. Asomó la cabeza, y al verlo, María corrió hacia la entrada para recibirlo. No podía disimular sus sentimientos, llevaba años perdidamente enamorada de él, esperando con resignación que algún día Hugo se percatara de su existencia.

—Buenos días, Hugo, ¿a que debemos tan agradable visita? —dijo sonrojándose la hija mayor del conde.

—Buenos días, María. He venido a ver a vuestro padre.

—Creo que en este momento está ocupado despachando algún asunto importante. Si quieres, puedes dejarme el encargo a mí, y yo misma se lo haré llegar, no te quepa la menor duda.

María no quería que Hugo viera a su padre en el estado en que se encontraba los últimos días.

—Sois muy amable, pero prefiero hablar directamente con él si no os importa, es un tema delicado.

En aquel momento entró Juana en escena para disgusto de su hermana, que enseguida se dio cuenta de que aquella acaparaba toda la atención de Hugo.

—¿Buenos días, qué te trae a nuestra casa? —dijo, intentando ser amable, pues era consciente de que él le estaba haciendo un favor.

—Buenos días, Juana, vengo a hablar con vuestro padre. Espero no ser una molestia.

—No, en absoluto. Adelante, seguro que se alegrará de verte.

María se quedó helada solo de pensar en cómo encontraría a su padre. Y clavó sus pupilas en la nuca de Juana, que avanzaba a paso firme, acompañando a Hugo hasta el estudio donde estaba el conde. La muchacha golpeó con suavidad la puerta con los nudillos, lo anunció, y sin esperar que el conde respondiera, le dio paso y se quedó fuera.

—Buenos días, señor —lo saludó mientras hacía un reconocimiento general de la estancia.

La pieza era pequeña y estaba iluminada por la poca luz que llegaba desde una raquítica ventana. El ambiente olía a humedad y a alcohol, era evidente que no se ventilaba desde hacía mucho tiempo. En la pared había algunas estanterías con unos cuantos libros, además de los documentos de cuentas de sus negocios, cartas censales, manuscritos de compraventa y alquiler, cartas de dote, testamentos y otras escrituras. Y en un rincón, cubierto de polvo, un tablero de ajedrez con las piezas a punto de empezar una partida. El señor de Arintero estaba sentado frente a la mesa de escritorio, que era un auténtico caos de papeles, cuadernos de notas, un tintero y una pluma. Una jarra de vino y un vaso ocupaban el lugar presidencial, dejando muy claro cuál era el asunto que estaba despachando.

El joven intentó con todo su empeño arrancar al conde de la silla, hacerle ver que era imprescindible que lo acompañara a visitar a uno de los vecinos que últimamente mantenía una actitud muy desafiante y tenía problemas con los otros aldeanos.

—No te pago para hacer yo la faena, muchacho. De manera que vete espabilando, ya no eres un chiquillo. Si no he perdido la cuenta, este año cumplirás los veinticinco.

—No, no ha perdido la cuenta, ya los cumplí, señor.

—Pues no me vengas con sandeces y ocúpate de tu trabajo.

—Pero, señor...

—¿Me has comprendido? —dijo alzando la voz y dando por terminada la conversación.

Decepcionado, Hugo comprobó que no conseguiría nada, y que no hacía falta seguir intentándolo. Se despidió con educación y pasó por el lado de Juana, que había ido avanzando hacia la entrada de la casa. Al cruzarse con ella, la miró directamente a los ojos, elevando las cejas y los hombros ligeramente, como queriendo demostrar que lo había intentado, pero que no había conseguido el resultado deseado. Juana suspiró impotente y tampoco dijo nada.

María salió de nuevo al encuentro del joven, tratando de captar su atención, pero le sirvió de bien poco. A Hugo no le apetecía alargar más tiempo aquella visita, y se despidió sin dar más explicaciones, dejándola plantada en el zaguán.

Entonces Juana pensó que ya no tenía otra alternativa y se decidió a dar el último paso de los muchos que había estado estudiando detenidamente durante todas aquellas noches de insomnio. Entró decidida en el estudio de su padre, pensando que era mejor no dejar pasar más tiempo. Por las tardes siempre andaba mucho más cargado de alcohol y sería imposible hablar con él. El conde tenía los codos encima de la mesa y se sujetaba la cabeza medio caída con ambas manos.

—Padre, quiero hablar con vos.

—¿Qué ocurre, Juana? —preguntó con la boca pastosa, dejando muy claro que tenía muy pocas ganas de hablar, mientras alzaba lentamente la cabeza y miraba a su hija.

—Hace demasiados días que ando dándole vueltas a esta situación. Lo he pensado mucho...

—¡Habla de una vez, por Dios! —dijo, al tiempo que alzaba la voz y retiraba los codos de encima la mesa.

—El señor de Aviados reclama a alguien de nuestra casa para ir a la guerra, ¿verdad?

—No me recuerdes mi desgracia.

—¡Yo iré a servir al rey!

Entonces el conde, perplejo, alzó de nuevo la mirada, una mirada llena de desesperación, propia de alguien que, con el paso de los años, ha aprendido que en esta vida no todo es posible por mucho empeño que pongamos en ello.

—Hija, tú no puedes ir a la guerra. En la guerra no hay

lugar para las mujeres —contestó frunciendo el ceño y suspirando, pero esta vez con un tono de voz más amable.

—Nadie ha de saber mi secreto, padre, partiré a la guerra como si fuera un hombre —le dijo, aproximándose a la mesa para estar más cerca de él.

—¡Las cosas no son tan simples!

—Lo sé. Pero... Vos tenéis un libro que habla de la historia de Juana de Arco, aquella acomodada campesina francesa que fue a la guerra contra Inglaterra.

—¿Con qué permiso has hurgado en mi biblioteca?

—Vos me enseñasteis a leer y a escribir.

—En mala hora.

—No digáis esto. Ella fue a la guerra vestida de varón para defender a su rey.

—Los libros te han llenado a cabeza de fantasías. ¿Sabes cómo termino sus días Juana de Arco?

—¡Lo sé!

—¿Y qué quieres, acabar como ella, en la hoguera?

—No, quiero defender vuestro honor, si es que para vos eso es tan importante.

—Eres una mujer, ya va siendo hora de que te comportes como tal —dijo a voz en grito, dando por terminada la charla.

Juana salió de allí como una flecha y se fue corriendo hacia sus aposentos, chocando a su paso con María, que había escuchado la conversación y se alegraba de que su padre, por primera vez en la vida, le hubiera hablado claro. A pesar del disgusto que llevaba encima, Juana no se dio por vencida, tenía la seguridad de que si seguía insistiéndole a su padre conseguiría su propósito, como había hecho siempre hasta entonces.

3

La negación

Hugo vivía como arrendatario en una pequeña casa en Arintero propiedad de su señor. Una planta baja muy humilde, con tan solo dos habitaciones, donde apenas cabía una mesa, un banco, un lecho y un par de arcones para guardar las pocas pertenencias que tenía, y donde todo, inevitablemente olía al humo del hogar. Contaba con un reducido patio que incluía un huerto y una letrina. Pero aquel poco era suficiente para marcar una distancia entre él y los mozos y criadas que se alojaban en alguna de las estancias de la torre señorial.

Después de aquel infructuoso encuentro con el señor de Arintero le estuvo dando vueltas a lo sucedido un par de días, hasta que tomó una decisión, y entonces se presentó de nuevo en la casa del conde, decidido a hacerle una propuesta que podría cambiar el curso de los acontecimientos.

La primera sorprendida al verlo de nuevo allí fue Juana, que no comprendía el motivo de la visita, pero su intuición le decía que debía permanecer atenta.

—Buenos días, Juana.

—Buenos días.

La joven le franqueó la entrada mientras lo estudiaba detenidamente con la mirada, temiéndose lo peor. Y arrepintiéndose de haberle dado vela en aquel entierro.

—¿Qué te trae por nuestra casa?

—Me gustaría hablar con tu padre.

Enseguida se dio cuenta de que no tenía ninguna intención de adelantarle cuál era su propósito, pero su silencio lo delataba. Su condición de varón le otorgaba unas ventajas de las que ella, aun siendo hija del conde, no podía disponer.

Juana lo acompañó hasta la pequeña habitación donde su padre lo había recibido en su última visita, de la que apenas se movía desde hacía días, y se quedó allí, para saber qué había venido a decirle.

—Buenos días, señor, me gustaría hablar con vos.

—Ya te dije que te espabilaras, que no me vinieras con memeces.

—Lo sé, pero tengo una propuesta que hacerle, aunque si me lo permite, me gustaría hacérsela a solas.

Juana continuó impávida, como si aquel comentario no fuera destinado a ella. Dispuesta a no moverse de allí si no se la llevaban a la fuerza. Su padre andaba demasiado turbado para importarle que la conversación fuera o no en solitario, ni para fijarse en las miradas que intercambiaban ambos jóvenes.

—Dime, lo que tengas que decirme, no tengo toda la mañana para escucharte.

—He estado pensando...

—¿Qué?

—Vos necesitáis a alguien que vaya a la guerra en vuestro lugar...

El señor de Arintero se limitó a observarlo, pero no le contestó.

—Yo puedo ocupar su puesto.

Juana se adelantó hasta situarse enfrente de su padre, entre ambos. Y habló mirando fijamente a Hugo a los ojos, desafiándolo hasta el punto de llegar a avergonzarlo y conseguir que guardara silencio.

—¡Tú no eres su hijo! —dijo montando en cólera—. Me niego a aceptarlo. No podéis permitir que alguien que no tiene nuestra sangre os represente.

El conde se alzó de la silla y fue hasta su hija:

—¡Juana, cálmate! —dijo, tratando de imponer su autoridad.

—No quiero calmarme, aunque sea una mujer, soy vuestra hija. Antes iré yo a la guerra que él, que tan solo es vuestro vasallo —dijo muy sofocada.

—¡Juana, por favor! —insistió el conde.

—No, yo también puedo ir a la guerra. Vos podéis prepararme. Nadie ha de saber que soy mujer —insistió, completamente fuera de sí.

—¡Juana!

—Yo iré a servir al señor de Aviados, conde don Ramiro Núñez de Guzmán y Osorio, en vuestro nombre.

—¿Pretendes deshonrarme? ¡Las mujeres no pueden ir a la guerra!

—¡Me vestiré como varón!

—¡Igualmente, hija! ¡Tienes los pechos demasiado crecidos para parecer varón!

—Compradme un jubón apretado, ya veréis como nadie nota mi condición.

Entonces Hugo se decidió a dar un paso al frente y probar un nuevo intento, esperando tener más suerte en aquella ocasión:

—Señor, hacedme caso y no accedáis a esta locura. Permitidme que sea yo quien acuda a servir al rey en vuestro nombre.

Juana se giró enervada hacia él, gritándole casi a la cara mientras clavaba su mirada en él. Rabiosa por el hecho de ser de menor estatura que él y tener que alzar la vista para retarlo con los ojos. Entre ellos apenas si cabía un pie, y ni tan siquiera el aire se atrevía a correr:

—Siempre has querido ocupar mi lugar. Pero has de saber que, a pesar de ser una mujer, su hija soy yo.

De tan crispada, la situación había adquirido un aire de regañina entre niños, hasta el extremo de que el conde decidió poner punto y final a aquella pelea infantil. Alzó los dos brazos y se impuso con su voz atronadora:

—¡Basta yaaaaaa!

Por un instante reinó el silencio, un silencio de tensión e incomodidad. Sin embargo, aquel silencio, que había conseguido vencer la oposición del conde, también estaba contribuyendo a que bajase la guardia. Todo parecía indicar que su inflexible negación inicial había empezado a desmoronarse como un castillo de arena.

El señor de Arintero, en vista de lo ocurrido, pensó que todo era culpa suya. Él era quien había permitido que Juana, desde pequeña, obrase como si fuera un muchacho, a pesar de las quejas y advertencias de su esposa y de las envidias de sus hermanas al verla convertida en la niña de sus ojos. Porque a él, lejos de molestarle, le agradaba su forma de ser, y excusaba su comportamiento con la edad, creyendo que ya tendría tiempo de quedarse en casa y actuar como una mujer.

Juana y Hugo se habían quedado helados, a la espera de oír qué diría finalmente el conde. Se miraban, incapaces de saber cómo iba a terminar aquella discusión. Y entonces el señor de Arintero empezó a hablar, dirigiéndose primero a él:

—Hugo, agradezco tu ofrecimiento. Sabes que eres mucho más que un simple vasallo para mí. Y contar con tu apoyo siempre me ha sido de gran ayuda.

A medida que el conde iba hablando, el muchacho se sentía reconfortado. Y esperaba que de un momento a otro le daría su aprobación, convencido de que había ganado la batalla. Juana los miraba a ambos con una impotencia absoluta, temiendo escuchar el final del discurso de su padre.

—Pero, efectivamente, no eres mi hijo.

Aquella afirmación cayó sobre Hugo como un jarro de agua fría, mientras que, por el contrario, actuó como un bálsamo para los oídos de Juana, que empezaba a respirar más tranquila. El conde miró fijamente a su hija, y le dijo:

—Juana, me honra saber que eres tan valiente y que estarías dispuesta a ir a la guerra en mi lugar...

Ahora era ella la que no cabía en su piel al oír aquellas palabras. Se sentía embriagada por el triunfo.

—¡Pero..., eres una mujer!

Segundo jarro de agua fría. Los dos jóvenes lo miraban pasmados, sin saber adónde pretendía llegar el conde con aquel discurso.

—Por todo esto... He decidido que...

Las cuatro pupilas de los jóvenes se clavaron en él; sus corazones estaban a punto de estallar, convencidos de que no podrían soportar por mucho más tiempo aquel misterio. Y llegó el veredicto final:

—He decidido darte una oportunidad, hija mía.

—¡Muchas gracias, padre!

—No he terminado de hablar, escúchame primero.

—¡Sí, vos diréis!

—Si realmente estás dispuesta a ocupar mi lugar entre la mesnada, tendrás que someterte a un duro entrenamiento.

—¡Eso no supondrá ningún problema! —dijo entusiasmada.

—Escucha antes y calla hasta que haya terminado. La guerra no es un juego, como no lo va a ser el adiestramiento que deberás superar. Y dicho adiestramiento correrá a cuenta de Hugo, él será tu instructor.

—Pero, padre...

—¡Calla y déjame acabar! Hugo es quien mejor puede

prepararte —desvió la mirada hacia el muchacho y añadió—: Demuéstrame tu lealtad de este modo. Adiestra a mi hija como si fuera el varón que pretende ser. Sin compasión, porque en la guerra no va a encontrarla. Y si es capaz de soportar dos meses de dura preparación, transigiré con que vaya a alistarse bajo una falsa identidad. Si no consigue soportar la instrucción, irás tú en su lugar, representando a nuestra familia.

—Padre...

—No pienso discutir más sobre este tema, si estáis de acuerdo con el trato, mañana mismo empezará el adiestramiento bajo mi atenta supervisión. Solo una última cosa...

Los dos se quedaron de nuevo en silencio, impertérritos, sin atreverse a respirar, esperando aquella última aclaración.

—No aceptaré trampas, por encima de todo está la honradez. Un auténtico caballero debe hacer honor a los principios de caridad, lealtad y verdad, no lo olvidéis nunca.

La conversación terminó allí, sin que ninguno de los dos tuviera la sensación de victoria, era un acuerdo agridulce que los contentaba a todos en parte, sin ser lo que habría deseado ninguno de ellos.

4

El entrenamiento

La noticia de la llegada del rey Fernando a Segovia, la tarde del sábado 2 de enero, para reunirse con la reina Isabel, pronto se extendió por todas las ciudades de Castilla. Todo el mundo comentaba los detalles de la impresionante recepción que nobles y delegados de la ciudad le habían ofrecido. Habían salido a las afueras a recibirlo, y lo habían conducido a la ciudad bajo un palio real en un suntuoso desfile, acompañado de los dos máximos dignatarios de la Iglesia de Castilla: el arzobispo de Toledo, don Alonso Carrillo de Acuña, y el cardenal de España, don Pedro González de Mendoza. Y en Segovia, el rey Fernando juró los privilegios de la ciudad. El día 15, los monarcas firmaron la Concordia de Segovia, un acuerdo para gobernar el reino, que alejaba las discrepancias entre los nobles castellanos y aragoneses y que les permitiría formar un bloque sólido para enfrentarse al enemigo que se iba perfilando y que pretendía arrebatarles el trono.

Aquel mismo viernes, dos días después de que el conde tomara una decisión, tenía que empezar el entrenamiento de Juana a cargo de Hugo. El señor de Arintero conservaba la esperanza de disuadir a su hija del empecinamiento en pocos días. Las órdenes al vasallo de su máxima confianza fueron claras y contundentes, se trataba de demostrarle que ella no tenía la fuerza ni el cuerpo que se requerían para soportar una batalla. Aquel cometido, a Hugo le producía una sensación de doble victoria. Era, en definitiva, la manera de poner a cada cual en su sitio, de evidenciar ante los ojos de Juana quién era el ganador de la partida. Ya no era una niña y tenía que aceptar la realidad: ella era una mujer y no podía ser un guerrero, por eso tenía claro que sería él quien iría a la guerra en representación del conde.

Aquella mañana de mediados de enero era despiadadamente gélida en Arintero. El aire olía a frío inverno y al humo de leña seca que quemaba en la residencia señorial. Juana salió de casa en compañía de su padre. Fuera les aguardaba Hugo montado en su caballo, un rocín basto que le había regalado el conde y que nada tenía que ver con Sultán, el pura sangre de su hija. A pesar de no montar la mejor cabalgadura y la poca alzada de esta, el muchacho lucía una figura distinguida, era de cuerpo fuerte y bien proporcionado. Rebosaba energía y tenía una piel cocinada a fuego lento por el sol y el aire de la montaña.

Después de saludarse con el debido respeto, el joven pidió que fueran a por sus corceles. Cuando los mozos hubieron ensillado las monturas, el conde y Juana salieron con sus cabalgaduras del establo y Hugo los condujo hasta un prado próximo al Villarías. El afluente del Curueño bajaba con fuerza su paso por aquella pequeña aldea. Afortunadamente, la nevada de aquel invierno era mucho menos abundante de lo habitual y podían moverse a caballo, aunque con dificultad.

Hugo la miró con aquellos ojos suyos, brillantes y negros como un tizón que hacía tiempo que habían enamorado a María, pero que a ella no le despertaban el más mínimo interés, más bien al contrario. Juana se había recogido el pelo en una cola, siempre que podía prescindía de llevarlo cubierto con un pañuelo o un tocado. Y vestía calzas, camisa, capa y botas. Disponía de aquellas vestimentas, ya que hasta entonces su padre le había permitido proveerse de la indumentaria necesaria para moverse con agilidad en sus actividades habituales. El señor de Arintero se quedó a una cierta distancia, sobre su montura, contemplando la escena con el firme propósito de mantenerse al margen.

—Para ser un caballero hace falta fuerza, destreza con el caballo y habilidad con las armas, entre otras muchas cualidades. Hoy empezaremos con la fuerza —dijo, haciendo alarde de superioridad.

Juana, al igual que Hugo, ya había bajado del caballo y se encontraba con los pies clavados en la nieve. Lo observaba sin pestañear, dispuesta a afrontar la prueba que le propusiera su instructor. Aun sabiendo que la fuerza no era la mayor de sus virtudes.

—Deberás trasladar las piedras que están junto a la orilla y llevarlas hasta aquel fresno. Y cuando estén todas allí, devolverlas de nuevo al riachuelo.

La muchacha no se quejó. Aceptó aquel reto con determinación, convencida de que el entrenamiento no iba a ser
fácil. Hugo había dispuesto junto al Villarías unas veinte ro-
cas, de unas dos arrobas[1] de peso, que ella tenía que trasladar a unos cincuenta pies de distancia andando por la nieve.
Al segundo viaje, Juana se quitó la capa, le molestaba y ya
no sentía el frío. Con los brazos tullidos estuvo cargando piedras de un sitio a otro, moviéndose con dificultad, con la ropa
mojada, pero sin protestar, sin cambiar la cara, aunque al cabo
de las horas le dolían tanto las piernas, las manos y brazos
que casi ni se los notaba. Hugo, igual que su padre, la observaba sorprendido, esperando que de un momento a otro se
diera por vencida, pero no fue así.

Aquella noche cayó rendida en la cama, no sin antes re-
zarle a la Virgen para que le diera fuerza para soportar tan
duro adiestramiento. El segundo día salió preparada con
guantes, tenía las puntas de los dedos casi en carne viva.
Aquel día y los seis siguientes transcurrieron aproximadamente como el primero, aunque cada jornada le resultaba
más difícil levantarse por la mañana, no había una sola parte
del cuerpo que no le doliera. Pensaba que no sería capaz de
soportarlo y se repetía una vez tras otra que debía aguantar,
a pesar de tener cada vez dudas más consistentes sobre su
capacidad de resistencia.

Habían pasado ocho días desde que empezó la instruc-

1. Antigua medida de peso castellana equivalente a 11,502 kg.

ción, y esa mañana era una de las más crudas de aquel invierno. El cielo era plomizo, y comenzaban a caer unos grandes copos de nieve espesa que iban engrosando el manto que ya cubría el suelo. Juana, por un momento, pensó que quizá eso la salvaría.

—La guerra no se detiene los días de mal tiempo —dijo Hugo, que parecía alegrarse de la nieve que caía.

Su padre, como todos los días, la observaba sentado desde su cabalgadura, abrigado de pies a cabeza con un gabán que le resguardaba del frío y el temporal, doliéndose de cada uno de los viajes que hacia su hija. Rogando por que desistiera lo antes posible y terminar de una vez aquella agonía.

El viento soplaba con tal fuerza que levantaba remolinos de nieve por los aires, castigando el rostro de Juana, que llevaba al descubierto. Le dolían los ojos y apenas veía nada. Tenía que ir parpadeando todo el tiempo para poder ver por donde andaba. Con la ropa empapada, el cuerpo de la muchacha parecía aún más pequeño. Avanzaba lentamente bajo aquella cortina oblicua de copos de plata, rogando a la Virgen que le diera la fuerza necesaria para soportar aquella prueba. Fatigada de caminar trabajosamente con nieve hasta las rodillas, tropezó y se cayó. El conde se levantó de un impulso, pero no se movió. Ella llenó de aire helado los pulmones y se volvió a alzar. Llegó un momento en que estaba tan dolorida y agotada que estuvo a punto de rendirse y admitir que había sido una locura, cuando de pronto oyó que decían:

—No creo que tarde mucho señor, en cuestión de poco tiempo se dará por vencida. ¡Estoy seguro!

Fingió no haberlos escuchado. Pero la afirmación de Hugo se clavó en sus carnes como un aguijón que inoculó en ella la fuerza necesaria para seguir resistiendo durante el resto de la jornada.

Por la tarde, cuando llegaron a casa, apenas quedaba luz y el viento continuaba rugiendo sin piedad. Tras la rendija de la puerta, la madre los estaba esperando, y una miaja de claridad se hundía en la nieve como una espada. Tenía la cara desencajada, no podía dar crédito a que su marido estuviera consintiendo tal barbaridad. Lo fulminó con la mirada. Pero él entró sin mediar palabra y sin posar la vista en ella; quería convencerse de que estaba obrando correctamente, a pesar de que le había costado más soportar aquel día a él que a su hija y que, en más de una ocasión, estuvo a punto de detener aquel tortuoso entrenamiento. Sabía que, si miraba a los ojos a su esposa, no podría ocultar todos aquellos pensamientos, y ella, con su sabia intuición, sabría leer en ellos su vergüenza.

Leonor no dijo nada, pasó uno de los brazos de su hija por encima de su hombro y llamó a María para que la ayudara, porque Juana apenas podía sostenerse, temblaba de agotamiento y de frío, de un modo tan escandaloso que la madre se asustó, pues no recordaba haber visto nunca a nadie temblar de aquel modo. La acompañaron hasta su habitación, donde ya había un barreño de agua preparado. Aquel era un capricho que acostumbraban a darse bien pocas veces al año. Pero aquel día la señora de Arintero había hecho preparar a las sirvientas un baño caliente para su hija, consciente de que lo iba a necesitar. Aparte de eso, poca cosa podía hacer más por ella, ya que era tan obstinada como su esposo.

Cuando la tuvieron dentro de aquel tonel de madera con flejes de metal, María las dejó, no podía resistir por más tiempo todas las atenciones que le dedicaba su madre. Estaba convencida de que todo cuanto le sucedía a su hermana se lo había buscado, era tan fácil como renunciar a aquel adiestramiento estúpido y aceptar que fuera Hugo quien ocupara su lugar.

La madre la tapó con una sábana para que no perdiera calor y la arropó en silencio con sus brazos. Separadas tan solo por aquella fina ropa, Leonor le entregó toda su ternura en el más acogedor de los silencios. El vapor envolvió el cuerpo castigado de Juana, que lloró de cansancio y de dolor, solo de pensar que quizá no podría soportar el adiestramiento un día más. Aquel fue el momento más íntimo que había compartido nunca con su hija.

Leonor la secó con ternura y delicadeza. La ayudó a ponerse una camisa, la arropó en la cama como cuando era una niña y la besó en la frente. Antes de salir de la habitación llevándose el candelabro, pudo escuchar a su hija:

—Muchas gracias, madre.

Juana no tuvo tiempo ni de pronunciar una oración antes de quedarse dormida.

A la mañana siguiente, Leonor pudo oír a su esposo en la entrada hablando con Hugo mientras aguardaban a Juana para continuar con la instrucción. Y, haciendo gala de un arrojo que casi nunca mostraba, la señora de la casa se presentó frente a ellos.

—Hoy es domingo, es el día del Señor, día en que los buenos cristianos descansan —dijo Leonor con voz segura y resuelta.

Ni su esposo, ni el joven vasallo se atrevieron a contradecirla. Ella tampoco dio pie a que pudieran responder, dejándolos allí plantados. De manera que se emplazaron para continuar a la mañana siguiente. La fortuna quiso que aquel domingo no siguiera nevando y no se acumulara más nieve.

5

La cota de malla

Disponer de un día para recuperarse ayudó a Juana a estar en mejores condiciones aquella mañana, a pesar de sentirse muy débil y completamente dolorida. No sabía a qué ejercicio tendría que enfrentarse, pero la consolaba ver que el amanecer era claro, aunque el frío era más vivo que nunca. Se reunieron en el mismo prado a la salida de la aldea, allí la aguardaba una cota de malla de casi media fanega,[2] poco menos de la mitad de su peso. Hugo le ordenó que se la pusiera encima de la ropa.

—Un caballero, para poder ir a la guerra, lo primero, debe poder soportar el peso del arnés.

Las palabras de Hugo se convertían en neblina en el momento en que salían de su boca. Juana se alegró de pensar que no tendría que cargar piedras, pero continuaba sin saber qué le esperaba.

—Si estás preparada, empezaremos la ruta.

Hugo comenzó a andar, la muchacha se dispuso a seguir-

2. Antigua medida de capacidad para áridos que, en Castilla equivalía a 55,5 l.

lo y el conde montó en su caballo para acompañarlos. Ella enseguida se dio cuenta de que caminar con aquel peso encima no iba a ser sencillo. Se movía lenta y cautelosamente a través del suelo cubierto de nieve, acompañada por el ruido metálico de las anillas al chocar las unas contra las otras. Su instructor cruzó un pequeño puente de madera sobre el Villarías. Pasado el arroyo, tomó un sendero que se dirigía hacia el sur y empezó a remontar la ladera que conducía hacia la collada de Arintero y que era el paso hacia Valdehuesa.

Juana no soportaba la idea de no saber a qué debería enfrentarse, cuál era el objetivo de aquel día. Pero siguió caminando con esfuerzo, respirando profundamente, avanzando a duras penas entre aquel manto blanco e intentaba concentrarse en la belleza del paisaje inmaculado que lo envolvía todo mientras el sol iba levantándose, esperando que en algún momento Hugo lo desvelara. Antes de llegar a la collada de Arintero, Hugo giró hacia el norte para empezar a remontar los calizos inicios del Pico Gudín. Conforme avanzaban, la capa de nieve era más alta y la dificultad de avanzar crecía. Juana se notaba las calzas completamente mojadas, le dolían las piernas del gran esfuerzo por intentar abrirse camino entre la nieve.

El conde decidió bajar del caballo y seguirlos a pie guardando cierta distancia, ya que el manto nivoso había ido aumentando de espesor y abrirse paso también resultaba un problema para el animal. Hugo, de vez en cuando, se giraba para ver si aún estaban tras él. Juana sentía las gotas de sudor resbalando por su espalda, pues cargar con la cota de malla en aquellas condiciones le suponía un gran trabajo.

Una vez pasado el pico Gudín, había otra ladera, donde el muchacho se detuvo y aguardó a sus acompañantes, que tardaron bastante en llegar. El cielo claro y despejado dibujaba ante ellos unas vistas impresionantes. El paisaje blanco cubría cuanto tenían a la vista, desde la aldea hasta las cumbres. Llevaban más de una hora caminando y aún les faltaba el tramo más duro, el ascenso al cordal.

—Hoy lo dejaremos aquí. Mañana subiremos la cresta hasta la peña Forcada.

Todavía quedaba el descenso, pero a Juana aquellas palabras le sonaron a música celestial. Tanto, que a pesar de estar a punto de caer por los suelos un par de veces, de haberse humedecido tan solo la boca con un puñado de nieve de vez en cuando, el ruido de la cota de malla le pareció un tintineo de campanas celebrando su victoria.

Cuando llegaron a la torre señorial, Juana pudo desprenderse de toda aquella ropa mojada y recuperarse junto al hogar con una sopa de ajo caliente que le había hecho preparar doña Leonor y que a ella le supo a comida de ángeles. Todas aquellas atenciones disgustaban al conde, consciente de que no hacían más que darle aliento y retrasar la derrota de su hija, insuflando más aire al fuego. Aunque nada le dijo a su esposa, habían entrado en una guerra abierta. Los dos tenían el mismo objetivo, pero curiosamente remaban en direcciones opuestas.

La siguiente jornada no fue tan difícil de resistir para Juana, ya que sabía a qué se enfrentaba y pudo ir mentalizándose durante la noche. Pensando en cuál sería la mejor forma de conseguir su propósito. El día acompañaba, brillaba el sol y no hacía viento, y como la muchacha estaba concentrada en conseguir su objetivo, fue racionando su energía con una fuerza de voluntad inquebrantable. Parando cuando necesitaba reponerse, sujetándose con una mano el abdomen para aliviar el flato y repitiéndose interiormente, una y otra vez, que lo conseguiría. Cuando llegó a la cima, pudo saborear la victoria sobre la nieve espesa y, con los rayos del sol acariciándole el rostro, plantó ambos pies bien separados, abrió los brazos en cruz para impregnarse de la fuerza de la montaña y miró al cielo. Una majestuosa águila sobrevolaba las montañas. Juana fijó la vista en ella, siempre había estado enamorada de esas aves, y se sintió en comunión con el bello animal. Le pareció escuchar una voz desde lo más hondo de su ser, como si el águila le estuviera hablando, y le dijera que lo iba a conseguir, que no se rindiera.

El resto de la semana hasta el sábado transcurrió de manera parecida, caminando por las peñas que rodeaban Arintero entre la nieve, soportando el viento helado y el peso de la armadura, siempre bajo el vuelo de una de aquellas rapaces, acumulando rozaduras en su delicada piel. Por suerte, jugaba a su favor que estaba muy en forma, desde pequeña estaba muy acostumbrada a escalar aquellas cumbres.

Y por fin llegó el domingo, que desde la intervención de doña Leonor era respetado como día de descanso. Aquella noche le costó dormir, imaginando y temiendo cuál sería la próxima prueba.

6

La espada

Después de tomar un buen tazón de leche y una hogaza de pan, que su madre cuidaba que tuviera preparados cuando se levantaba, Juana se dirigió a caballo con su padre hasta la pradera cercana al Villarías, que se había convertido en el punto de encuentro.

—Hoy empezaremos a entrenar con la espada. Pero primero lo haremos con una de madera. Poneos la cota de malla y también esta armadura de placa y el casco.

Juana hizo lo que su instructor le ordenaba, aunque pensaba que tanta preparación era ridícula para competir con una espada de madera. Hugo también se puso una armadura de placas y un casco. Y se dispuso a empezar el combate. Ella se emocionó solo de pensar que tendría ocasión de dar rienda suelta a la rabia que había acumulado hacia él durante las últimas semanas. Pero al tercer cruce de espadas, Hugo ya la habría ensartado si se hubiera tratado un duelo real. Volvieron a empezar, y al segundo movimiento él ya le había tirado la espada al suelo de un golpe.

—Para empezar, debéis mantener el cuerpo en una buena

postura, vertical, semiladeado, y vuestro peso distribuido entre ambas piernas para aguantar bien el equilibrio. ¡Intentadlo de nuevo!

Hugo se dio cuenta enseguida que aprendería rápido, era inteligente y muy ágil, se movía como una ardilla a pesar de la nieve. Y con ello podía compensar la fuerza que le faltaba en los brazos. Al principio le costaba dominar la espada. Hugo se puso a su lado y la ayudó a colocar el brazo indicándole la posición:

—¡Así, bien recta!

Entonces le ordenó que diera un paso hacia delante y descargara el primer golpe.

—Los pies firmes, no podéis moverlos. ¡Otra vez!

Ella repitió el embate con furia. Hugo pensó que, aunque no supiera manejar la espada, no le faltaba brío ni capacidad de reacción. Y volvió a corregirla:

—¡No! Los dos pies deben estar en el suelo. ¡Bien rectos!

Juana volvió a intentarlo.

—¡Noooo!

Y repitió la acometida tantas veces como fue necesario sin protestar, hasta que empezó a mejorar la técnica del manejo del arma. Entonces Hugo dio por finalizado el ejercicio. La hizo caminar sobre una barra de madera más estrecha que sus pies, que había montado entre dos piedras, para que aprendiera a guardar el equilibrio. Tenía las botas mojadas de la nieve y resbalaba. Fue a parar al suelo en más de una ocasión, pero por suerte aquella esponjosa capa blanca suavizaba la caída. El capacete de Hugo —un yelmo básico que le cubría tan solo el cráneo— no podía ocultar la sonrisa que se le escapaba por debajo de la nariz. Pero, a ella, lejos de desalentarla, aquello le daba más fuerza. Juana nunca se daba por vencida. Era muy obstinada y no se conformaba con la derrota, perseveraba incansablemente hasta conseguir aquello que se le había metido entre ceja y ceja.

—No tan rápido. El equilibrio está en vuestra cabeza.

Después de intentarlo varías veces sin éxito, descansaron unos minutos y volvieron al combate con las espadas de madera. A lo lejos, su padre iba controlando el entrenamiento, y cada vez veía más complicado que su hija se rindiera; habían pasado ya tres semanas y continuaba resistiendo. Podía adivinar el orgullo en el brillo de sus ojos, que indicaban que estaba dispuesta a llegar hasta el final costara lo que costara.

Las siguientes dos semanas, sustituyeron las espadas de madera por las de hierro, que pesaban considerablemente más, y añadieron también la protección de un escudo. Poco a poco sus brazos y sus piernas se iban fortaleciendo.

—La tenéis que sostener firme hacia delante para mantener al enemigo alejado. Y el escudo debe serviros para cubriros.

Hierro contra hierro, hacia un lado y hacia el otro, arriba, abajo, una y otra vez. Sin querer, Juana iba bajando los brazos de cansancio.

—Arriba los brazos ¡Venga! ¿Sois un guerrero o una chiquilla?

Aquella pregunta insidiosa enfureció a Juana, que avanzó con ímpetu, gritando:

—¡Aaaaaaaaaaaaaah!

Y atacando con todo su embate, como si fuera un vendaval, pilló a Hugo desprevenido y le hizo caer la espada sobre la nieve. Herido en su orgullo masculino, no tardó en recoger el arma y volver al combate. La boca que asomaba por casco de Juana, hablaba sin palabras, haciendo evidente su satisfacción.

La sexta semana empezaron el entrenamiento con lanza de hierro para que se acostumbrase a sostenerla y a manejarla, empezando por entrenar sin caballo.

—El objetivo es romper la lanza del adversario o derribarlo.

Juana tardó varios días en familiarizarse con el uso de la lanza, para lo cual tuvo que romper unas cuantas. Y también se cayó al suelo a menudo, agradeciendo ser acogida por la nieve. Hasta que no empezó a sostenerla con cierta seguridad, Hugo no añadió los caballos al entrenamiento, protegiéndolos para que no resultaran heridos en el combate. El muchacho le enseñó a fijar la lanza en un punto de apoyo de la armadura.

—Es muy importante tener cuidado con las astillas que saltan al romperse. A menudo provocan las heridas más graves.

Con los días, Juana fue ganando destreza con la lanza y cada vez la manejaba con más seguridad. Sin embargo, se sentía mucho más cómoda peleando con la espada, ya que era mucho más ligera.

Tal como había establecido doña Leonor, el domingo se lo tomaron de descanso, y los condes y sus hijas fueron a la iglesia como de costumbre. Ya estaban en marzo y aunque las noches continuaban siendo muy frías, durante el día las temperaturas eran más agradables y el sol había ido derritiendo la nieve. Antes de comenzar la ceremonia, don Miguel aprovechó para intercambiar algunas palabras con el conde. Empezaron hablando del tiempo, pero bien pronto la charla se dirigió hacia las preocupaciones compartidas.

—He sabido que a principios de febrero los reyes convocaron a los procuradores de las villas y ciudades a las Cortes en la ciudad de Segovia —dijo el párroco.

—¿Y cuál era la intención de doña Isabel y don Fernando? —preguntó el conde.

—Al parecer, el motivo principal era jurar a la infanta doña Isabel por princesa y heredera de los reinos de Castilla a falta de varón —respondió don Miguel.

—¿Y pudieron conseguir tal propósito? —inquirió el conde.

—Por lo que dicen, no, a pesar de la convocatoria, doña Isabel no fue jurada. Y, por si fuera poco, mientras la corona sigue en la balanza, los partidarios de doña Juana, presunta hija del rey Enrique IV, andan negociando su casamiento con su tío, Alfonso V de Portugal, a quien dan su apoyo para que entre en Castilla a conquistar el reino por las armas.

El conde se sentía inquieto ante la posibilidad de que saliera en la conversación el tema del llamamiento a la guerra y el hecho de no tener ningún hijo varón que poder enviar en su representación. Sabía que el párroco era astuto como un zorro, y no quería levantar ninguna sospecha que lo pudiera perjudicar. Por eso se dio prisa en terminar cuanto antes aquella charla.

—Perdonad, padre, siempre es un placer hablar con vos. Pero creo que se ha hecho tarde, los feligreses aguardan desde hace un rato la celebración de la misa y creo que no deberíamos hacerles esperar más.

Al párroco le molestó aquella interrupción abrupta y la expresión fría, irascible y áspera de su cara, en unos segundos se transformó en tensión felina. Esbozó una mueca ridícula y se dirigió hacia el interior de la ermita sin más.

7

La cacería

La octava semana se suponía que iba a ser la última, y el adiestramiento le reservaba una novedad inesperada a Juana. La noche anterior apenas pudo dormir de los nervios, viendo tan cerca la victoria. Pensando que con todo el sufrimiento acumulado durante aquellas semanas, ni siquiera había tenido tiempo de darse cuenta de que estaban llegando a mediados de marzo y muy pronto sería primavera.

Al amanecer, su padre ya la aguardaba en la entrada. Aquel día Hugo fue a reunirse con ellos en su casa. Al verlos, les desveló el motivo:

—Hoy saldremos de cacería con las lanzas. Podéis ir a recoger vuestros caballos y protegerlos como es debido para tal actividad. Necesitamos también que tres de los criados preparen a los perros y se dispongan a acompañarnos.

A Juana le dio un vuelco el corazón. Amaba a los animales, nunca había soportado verlos sufrir. Estaba convencida de que no iba a ser capaz de participar en una cacería. El cielo azul de la mañana se desplomó sobre ella con todo su peso. Era como si el cuerpo se hubiera quedado paralizado. No era capaz de ejecutar ningún movimiento, ni de pronunciar una sola palabra.

Hugo clavó su mirada en ella, retándola a decir lo que estaba pensando, y que él sabía a ciencia cierta, para poder responderle con rotundidad: «Si no podéis matar un animal, menos aún seréis capaz de matar a una persona». No tuvo ocasión de verbalizar sus pensamientos, no fue necesario, porque ella los leyó en sus ojos y bajó la mirada, vencida.

Una vez listos, partieron los tres a caballo junto con los sirvientes, que iban a pie, acompañados de seis perros. Todos parecían estar alegres, pensando en el día que les esperaba. Hugo giró la cabeza hacia la muchacha y se recreó en sus palabras:

—Hoy disfrutaremos de un día muy especial. La caza es aún mejor adiestramiento para la guerra que las justas.

Al llegar al bosque, los criados prepararon el desayuno, ya solo quedaban algunas manchas de nieve en los rincones más umbríos. Era el momento de discutir qué presa capturarían. Hugo fue directo:

—Iremos a la caza del ciervo. Esperaremos a que uno de los criados encuentre deposiciones para escoger cual será el objetivo de nuestra captura.

No tardó en presentarse uno de los hombres, orgulloso de ser él quien traía el preciado regalo. Hugo tomó en sus manos las deposiciones y las observó con detenimiento, las olió y las desmenuzó, dejando claro que no era la primera vez que realizaba un análisis como aquel.

—Estas nos sirven, se trata de un animal joven y en perfecto estado de salud.

Juana sintió que le faltaba el aire, que no podría continuar, mientras contemplaba a los perros inquietos oliendo aquellos excrementos que les permitirían distinguir aquel ciervo de entre cualquier otro. Montaron de nuevo a caballo y los seis sabuesos empezaron a rastrear el bosque frenéticamente, olisqueando aquí y allá, corriendo entre los matorrales en busca del rastro del animal. Tardaron poco más de una hora en localizar la presa. Los perros enloquecieron al dar con ella, los caballos avanzaron al galope. Juana sentía como se le aceleraba el corazón. Los perros cercaron al ciervo, apartándolo del grupo. El animal bramaba espantado, pero no se movía. Debía de tener aproximadamente un año, y a pesar que ya se acercaba la primavera, aún no había perdido las cuernas, que eran unas simples varas sin ramificaciones. Los jinetes sujetaban las riendas con la mano izquierda y tenían la lanza a punto en la derecha.

—Juana, debes clavarle la lanza al ciervo, te corresponde a ti —le ordenó Hugo con autoridad.

Ella no respondió, era incapaz. Se quedó allí plantada sin reaccionar, no se sentía con fuerzas para hacerlo. De pronto, su cuerpo se negaba a obedecer la orden, pues era su corazón quien lo regía, no su cabeza.

—Venga, Juana, o se escapará, no podemos esperar más —gritaba Hugo azuzándola.

Pero ella seguía petrificada, como si no lo hubiera oído.

Entonces el muchacho tomó la iniciativa y avanzó con la lanza alzada a galope tendido para impactar con la máxima fuerza sobre el cuerpo del animal y atravesar su gruesa piel y sus fuertes músculos hasta llegar a uno de los vasos sanguíneos principales. El ciervo lanzó un sonoro berrido de dolor que pudo escucharse desde lejos, dobló las patas y se derrumbó golpeando el suelo con su cuerpo. Estuvo quejándose durante unos minutos, hasta que Hugo bajó del caballo y le clavó el puñal con determinación, ahogando su último suspiro de terror.

El casco privó a Hugo y a su padre de ver las lágrimas de Juana, que tenía mirada clavada en los grandes ojos oscuros del animal, devorada por una tristeza insoportable. Pensó que iba a caerse de la cabalgadura cuando vio que los sirvientes lo descuartizaban. El olor a sangre y a vísceras invadía cada palmo de la montaña. Sentía aquel hedor penetrante hundiéndose con una fuerza punzante en sus carnes, hasta que un profundo mareo la obligó a bajar del caballo y vomitar todo lo que tenía en el estómago. Hugo miró al conde, convencido de que aquella prueba no la podría superar. Pero su padre, que la conocía mucho mejor, no lo tenía tan claro.

Regresaron en silencio. Aquella tarde no hubo adiestramiento, Juana se encerró en su habitación y no quiso ver a nadie. No comió en todo el día, no durmió durante la noche. Veía sangre y vísceras por todas partes. Sabía que estaba en el último peldaño, que se lo jugaba todo a una carta, y fue entonces cuando tomó la decisión.

A la mañana siguiente, repitieron el mismo ritual del día anterior, pero cambiaron la presa, en aquella ocasión se trataba de un lobo. Los perros lo acorralaron y entonces llegó el esperado momento:

—¡Juana, ahora!

Hugo pronunció aquellas palabras convencido de que se repetiría una escena similar a la que habían vivido la vigilia. Pero no tuvo tiempo de volver a decirlas, porque la muchacha avanzó con una rabia sorprendente y le clavó la lanza con todas sus fuerzas al animal, que cayó muerto en el instante de la estocada.

Justo después, Juana se dirigió a galope tendido hacia su casa. Subió a su habitación y no se movió de allí en todo lo que quedaba de día. Adoraba los animales, había aprendido a cuidarlos desde pequeña y le resultaba incomprensible matarlos sin ningún motivo. Y sin embargo, lo había hecho. Era un mar de contradicciones. Sabía que se enfrentaba al momento decisivo que haría decantar la balanza por el vencedor y que aún le quedaban cinco jornadas por delante. Había llegado a odiar a Hugo por el modo en que la estaba poniendo a prueba.

El tercer y cuarto día llovió con intensidad y no hubo forma de encontrar ningún animal al que dar caza. Juana bendijo la tormenta con todo su corazón, y no le importó en absoluto permanecer durante largas horas bajo la lluvia. Hugo tuvo que aceptar que no todos los días se podía capturar una presa.

Pero el viernes amaneció despejado. Hugo andaba convencido de que aquel día debía ser el decisivo. Él también tenía ganas de zanjar aquel asunto cuanto antes, y albergaba la esperanza de poder ir en lugar del conde a alistarse con la tropa. La rivalidad y la tensión entre los dos jóvenes había ido aumentando en forma de escalada durante aquellas semanas hasta llegar al punto álgido.

—Hoy iremos a la caza del jabalí.

Juana se quedó helada al escuchar aquellas palabras. Sabía que esa presa era la que representaba un mayor peligro, ya que se trataba de un animal capaz de defenderse, así que para capturarla era imprescindible tener los nervios de acero y la cabeza fría. Pero también había aprendido que quien lo conseguía se ganaba un reconocimiento especial. No en vano era considerada una de las mejores piezas en la caza de montería.[3]

Durante horas, Juana, Hugo, el conde y los tres sirvientes recorrieron a pie el bosque con los perros atados a las traílas,[4] en busca de un rastro. Juana, una vez más, vestía la cota de malla y la armadura de placas, que le impedían avanzar a un ritmo normal. Pero hacía tantas semanas que llevaba el arnés encima, que ya no reparaba en él, estaba empezando a convertirse en su segunda piel. Por suerte no llevaba ningún animal atado y podía avanzar al ritmo que ella misma se marcaba. Cuando los perros finalmente encontra-

---

3. Caza de animales de caza mayor.
4. Correa larga para atar a los perros en la cacería.

ron un rastro, empezaron a ladrar desesperados. Y ella sintió que todo su cuerpo se tensaba como las cuerdas de un laúd. Pronto apareció ante sus ojos una hembra de jabalí de más de tres codos[5] de largo desde el morro hasta la punta de la cola. Con ella había tres crías pequeñas, rayadas, que estaban aún en periodo de lactancia. Por suerte para los cazadores, el macho no se encontraba en el grupo, pues acostumbraban a ser de mayor tamaño y con unos caninos prominentes. Eso facilitaba mucho las cosas. Los sirvientes miraron a Hugo, la caza de aquella hembra contravenía todas las normas establecidas. Nunca se daba caza a animales con crías pequeñas. Pero él tenía prisa por alcanzar la victoria y les hizo una señal con la cabeza para que siguieran adelante, a lo cual el conde no puso ninguna objeción. La hembra intentó oponer la máxima resistencia mientras el grupo la amenazaba con unas lanzas especiales provistas de una cruceta justo detrás de la punta. Aquel día el conde también había querido participar de la cacería, pues le resultaba algo demasiado atractivo para limitarse a ser un simple espectador.

Juana intentaba no pensar, pero miraba a aquella hembra y a sus jabatos de apenas tres meses y se le encogía el corazón. Los perros los acechaban sin parar con la boca muy abierta, llena de espuma por la rabia con la que ladraban mostrando sus largos y afilados colmillos. De repente, la hembra, en un desesperado intento por salvar a sus crías, avanzó

5. Medida lineal tomada desde el codo a la punta de los dedos. Codo común o geométrico: media vara castellana = 41'795 cm.

enloquecida y arremetió contra su padre, derribándolo. Entonces Juana, sin pararlo a pensar, la acometió con gran rapidez y le clavó la punta de hierro con todo su ímpetu, de antes que nadie tuviera tiempo de reaccionar. La lanza entró por la boca del animal y la cabeza hasta llegar al pecho. El gruñido agonizante se oyó en todo el bosque y el animal murió de inmediato. Juana se lanzó al suelo junto a su padre, que estaba perfectamente, tan solo aturdido por aquella vorágine de hechos acontecidos en tan poco tiempo.

—Padreeee!

—¡Estoy bien, estoy bien... Guerrera!

En aquel momento, sin que el conde hubiera pronunciado ningún veredicto sobre el adiestramiento de las últimas semanas, por la forma en que la miró a los ojos, Juana supo que había ganado. Y Hugo comprendió que la fuerza no tan solo se encuentra en los brazos, sino que nace de las vísceras y se refleja en la intensidad de la mirada.

8

Los arreos

Aquel domingo amaneció claro y reluciente. Aún quedaba nieve en las montañas, pero los días eran más largos y en el valle, los urces y las retamas empezaban a prepararse para cubrir las laderas de florecillas moradas y amarillas.

Habían pasado dos días de la cacería del jabalí. El conde aún no había comunicado su decisión, y aunque Juana se sentía ganadora, no tenía la seguridad de serlo. Aquella mañana, su padre los había convocado a Hugo y a ella, y era previsible que a partir de entonces se esclarecerían todas las dudas.

Juana esperaba impaciente en su habitación desde hacía horas. Dudaba de como vestirse: con sus ropas de siempre o con las del adiestramiento. Pero, finalmente, se puso una gonela y se recogió el pelo con una cofia. Al fin y al cabo, en su casa tampoco tenía que engañar a nadie. Cuando escuchó la puerta, y a Hugo hablando con María, tuvo que hacer un esfuerzo para no precipitarse escaleras abajo, ansiando el momento de proclamarse vencedora. Pero esperó a que la llamaran.

Las últimas dos semanas casi no había visto a su madre. Como que Inés no se encontraba muy bien y hacía algunos días que guardaba cama, doña Leonor andaba tras ella procurándole todas las atenciones y cuidándose de que le prepararan alguna cosa que le abriera el apetito, mientras que María no se movía de su lado, como de costumbre. Blanca y Elvira se pasaban las horas con una de las sirvientas que intentaba que no alteraran el silencio de la casa y que fueran cuanto más invisibles mejor. Juana pensó en las pocas horas que había compartido con todas sus hermanas, por diferentes motivos, sobre todo con las pequeñas.

Bajó los peldaños uno a uno, respirando profundamente, e intentando buscar en su interior la fuerza necesaria para afrontar lo que su padre hubiera decidido.

—No hace falta que te demores más, te están esperando. —dijo con acritud María, que era quien la había llamado a gritos desde la entrada.

Juana pasó por su lado sin contestarle. Era habitual que María le hablara en tono de reproche y que no le pareciera bien nada de lo que ella hacía. Hugo ya había entrado en el pequeño estudio del padre y los dos la aguardaban en silencio. El conde estaba de pie tras la mesa y su aspecto nada tenía que ver con el que ofrecía unas semanas antes, en aquella misma estancia.

El señor de Arintero empezó a hablar dirigiéndose a su hija, mientras la miraba a los ojos y dejaba pasear los dedos de la mano derecha por su rostro.

—Bien, ha llegado el momento de dictar un veredicto. Te has sometido a un duro adiestramiento sin protestar en ningún momento y sin rendirte, aunque algunas veces te haya resultado imposible realizar aquello que se te pedía.

Juana escuchaba a su padre hecha un manojo de nervios, ocultando las manos para que no la delataran. No podía disimular hasta qué punto le temblaban, ni que ya no le quedaban uñas que morder. Miró de reojo a Hugo, y lo descubrió haciendo el mismo gesto. Él, al notarse sorprendido, rectificó e intentó mostrarse tranquilo, pero los dos sabían que estaba tan nervioso como ella.

Antes de empezar a hablar, el conde dirigió la vista hacia el muchacho.

—Hugo, no podría haber elegido mejor instructor. Has demostrado ser un buen caballero. Antes lo sabía, pero ahora no me cabe ninguna duda.

A Hugo le brillaban los ojos; desde que se había quedado huérfano, el conde era lo más parecido a su familia, y por eso, contar con su reconocimiento era tan importante para él. En aquel momento sintió un atisbo de esperanza y pensó que, quizá, aún tenía posibilidades de ser el elegido. Y contuvo la respiración mientras buscaba una respuesta en los ojos de su señor.

—Has jugado limpio en todo momento, sin intentar humillar a tu aprendiz, y eso habla de tu gran nobleza.

Al escuchar aquellas palabras, Juana pensó que lo tenía todo perdido, que no podría competir con Hugo. Quería que aquella conversación terminara cuanto antes, sentía que no podía soportar aquella tensión por más tiempo, y trataba de contener unas lágrimas de rabia.

—Me ha costado mucho tomar una decisión justa, y espero que los dos podáis comprenderla y que os hagáis dignos de ella.

Se acercaba el esperado instante final. Los ojos de Juana y Hugo se clavaron en los del conde, rogándole que no alargara más aquel suplicio. Y él supo leer la impaciencia en sus miradas.

—Hija mía, soy hombre de palabra. Has trabajado duro, te has ganado mi aprobación. Y aunque no creí que nunca pronunciaría estas palabras, acepto, pues, que vayas a la guerra en mi nombre.

La expresión de Juana cambió de repente. No cabía en sí de felicidad al pensar que lo había conseguido. Se llevó las dos manos a la boca para silenciar un grito. Mientras que, por el contrario, la ilusión de Hugo se desvanecía de un soplo.

—No he terminado todavía. Haced el favor de escucharme —dijo subiendo el tono de voz para imponerse.

—Pero tú, hija mía, debes aceptar que partirás acompañada de Hugo, no puedo permitir que acudas sola a cumplir tal compromiso.

—Padre, me pusisteis por condición que debía superar el adiestramiento y así ha sido, pero no podéis obligarme a partir con alguien en quien no confío.

—Esta es mi condición y no pienso cambiarla. Iréis juntos a la guerra, tú Juana, como caballero, como el hijo que no engendró tu madre, y tú, Hugo, como el mejor de los escuderos que haya tenido nunca un guerrero.

A pesar de la oposición de Juana a partir acompañada de Hugo para alistarse en las mesnadas, el conde no cedió en este punto y se mantuvo firme en su decisión. Una vez más, el señor de Arintero había buscado una solución salomònica que pretendía satisfacer a todos, pero que en definitiva no era la que quería ninguno de ellos.

Una semana después empezaba la primavera, y el conde quiso celebrar una comida en la casa señorial para toda su familia a modo de despedida. Hugo fue invitado como parte implicada.

Doña Leonor se ocupó de que sus sirvientas preparan unos sabrosos platos, tal como le había ordenado su esposo. Pero ella no podía vivir con alegría lo que consideraba una auténtica desgracia. Desde que había conocido la decisión de su esposo, no era capaz de sacudirse la pena de encima, pues no era algo tan fácil como sacudirse una mota de polvo del hombro. Y aunque sabía que no podía discutir su mandato, le resultaba imposible disimular su disgusto.

Hugo se sentó a la mesa de la sala principal con todos los miembros de la familia. Se sentía feliz de que el conde lo hubiera invitado y lo incluyera en aquella celebración que cada uno de los comensales vivía de manera bien distinta. Blanca y Leonor estaban contentas, aunque no comprendían demasiado qué estaban festejando. Inés no se encontraba bien, pero hacía de tripas corazón para no disgustar a su padre. María, que se había vestido con sus mejores galas, se había sentado al lado del invitado, al que dedicaba todas sus atenciones, olvidando por completo que en la mesa hubiera nadie más. Y aunque le disgustaba profundamente que su hermana y Hugo partieran juntos a la guerra, no quería desaprovechar aquellos momentos. La madre estaba completamente desecha por dentro, pero, a pesar de todo, intentaba hacer de tripas corazón para sobreponerse. Le había perdonado muchas ofensas a su esposo, pero no creía poder perdonarle aquella terrible decisión. El conde creía haber obrado de manera justa, no le agradaba que su hija partiera a la guerra, aunque no podía negar que en cierto modo lo enorgullecía y le resolvía el quebradero de cabeza que más le preocupaba. Y se sentía mucho más tranquilo pensando que acudiría a las mesnadas acompañada de Hugo, a quien quería como a un hijo, aunque no lo fuera.

Juana los miraba a todos en silencio, pensando que habían llegado a aquel día porque ella así lo había querido. Se sentía satisfecha de haber decidido su futuro y de haber alcanzado el reto que le había lanzado su padre. La atraía la idea de partir, conocer nuevos lugares y nueva gente; aunque no le convencía en absoluto hacerlo acompañada de Hugo. Y conforme habían ido pasando los días y veía la cara de su madre, iba creciendo en ella una sensación de vértigo. Cuando, entre todos los manjares, entre todos los manjares, vio aparecer encima de la mesa el ciervo y el jabalí asados, tuvo que hacer un gran esfuerzo por no levantarse. Volvieron a su mente las terribles imágenes de los animales descuartizados en medio del bosque, la sangre, la carne profanada... Su estómago se cerró definitivamente y casi no probó nada de cuanto había en la mesa.

El ambiente era de silencio tenso, interrumpido tan solo por las frases acarameladas que María le dirigía a Hugo y que él respondía con cordial amabilidad, sin dar ninguna muestra del interés que ella esperaba; y por la algarabía de las dos pequeñas, que jugaban y reían más que comían. Para todos los demás, el tiempo parecía haberse detenido, y cada cual buscaba la manera de volver a poner en marcha las aspas de su molino.

La sobremesa no fue larga, ya que todos, menos María, ansiaban poder levantarse. El conde les pidió a Hugo y a Juana que lo acompañaran a su escritorio. María se sintió molesta y se retiró enojada.

—Juana, tan solo queda un día para tu partida. Quiero obsequiarte con un arnés, una lanza y una espada nuevos. Los he encargado fabricar en Burgos a tu medida.

—Padre... —la muchacha estaba emocionada con aquella sorpresa.

—Serán más ligeros y los podrás manejar mejor. Aunque quiero que lleves el mismo escudo que utilicé yo cuando guerreé sirviendo al rey Juan II en la frontera del reino de Granada.

—Muchísimas gracias, padre.

—También lo he hecho porque quiero que los que has utilizado hasta ahora se los entregues a Hugo, creo que se lo ha ganado y es justo que vaya a la guerra con esas protecciones.

Ahora era Hugo quien no sabía cómo agradecer aquel gesto a su señor. Pero antes de que lo interrumpiera, el conde le hizo una señal con la mano derecha, indicándole que aún no había acabado.

—Tendréis un lugar para alojaros en una de las tiendas del señor de Aviados, como vasallos suyos. Solo debéis enseñar esta carta para que sepan que acudís en mi nombre. No es bueno que tengáis que dormir al raso.

—Muchas gracias, señor.

—¡Aún no he terminado! Juana, Arriba en tu habitación encontrarás la ropa que necesitarás para que puedas alistarte como un caballero. Piensa bien qué llevarás en las alforjas, porque el equipaje debe ser muy ligero. Y lo más importante: a partir de ahora ya no responderás al nombre de Juana García, serás el caballero Diego Oliveros de Arintero. Es mejor que no figures como mi hijo, podrías encontrar algún conocido y te descubrirían enseguida.

Aquellas últimas palabras, aun sabiéndolas necesarias, lastimaron a Juana en lo más íntimo. Marcharía de su casa, de su familia, de su aldea, pero además abandonaría a la persona que había sido hasta entonces.

Aquella misma tarde Leonor se encargó personalmente de cortarle la melena a su hija. Lo hizo en la intimidad de la habitación de Juana. Fue un acto litúrgico para las dos y, en cierto modo, el bautizo del caballero que iba a ser a partir de aquel momento.

Juana estaba sentada en un arcón con la vista perdida en la ventana, mientras su madre se iba despidiendo de cada uno de sus mechones antes de cortarlos con una delicadeza exquisita, dejándolos caer sobre una sábana que había colocado en el suelo para después poder recogerlos sin perder uno solo.

—Yo no voy a darte arreos para la guerra, pero quiero que te lleves esta pequeña biblia para que te dé fuerza y te haga compañía en los momentos difíciles. Y también estos paños que te he preparado para los días en que expulses el flujo mensual. Ándate con mucho cuidado, piensa que no bastará con que lleves el jubón apretado para parecer un hombre.

Juana no dijo nada, nunca había hablado de aquellos temas con nadie y sentía mucha vergüenza. Abrazó a su madre y se tragó las lágrimas que corrían por su garganta ante tantos sentimientos contradictorios.

Aquella noche fue larga y oscura en la torre del señor de Arintero. Un silencio de tristeza y pena llenó todos los rincones de la casa, profanado tan solo por el silbido de un fuerte viento. A Juana le costó mucho dormirse escuchando quejarse los chopos, los fresnos y los nogales mientras caían desgajadas algunas de sus ramas. A lo lejos, se oía el portón de una de las cuadras que daba golpes en un ir y venir eterno que retumbaba dentro de su alma. Su cabeza era un nudo de pensamientos contradictorios. Había luchado hasta el límite de sus fuerzas para conseguir un objetivo y lo había alcanzado. Deseaba representar a su padre en la guerra, pero nunca había vivido fuera de aquella casa y no podía dejar de pensar en cuándo podría regresar a su lecho de lana y roble, al cobijo de aquella casa con escudo, a su valle amarillo y a su familia. A todo aquello que había conocido hasta entonces y que dejaba atrás sin saber por cuánto tiempo.

9

La partida

Todo se hizo en secreto. El sol se levantó quietamente en medio de una mañana brumosa; los gallos cantaron discretamente y, poco a poco, los sirvientes de la casa del señor de Arintero se fueron empleando en las tareas diarias sin demasiado ímpetu. No habría grandes despedidas, porque era importante ser prudentes, por su seguridad.

Doña Leonor ayudó a vestir a Juana de varón con una calma dolorosa. A ponerse aquellas calzas bermejas que estrenaba aquel día. A apretarse bien el jubón sobre la camisa interior para disimular los pechos, que no hizo falta forzar mucho porque eran más bien pequeños. Su hija sintió que le faltaba el aire, pero sabía bien que no era porque su madre le hubiera ajustado demasiado la ropa. Era aquel olor dulce a limpio y a agua de jazmín que siempre desprendía doña Leonor. Cerró los ojos, a sus espaldas, e inspiró profundamente con la intención de guardar dentro de sí el olor de su madre, para que cuando no la tuviera cerca, pudiera recuperarla.

—Tu voz no es muy fina, pero procura hablar tan solo lo necesario. Por tu seguridad, debes aprender a ser cauta.

La voz de su madre, cálida y tierna, le llegaba desde atrás, cargada de sabios consejos. Entonces Juana se dio la vuelta, la miró y pudo ver que tenía los ojos hinchados y enrojecidos.

—Cuando te sientas sola, reza a la Virgen. Ella te dará la fuerza para seguir. Yo también le rezaré cada día. Estoy segura de que ella, que también es madre, te tendrá en buen amparo —le dijo, pasándole la palma de su mano por la mejilla.

Juana, haciendo un esfuerzo por sobreponerse y no llorar, quiso animar a su madre:

—Estaré bien. Y cuando vuelva, porque podéis estar segura de que volveré, será un orgullo para nuestra familia y para Arintero.

En la entrada la aguardaban su padre, sus hermanas y Hugo, que ya tenía preparados los animales, además de las armas, las alforjas y algo de comida. Juana se despidió de su familia con un abrazo apresurado, intentando acortar aquel momento que tan difícil le resultaba. Montó a lomos de Sultán, su corcel, y con los pies en los estribos dio la espalda a dieciocho años de vida, sin volverse, buscando la seguridad en aquella silla de montar nueva y agarrándose con fuerza a las bridas para dirigir su destino, concentrándose en la idea que la había impulsado a seguir adelante con aquella locura. Miró hacia las cimas que el sol empezaba a coronar, intentando pensar que ya no era Juana, que Juana García se quedaba en aquella casa señorial. Aquel era el nacimiento del caballero Diego Oliveros. Mientras, en su interior, rezaba calladamente aquella oración: «Señor pongo en tus manos mi vida. Protégeme en este nuevo camino que ahora empiezo. Guíame, ampárame y olvida mis pecados. Y concédeme una pronta victoria en esta guerra a la que mi padre fue llamado».

Y la euforia por estrenar aquella nueva vida, la fue embriagando hasta nublar definitivamente su melancolía. Finalmente partiría de aquella pequeña aldea leonesa de apenas veinte casas y podría conocer otros lugares. Tendría la oportunidad de descubrir un mundo que nunca conocerían sus hermanas ni su madre. Y eso le daba la fuerza y el coraje suficiente para ir desvaneciendo los grumos de su tristeza.

Su madre y sus hermanas lloraban apenadas su marcha. Mientras que el padre intentaba consolarse con la idea de que Hugo la protegería y que de esa manera podría cumplir con el deber jurado al señor de Aviados. El conde pensó que aquella misma semana se acercaría al castillo de Aviados para comunicarle a su señor que había dado cumplimiento a su obligación de enviar a un caballero de su máxima confianza, Diego Oliveros, con su escudero, para servir a la Corona de Castilla. El padre de Juana sabía que accediendo a que su hija fuera a defender el nombre de su linaje, estaba violando las leyes civiles y religiosas que prohibían a las mujeres participar en la guerra, pero estaba absolutamente convencido de que su hija era excepcional, y de que por ese motivo merecía ser tratada de manera distinta al resto de mujeres.

A Juana, la idea de tener que partir acompañada de Hugo le seguía resultando insoportable. Por el contrario, él parecía haber aceptado la decisión del conde, y su rostro mostraba una expresión de complacencia que aun le retorcía más las tripas a Juana. Fue entonces, observándolo por el rabillo del ojo, cuando comenzó a pensar que quizá podría despistarlo en algún momento y continuar sola aquella aventura. No podía olvidar los malos ratos que le había hecho pasar durante las semanas que duró la instrucción, y no estaba dispuesta a perdonárselo tan fácilmente.

SEGUNDA PARTE

Marzo-junio de 1475

10

El viaje

Estuvieron largas horas cabalgando sin dirigirse la palabra. Aún era muy temprano, las casas dormían acurrucadas y sus moradores descansaban. No silbaba el viento, no rumoreaban los árboles, ni aullaban los perros. Hugo iba unos pasos por delante de ella, como si de una declaración de principios se tratara: era su escudero, pero era él quien tenía más experiencia y conocía la ruta. Al poco de partir, el muchacho le comunicó que pasarían la noche en León. Juana había estado en la ciudad en un par de ocasiones, acompañando a su padre. La idea de hospedarse allí le resultaba emocionante.

Aquel primer tramo era conocido por ambos, de manera que no hacía falta pensar, tan solo dejarse llevar por su cabalgadura. La vida de Juana se deslizaba curso abajo del Cureño silenciosamente, como el río por su lecho en aquel día gris y frío. La armadura le resultaba incómoda para cabalgar, pero la ayudaba a mantener el calor, y su peso le recordaba que había dejado atrás su verdadera identidad para convertirse en Diego Oliveros.

Al rato, se cruzaron con un lugareño que conducía un

carro tirado por dos vacas. Ella se lo quedó mirando, le resultó extraño pensar que la vida continuaba con su manso ir y venir habitual, mientras su mundo había cambiado absolutamente. Hugo se detuvo cerca de una fuente.

—Señor, pararemos a comer un poco, y así también podrán descansar los caballos.

Juana lo miró sorprendida, sin dar crédito a que se refiriera a ella. Se detuvo y bajó de su cabalgadura sin dignarse a responderle. Acercó a Sultán a la fuente para que pudiera beber y le acarició la frente y el cuello en señal de agradecimiento por acompañarala en aquella aventura; su compañía le resultaba crucial para hacerla sentir segura. Tenía ganas de sacarse la armadura, empezaba a resultarle insoportable, pero tuvo que conformarse con quitarse el casco y sentir el aire fresco sobre su piel. El sol se había ido despertando y la temperatura era más agradable. Cerca del camino había algunos almendros que habían empezado a vestirse de un blanco rosáceo.

Hugo abrió el fardel y le alargó una rebanada de pan y un pedazo de cecina. Juana se dio cuenta de que tenía más hambre de la que imaginaba y empezó a comer con voracidad.

—Parece que estabais hambriento, señor —dijo el joven en tono burleta.

Hugo se regocijaba en momentos como aquel, consciente como era de que a ella la vencía el ímpetu. Juana se moría de ganas de contestarle, pero estaba dispuesta a mantenerse firme en su decisión de no intercambiar ni una palabra con él.

Pronto continuaron la marcha, cabalgaron todo el día, y cuando empezaba a caer la tarde, después de cruzar varias huertas llegaron a León por el sur, por la puerta de la Moneda. Hugo sacó algo de dinero de la bolsa de cuero que le había entregado el conde y pagó el derecho de portazgo para entrar en la ciudad, satisfecho de ser él quien administraba el dinero. Juana se limitó a observarlo, consciente de cuánto gozaba su escudero con aquellos pequeños detalles.

Fueron bordeando la ciudad desde el interior, sobre el suelo empedrado, siguiendo la muralla rematada con almenados de merlones puntiagudos. Después, se adentraron por una encrucijada de callejuelas de tierra, estrechas e irregulares, donde residían artesanos y mercaderes agrupados por oficios, en busca de un mesón donde hospedarse. Apenas veían nada, había ido oscureciendo, y la escasa iluminación que salía por las ventanas de las casas los obligaba a avanzar con lentitud.

—En esta zona de la ciudad podremos pasar desapercibidos. La casa del señor de Aviados está cerca de la puerta Cauriense, en la zona de la ciudad vieja. Es mejor no tener que coincidir con él, si no queremos tener que darle explicaciones —dijo Hugo.

—¿A qué te refieres?

—Vos quizá no lo conocéis, pero él conoce bien a vuestro padre, y a pesar de que tiene distintos castillos acostumbra a residir en León. Es mejor no levantar sospechas, dudo de que recuerde si vuestro padre tiene hijos o hijas, pero no creo que sea conveniente daros a conocer y que haga demasiadas indagaciones. Vuestro padre ya se encargará de hacerle saber que ha dado cumplimiento a su cometido.

Decidieron no servirse de las cartas de su padre para hospedarse entre los de su condición, a fin de que les resultara más fácil pasar desapercibidos. Pronto dejaron atrás el frío olor a hierro y los golpes de algún martillo sobre el yunque que se resistía a terminar la jornada. De pronto se sintieron atraídos por el olor a comida y el vocerío de gente: se encontraban en la plaza de Santa María del Camino, y justo enfrente había distintos mesones y tabernas. Buscaron un mesón donde pasar la noche, dejaron los animales en la entrada, después de atenderlos debidamente. Aprovechando la oscuridad, Juana pudo quitarse la armadura y dejarla en el dormitorio, y se cubrió con una capucha para preservar su anonimato. Enseguida notó que podía respirar mejor y se sintió liberada. Entraron en una pequeña taberna a comer un poco. No había casi nadie, algún que otro cliente en unas mesas apartadas. La penumbra del lugar, iluminado apenas con algunos candelabros, la ayudó a sentirse protegida. Cenaron una sopa caliente y bebieron vino. Ella no estaba acostumbrada a beber alcohol, pero pensó que sería mejor irse habituando a ello, era algo normal entre los soldados. Hugo no tuvo ocasión de advertirla, por lo que bien pronto se le nublaron las ideas; tuvo que llevársela de allí y ayudarla a subir hasta la habitación antes de que se cayera redonda, o ella sola se pusiera en un aprieto.

Iba tambaleándose mientras subía por las escaleras de madera y él la sujetaba para que no se cayera. De pronto, al llegar al dormitorio, Juana reaccionó con un arrebato.

—Que mi padre te haya encargado mi vigilancia, no te da ningún derecho sobre mí —exclamó con lengua de trapo, tratando de mostrarse resuelta, pero su estado a penas le permitía sostenerse—. Yo soy la hija del conde, y tú tan solo un vasallo —tuvo que apoyarse en él para sostenerse en pie—. Mantén las distancias y no intentes sobrepasarte conmigo, ahora ya sé usar la espada. ¡No lo olvides!

Hugo tuvo que esforzarse para no reír, ya que la situación era ciertamente cómica. Por suerte, tuvo lugar lejos de cualquier mirada indiscreta.

—Sí, don Diego, no os preocupéis. Pero mucho me temo que, si guardo las distancias, no vais a poder sosteneros.

Juana cayó rendida sobre el colchón que, de tan magro, dejaba notar todo el espinazo de la cama. Bajo aquella techumbre de madera, Juana durmió del tirón y se despertó por la mañana con dolor de cabeza y la incómoda sensación de haber perdido el control de la situación. Cómo iba a fingir ser quien no era, si el primer día ya necesitaba ayuda para sostenerse. No recordaba apenas nada. Hugo llevaba rato despierto, aguardando a que estuviera en condiciones de partir. El muchacho estaba acostumbrado a levantarse con las primeras luces del día.

Juana había dormido vestida. Al poner los pies en el suelo de madera, notó que le faltaban las botas y no recordaba habérselas quitado. Se calzó, se compuso un poco la ropa, se colocó la armadura y se juró que no le ocurriría nunca más. Estaba avergonzaba y furiosa con ella misma por haberle dado el gusto a Hugo, demostrándole que lo necesitaba como protector. Su sola presencia le molestaba. No quería sus consejos y no necesitaba su humillante protección.

Desayunaron en silencio, un poco de pan y queso. Juana sentía que Hugo estaba orgulloso del papel que estaba interpretando.

—¿Habéis dormido bien, don Diego?

Ella se limitó a seguir comiendo, callada, corroída por el resentimiento ante tales muestras de soberbia. Fue entonces cuando la idea de escapar y continuar sola empezó a tomar forma en su cabeza, haciéndose más sólida.

—Esta mañana, mientras dormíais, he podido escuchar a dos caballeros hablando en el mesón. Según me ha parecido entender, las desavenencias entre nuestro señor, don Ramiro Núñez de Guzmán, y el conde de Luna continúan siendo notables. Ya sabéis lo que dicen, no puede haber dos gallos en un gallinero.

Juana, con la vista fija en la mesa, se limitaba a escuchar sin más. Le dolía la cabeza y la situación le resultaba muy embarazosa.

—Estáis muy callado, mi señor —dijo Hugo con ironía.

—Muchas veces me arrepentí de haber hablado y muy pocas de haber callado.

—Gran frase, don Diego. Agradezco vuestras enseñanzas. He de confesar que soy de los que les cuesta sujetar la lengua... —el muchacho, evidentemente, pronunció aquellas palabras con doble intención.

Recogieron los animales y partieron de León, pues aún les quedaban varias jornadas de camino hasta llegar a Benavente.

—Aunque tengamos que hacer marrada, seguiremos el camino francés que va hacia Astorga, la ruta es más larga, pero más cómoda. Aunque evitaremos el paso por la villa, que está en manos de don Álvaro de Zúñiga, que, según dicen, es uno de los más allegados partidarios de la Beltraneja.

Juana escuchó su explicación, pero no comentó nada al respecto, poco podía opinar porque nada sabía de caminos y nunca había estado en Astorga. Sabía por su padre que debía sus orígenes a un antiguo campamento militar romano, que en la villa había un importante castillo y que dicho ducado le había sido concedido a don Álvaro por el difunto rey Enrique.

Cabalgaron en silencio todo el día, mientras Juana iba urdiendo su plan de huida, valorando calladamente la mejor estrategia. Hugo se sentía triunfante, por una vez había conseguido doblegar el orgullo de Juana, no podía aceptar la tozudez de aquella muchacha, pretendiendo rivalizar con él a todas horas.

A media tarde llegaron a las cercanías del hospital de Órbigo, un paraje rodeado de chopos y sauces en medio del cual discurrían las aguas de aquel ancho río. Hugo rompió el silencio que los había acompañado durante todo el día y que a él le resultaba realmente incómodo.

—Si no estoy equivocado, este es el rio Órbigo. Debemos cruzar el puente, que desde la antigüedad ha sido lugar de tránsito de miles de viajeros en su paso hacia Santiago, y muy cerca de aquí encontraremos el hospital de peregrinos —Hugo iba consultando un mapa que llevaba y que le servía para orientarse. Él tampoco había estado nunca allí, pero le gustaba hacer alarde de sus conocimientos ante Juana.

Ella quedó prendada de la belleza y la majestuosidad de dicha construcción. Detuvo la marcha para contemplarlo mejor y poder contar los arcos que formaban el puente. «Diecinueve». Era sin duda muy hermoso. Bajó del caballo y quiso andar lentamente por él, como si cada paso fuera una caricia y de ese modo pudiera captar toda la historia que guardaban aquellas piedras, los sueños y las ilusiones de todos los que lo habían cruzado. En el margen derecho del río se encontraba el hospital de peregrinos. En la entrada, un monje ya entrado en años les dio la bienvenida. Juana seguía con la vista fija en aquel bello puente, y el clérigo, al darse cuenta de que se había quedado admirándolo, se dispuso a explicarle un poco su historia:

—Este río que tenéis ante vuestros ojos, caballero, es el Órbigo —Juana miró sorprendida al monje, pensando que era la primera vez que alguien la conocía como el caballero Oliveros.

—Un río del que dicen que no tiene fuente de origen, ni madre que lo bautice —siguió explicando el buen hombre—, ya que nace de la unión de los caudales del Luna y el Omaña.

Este viaducto también es conocido como el Puente del Paso Honroso, del que seguramente habéis oído hablar, porque en él tuvo lugar el más glorioso paso de armas de nuestra historia.

Entonces Juana se acordó de aquella historia que de pequeña le contaba su padre, de aquel caballero, el nombre del cual ya no recordaba.

—Había oído hablar de él. Pero no me importaría que me refrescarais la memoria. Pues es sin duda una honorable historia —dijo Juana, esforzándose para que su voz pareciera cuanto menos femenina mejor.

—A mi señor, el caballero Diego Oliveros, y a mí, su humilde escudero, nos encantaría que nos contaseis los hechos del Paso Honroso. A decir verdad, yo tampoco la recuerdo bien —dijo Hugo.

—La historia dice que el caballero don Suero de Quiñones, dolido por el desamor de una dama, pidió permiso al rey Juan para cumplir con un voto de amor. Su objetivo era romper trescientas lanzas para librarse de una argolla de hierro que se había colgado en el cuello como símbolo de su amor por la dama.

—¿Y en qué consistía dicho voto de amor? —quiso saber ella.

—Durante un mes, don Suero de Quiñones, acompañado de otros nueve caballeros, debía mantener en su poder este puente en nombre de su amada, impidiendo el paso a cualquier caballero que osara intentarlo, retándolo a un duelo a caballo. Al finalizar la promesa, él y sus acompañantes hicieron una peregrinación a Santiago de Compostela.

—¿Y quién era la dama por la que dicho caballero realizó tan noble gesta? —preguntó Juana.

—Doña Leonor de Tovar —dijo el monje, que ya había perdido la cuenta de las veces que había repetido aquella historia.

—¿No os parece increíble, don Diego, hasta qué punto una mujer puede llegar a hacer enloquecer a un hombre? —le dijo Hugo a Juana, regodeándose en el comentario.

Ella se limitó a fingir no haberlo oído. El monje, ajeno al doble sentido del comentario del escudero, no le dio la más mínima importancia y les indicó dónde podían dejar los animales para que fueran alimentados y pudieran descansar. Juana se despidió de Sultán con una caricia y un susurro en la oreja. Después, el hombre, muy amablemente, los condujo hasta la que sería su habitación, con dos camas que a simple vista parecían bastante confortables, y les explicó en qué estancia podrían cenar. Una vez liberados de sus armaduras, caballero y escudero se dispusieron a comer una deliciosa sopa de trucha. Aquella noche, Juana no probó el vino.

Ya en el dormitorio, la muchacha esperó con impaciencia a que Hugo se durmiera, y cuando lo oyó roncar como un tronco, se levantó con gran sigilo. Cogió una vela de la habitación, buscó el mapa que Hugo había dejado junto a sus cosas y fue a recoger a Sultán, sin que, por suerte no coincidió con nadie. Y emprendió sola el camino en medio del silencio de la noche. Cruzó a pie el puente bajo la luz de la luna, escuchando el rumor del agua. Se sintió liberada por haber dejado atrás a Hugo. Pero en cuanto hubo pasado el puente, las dudas la asaltaron como una auténtica manada de lobos, e hicieron presa en ella. No podía ver el mapa, porque apenas distinguía el camino en la oscuridad de la noche. Esperó durante un buen rato, acurrucada junto a un árbol con Sultán a su lado, a que empezara a amanecer, muerta de frío, y de miedo a ser descubierta. Y entonces se dio cuenta de que no resultaría tan fácil como imaginaba orientarse mirando el mapa. No sabía qué camino tomar. Hasta que vio a unos caballeros a lo lejos que se dirigían hacia el sur. Y dejando una distancia prudencial, tomó también aquel camino. Cabalgaba insegura, sin saber hacia dónde debía ir, y antes que pudiera darse cuenta dos jinetes le cortaron el paso. En un santiamén la hicieron saltar del caballo, amenazándola con un puñal, y empezaron a hurgar entre sus cosas en busca de algún objeto de valor. Estaba aterrorizada, había querido ser muy valiente, pero era incapaz de defenderse de dos simples salteadores de caminos.

De pronto, apareció Hugo. Al despertarse de madrugada y ver que ella no estaba, salió en su busca a toda prisa y, por suerte, no tardó mucho en encontrarla. Pilló desprevenidos a aquellos dos bandidos, apuntó a uno de ellos por atrás con su espada, y el otro se quedó paralizado uno segundos sin saber qué hacer. Entonces Juana reaccionó y pudo colaborar también en la reyerta. Y en pocos segundos los dos asaltantes, poco acostumbrados a los combates, se dieron a la fuga.

Juana se sentía avergonzada y humillada, había querido liberarse de Hugo y no había sido capaz de recorrer ni una legua[6] en solitario. Él estaba furioso y no pudo contener su malestar:

—Si tengo que ser vuestro escudero, intentad no ponerme las cosas tan difíciles, o la próxima vez quizá no llegue a tiempo —le dijo alzando la voz y mirándola fijamente a los ojos.

La muchacha no se disculpó, le dolía tener que reconocer que se había comportado como una chiquilla y que, le gustara o no, la decisión de su padre de obligarla a ir acompañada, posiblemente era la mejor opción.

Siguieron el camino en silencio, como el día anterior. Hugo le comunicó de forma concisa su intención de llegar hasta la villa de La Bañeza, para descansar y pasar allí la última noche antes de llegar a Benavente. El muchacho estaba convencido de que Juana no volvería a intentar una locura similar a la de la noche anterior. Aunque no se lo hubiera agradecido, pudo darse cuenta de que estaba realmente asustada cuando la encontró. Durante el día, siguiendo el camino que conducía de Astorga a Benavente, coincidieron con otros caballeros y peones que también acudían a la llamada de los heraldos reales como fieles vasallos. En los distintos territorios de la Corona de Castilla los vecinos habían alzado pendones por los Reyes Católicos, y eran muchos los que

6. Medida que varía según las regiones. En el antiguo sistema español equivale a 5572,7 m.

habían emprendido el camino para ir a defender tan noble causa. Ya muy cerca de La Bañeza, según el mapa que volvía a estar en manos de Hugo, coincidieron con otro caballero que viajaba acompañado de un par de escuderos.

—Buenos días tengáis, caballero, permitidme que me presente. Soy don Sancho de Guzmán. Y estos son mis escuderos: Juan y Rodrigo.

—Muy buenos días tengáis, caballero, Diego Olivares, para serviros, y mi escudero Hugo —contestó Juana con cierta incomodidad, consciente de que a partir de entonces debería vivir en esa nueva piel, y de que ese hecho iba mucho más allá de su vestimenta de varón.

—Creo que ambos acudimos a alistarnos a las mesnadas. Hoy nosotros haremos parada en el monasterio de San Salvador, donde dan acogida a peregrinos, con la esperanza de poder aposentarnos allí —continuó don Sancho.

—Será un placer compartir camino, ¿no es verdad señor? Por lo que veo, esta es una ruta muy transitada —dijo Hugo.

—Sin duda, estáis en lo cierto, forma parte de uno de los caminos alternativos de la Vía de la Plata[7] —dijo Rodrigo, uno de los escuderos de don Sancho.

Continuaron cabalgando en compañía, aunque tanto Hugo como Juana tenían claro que debían ser amables, pero evitando al máximo enfrascarse en conversaciones que tan solo podrían acarrear complicaciones.

7. Antigua vía de comunicación jacobea que atraviesa la península de sur a norte, y que tiene su origen en las antiguas calzadas romanas.

A la llegada a la hospedería del monasterio, Juana se quedó mirando un nido de cigüeñas que había en lo alto del campanario.

—Ya llevan más de un mes aquí —le dijo amablemente el monje señalando, las aves con la cabeza.

Les explicó que solo tenían dos habitaciones para poder acoger aquel grupo de cinco hombres.

—Si les parece bien, pueden disponerse cada caballero en una de las estancias acompañado de sus escuderos —propuso el monje con amabilidad, pues era todo lo que les podía ofrecer.

—Muchas gracias, padre, nos parece una buena solución —respondió Juana antes de que don Sancho propusiera otra opción que para ella podría resultar mucho más arriesgada.

Poco después de que se pusiera el sol, tras haber participado de la misa, pudieron degustar la ración correspondiente que les estaba destinada. Comieron un plato de potaje de legumbres y verdura con un trozo de carne de ovino, y también les sirvieron una jarra de vino, que Juana procuró catar con gran moderación. La muchacha agradeció que dentro de aquellas recias y santas paredes fuera menester guardar silencio y, aún en mayor medida, que pudieran disponer de las letrinas cerca del dormitorio. Lo cual le hizo pensar en cuán complicado resultaría solventar aquel tema cuando estuviera en el campamento con toda la mesnada.

En cuanto Juana vio el aposento que les habían asignado, le dio un vuelco el corazón, pues solo disponía de una cama.

Gracias a la poca luz que había, el monje no pudo apreciar la sorpresa en su rostro.

Pero en cuanto estuvieron solos, su escudero resolvió la situación.

—No sufráis, mi señor, dormiré en el suelo. Procurad descansar, ya que la noche anterior la pasasteis en blanco. Solo os pido que me dejéis descansar también a mí, no quiero estar pendiente de vos como si fuerais un chiquillo.

—Agradezco la nobleza de vuestro gesto. Podéis dormir tranquilo.

La soledad compartida de la habitación estaba iluminada tan solo por una vela. Juana se dispuso a sacarse la ropa, quedándose solo en camisa, lo cual era como decirle a Hugo que podía dormir tranquilo. Y se tendió sobre el jergón que había encima del armazón de madera.

Hugo, tendido en el suelo, la oyó desvestirse y no pudo evitar buscar su silueta en la penumbra. Se sintió excitado por saber que dormía tan solo a unos pasos de distancia de Juana, y en aquel preciso instante, por primera vez, pensó en ella como en una mujer y no como en aquella chiquilla de la que siempre había estado celoso por ser la hija de quien él amaba como a un padre. Se forzó a ahuyentar aquella idea de su cabeza, no quería penar en ella como en una mujer. El conde era su señor y le debía fidelidad. Las cosas ya eran suficientemente complicadas, no quería complicarlas aún más. Debía mantenerse impasible ante ella, como si no se tratara de una mujer. Se esforzó en recordar cuánto le molestaba tener que ir a la guerra como escudero, cuando lo hubiera podido hacer como un caballero, sabiendo que tenía suficientes aptitudes para que así fuera. Pero tenía una misión que cumplir y pensaba hacerlo de forma que el señor de Arintero se sintiera orgulloso de él.

Cuando Juana se despertó al oír las campanas, Hugo llevaba ya mucho rato despierto, esperando pacientemente a que ella se levantara. Acostumbrado a madrugar, a primera hora ya no sabía cómo colocarse en el suelo, y empezaban a dolerle todos los huesos.

—¡Buenos días, don Diego! Ahora que os habéis despertado, si no os importa, iré a las letrinas y os aguardo junto a los caballos.

Juana, le dio los buenos días y agradeció poder vestirse y adecentarse sin que él estuviera presente. Les esperaba el último tramo del viaje; aquella noche dormirían en Benavente.

11

Benavente

Juana y Hugo llegaron a Benavente cuando el sol empezaba a adormecerse. La villa estaba asentada sobre una mota en el centro de la ancha vega bañada por el río Esla y el Órbigo. Con las últimas luces del día aún podían distinguirse las cercas y el castillo, no se trataba de una gran fortaleza, pero Juana pensó que era un lugar hermoso y, por un instante, con su caballo parado mirando aquel promontorio rocoso y la bella construcción que la coronaba, se olvidó de los nervios que sentía porque estaban llegando al campamento.

A Juana el camino se le había hecho increíblemente largo, no tanto por el peso de la armadura, que cada día iba quedando más integrado a su piel; ni por las muchas horas que habían estado cabalgando, ya que habían parado en contadas ocasiones; sino por la tensión que le provocaba todo cuanto estaba por llegar. Aquel era un paso muy importante y no estaba segura de poder salir adelante vencedora. Se había impuesto un mutismo casi absoluto, apenas hablaba, primero por el resentimiento que sentía hacia su acompañante, dispuesto a darle lecciones a la mínima ocasión, tratándola como si fuera una criatura; y en segundo lugar, por el temor a ser descubierta.

Los primeros días apenas se habían cruzado con nadie en el camino y si habían coincidido con otras personas, había sido de lejos; además, en esa contadas ocasiones se había mostrado muy prudente. De hecho, había obrado con cautela desde su partida, a excepción del desafortunado incidente de la primera noche, del que se sentía avergonzada, y no quería recordar. Pero a partir de entonces tendría que convivir, en mayor o menor medida, con otros caballeros, escuderos, criados..., y no estaba segura de ser capaz de engañarlos a todos.

El azul del cielo iba languideciendo, pero aún permitía divisar el bullicio de la esplanada donde el ejército de Isabel de Castilla había asentado reales. En aquel lugar se concentraban todos aquellos que acudían a la llamada de los monarcas para entrar a formar parte de las tropas. Cercado con algunos carros, aglutinaba tal actividad que se hacía casi imposible no percibir aquel campamento como un solo cuerpo, en el que cada uno de aquellos elementos fuera una de sus partes vivas. Había guardias vigilando el perímetro, como si de una muralla se tratara, pues demasiado a menudo circulaban espías que intentaban entrar con engaños y tretas, y una vez dentro, obtener información y propagarla a fin de desestabilizar al enemigo.

—Soy el caballero Diego Oliveros y este es mi escudero. Venimos a servir al señor de Aviados en nombre del conde Garcia de Arintero.

Juana intentó mostrar una seguridad que no tenía, pero que debería encontrar bien pronto si quería salir adelante con su objetivo y no estar dependiendo en todo momento de Hugo.

—Personaros ante el escribano para que tome nota, lo encontraréis en la parte central del campamento —respondió uno de los guardias sin inmutarse.

Juana y Hugo siguieron adelante sin descabalgar de sus monturas; avanzaban al paso entre aquel bullicio que olía a masculinidad y a trashumancia, a intemperie, a tierra mojada, a humo y a excrementos de caballo y de asno. En una primera línea se encontraban varias tiendas pequeñas, dispuestas entre unos carros repletos de armamento o de comida. Había mujeres al cargo de ollas colgadas sobre el fuego, y el olor a puchero llenaba los espacios vacíos. También había ropa tendida en unos hilos, y cestos con distintos utensilios de cocina. Un grupo de hombres bebía y jugaba a cartas con gran algarabía. Un gato atigrado, al que le faltaba una oreja, merodeaba en busca de comida cuando una de las mujeres lo alcanzó con una piedra y huyó despavorido entre el gentío, hasta donde había algunas vacas y gallinas. Unos criados limpiaban unas armaduras con esmero, mientras otros se ocupaban de alimentar y atender unos caballos. Juana se sentía apabullada en medio de aquel conjunto abigarrado que se movía ajeno a su persona: solo unos pocos ojos se posaron sobre ella sin demasiado interés.

Conforme se adentraban hacia el núcleo del campamento, encontraron algunas tiendas adornadas con ricos cortinajes y algunas banderas, tras los cuales podían distinguirse algunos muebles. No muy lejos, distinguieron una tienda donde había un escribano sentado frente a una mesa. Y se dirigieron hacia allí. Al llegar, Juana descabalgó decidida y entró en la tienda. Y con los nervios del momento abordó al escribano sin más:

—¡Venimos a alistarnos!

—Vosotros y todos los que están aquí esperando para que tome nota de sus nombres —dijo el hombre con la pluma en la mano, sin ni tan solo alzar la vista del papel.

Hugo la miró con expresión burlona, y ella se sintió humillada por el hecho de tener que esperar para poder dejar constancia de su ingreso en la mesnada. No estaba acostumbrada a tener paciencia, siendo como era hija del conde de Arintero, había tenido una vida fácil hasta el momento. La espera se hizo pesada, ya había oscurecido, hacía mucho que no descansaban y apenas habían comido nada. Cuando finalmente estuvo delante del escribano se quedó pasmada tras oír la primera palabra que este pronunció.

—¿Nombre?

Vaciló un momento, como si el hecho de plasmar aquel nombre en un papel la despojara de su verdadera identidad.

—Soy el caballero Diego Oliveros de Arintero.

Después de enseñarle la carta de su padre, les asignaron una tienda, y una vez allí, pudieron dejar las armaduras y los caballos atados. Por suerte, como no eran muchos, en principio estaría sola con Hugo, lo cual no es que le pareciera agradable, pero cuando menos le resultaba tranquilizador, porque con él no tenía que fingir ser quien no era. El muchacho no pudo evitar emocionarse solo de pensarlo, aunque procuró mostrarse indiferente.

Después de dejar sus cosas, fueron a buscar una ración de puchero que comieron en silencio frente a la tienda, y en cuanto terminaron, salieron juntos al descampado para hacer sus necesidades. Juana pensó que no sería capaz, pero las circunstancias así lo exigían, pues ya hacia demasiado rato que se había convertido en una urgencia. Por suerte, la oscuridad le procuró la suficiente intimidad para apartarse las calzas y las bragas. Y volvieron a la tienda a descansar. Fuera se oían risas y algún que otro ladrido.

—Buenas noches, señor, espero que descanséis bien para afrontar los días venideros —dijo Hugo con un tono de voz que era casi un susurro.

Juana no contestó, fingió estar dormida, tanto paternalismo le resultaba insoportable. Tendida sin desvestirse sobre un fino jergón, la muchacha pensaba que hasta entonces todo había resultado relativamente fácil, pero a partir de la mañana siguiente sería más complicado. Aquel pensamiento la atormentaba; estuvo horas rezando, esperando inútilmente que la envolviera el sueño. Hugo tampoco podía dormirse, al poco de haber cerrado la tienda empezó a abrumarle un olor femenino que le resultaba embriagador. Daba vueltas y más vueltas intentando conciliar el sueño, intentando no pensar en aquella fragancia que lo mantenía tan excitado, hasta que llegó a la conclusión de que aquella sensación cautivadora sólo existía en su cabeza, que únicamente era producto de su imaginación, y procuró no pensar en ello, puesto que dentro de aquel reducido espacio no se atrevía a consolarse en solitario.

12

La vida en el campamento

Juana apenas durmió en toda la noche, con la Biblia en la mano rogaba a la Virgen, pidiéndole que le diera fuerzas para seguir adelante con su propósito. Oía a Hugo roncar, mientras ella no paraba de darle vueltas a todo. Quería que su padre se sintiera orgulloso de ella y regresar a su aldea convertida en una heroína, pero a cada segundo que pasaba la idea de no poder conseguirlo se iba haciendo más y más grande y temía que finalmente la acabase devorando.

Antes del alba, justo cuando el sol empezaba a acariciar la silueta del horizonte y la noche iba quedando rendida al renacer de un nuevo día, Juana se alzó y salió de la tienda, procurando no despertar a su escudero. Pasó por el lado de Sultán, lo acarició, lo besó en el cuello y le susurró al oído, buscando su complicidad; sabía que él también se sentía extraño. El campamento aún estaba aletargado, el silencio tan solo era profanado por el último vuelo de alguna ave nocturna. La luna se resistía a desaparecer por la senda del destino y el aire era fresco a aquellas horas, a pesar de que faltaba poco para la primavera.

Juana fue recorriendo aquellas calles improvisadas entre tiendas, animales y carros hasta llegar al cerco exterior controlado por algunos guardias. Sentado en el suelo, más dormido que despierto, uno de ellos la saludó dándole paso. Y de este modo, se dirigió primeramente a hacer sus necesidades y después hasta el río para asearse un poco. Cuando regresó a la tienda, Hugo la aguardaba despierto.

—¡No es buena idea que andéis solo, aunque sea dentro del campamento!

Estaba furioso con él mismo por no haberse percatado de su salida.

—Tan solo he ido a hacer mis necesidades y a asearme un poco.

—Es arriesgado, no es conveniente.

—Creo que es importante que recordéis que sois mi escudero, no mi niñera.

Por suerte, durante aquel día todo el mundo en el campamento parecía estar muy ocupado, afilando las flechas y las espadas con una piedra, puliendo los cascos, ocupándose de los caballos... Juana tenía mucho esmero en no quitarse nunca la capucha que le cubría también el cuello. A la hora de la comida pudieron averiguar el motivo de aquel trajín. Se encontraban cerca de un grupo de caballeros que por su aspecto no parecía que tuvieran un rango muy distinto del de Don Diego Oliveros, segundones de mayor o menor poderío, que se habían alistado para servir a su señor. Uno de ellos empezó su relato y de inmediato atrajo la atención de cuantos estaban a su alrededor como si de un panal de miel se tratase y ellos fueran las moscas.

—Andaba cerca de Medina del Campo, cuando supe que sus majestades los reyes habían partido de la ciudad de Segovia, poco después de la marcha del arzobispo de la Corte.

Aquella sola introducción fue suficiente para que todos los que lo habían oído se acercaran después de morder el anzuelo para saber cómo continuaba la historia.

—Acudí a la villa para ofrecerles mi obediencia. La gente estaba maravillada con la visita del rey y la reina, y se volcaron a acogerlos de forma triunfal.

Todos los ojos y los oídos seguían atentamente la explicación de aquel caballero, que, en saberse el centro de atención, iba dosificando los pedacitos del relato, como si fuera saciando las ansias de beber de un sediento con ínfimos sorbos de agua, para alargar todo lo posible aquellos instantes de gloria.

—¿Habéis estado nunca en Medina del Campo? ¿Habéis paseado por sus calles al amparo de sus muros?

El orador formuló aquellas preguntas e hizo una pausa, sin esperar ninguna respuesta. Entonces, Juana recordó las tres ocasiones en las que había acompañado su padre a la villa. Había sido en mayo, la feria medinense se celebraba aquel mes durante cincuenta días. La imagen que guardaba en su memoria era la de un lugar fascinante.

—Medina del Campo es una villa en la que, como en muchas otras, conviven judíos, musulmanes y cristianos, pero que nada tiene que ver con la mayoría de las que la rodean...Y aunque no sea tiempo de feria... su privilegiada ubicación en la confluencia de los caminos procedentes de Burgos, de Toledo y de Portugal, y su vida mercantil, atraen a multitud de forasteros... ¿Podéis imaginaros la animación de sus calles y su plaza para homenajear a nuestros reyes?

El caballero hizo una pausa, bebió un poco de vino, mientras las pupilas de su público seguían clavadas en él, esperando que prosiguiera el relato.

—Un trasiego de campesinos, pequeños comerciantes, artesanos, caballeros, nobles festejaban animadamente la llegada de la comitiva real. Olía a comida y a celebración. Sonaban alegres músicas.

Cogió aire, para dosificarse y seguir presumiendo de estar mejor informado que todos los que allí se encontraban.

—El rey y la reina estaban sentados en la plaza Mayor ante la multitud. Es la plaza más grande que nunca hayáis visto. Por ella, regidores y caballeros iban desfilando ante sus majestades para besar sus manos en señal de homenaje. Yo mismo tuve ocasión de poder acercarme a los monarcas para rendirles obediencia.

Los que lo escuchaban se sentían absolutamente transportados por el tono de voz y la forma de narrar de aquel caballero. Al punto de cerrar los ojos y sentir que estaban viviendo aquel momento, sin pararse a pensar si todo cuanto explicaba aquel hombre era cierto o no.

—Esto es sin duda importante, pero ¿queréis saber lo que es realmente importante...?

Nadie contestaba, nadie pestañeaba, todos querían saber qué era eso tan trascendental que tenía que desvelarles el narrador.

—... Pues lo que es realmente importante, es..., que les rindan homenaje los grandes del reino —añadió.

Volvió a echar otro trago de vino, dejando en vilo a todo su público.

—Y..., estos también acudieron. El marqués de Santillana y el Condestable de Castilla también fueron a besar sus manos mostrándoles homenaje —dijo el caballero—. Y, además, lo cual es aún más importante...

Juana escuchaba con atención entre aquel abnegado público, embelesada con las dotes narrativas de aquel caballero que había conseguido fascinarlos a todos, como si de un encantador de serpientes se tratara. Entretanto, Hugo no conseguía apartar sus ojos de Juana. Aquella mujer lo estaba empezando a volver loco y no podía separarse de ella, ni tampoco quería. Aprovechando la narración, se había ido acercando cautelosamente a ella, rozando con sus ropas las de la muchacha, y se había embriagado con su aliento. Por suerte, nadie paraba atención en él, ni tan solo ella, absolutamente seducidos por aquel cuentista.

—Pues..., lo más importante... Es que García Álvarez de Toledo, duque de Alba, hizo entrega de su fortaleza de la Mota de Medina del Campo al comendador mayor del rey y la reina. Este es sin duda un gesto muy loable, ya que aquella da muy buenas rentas. Pero no tan solo por este motivo...

El público seguía hipnotizado con el relato, casi sin respirar, impaciente por conocer más detalles.

—Para la reina, doña Isabel, recuperar dicho castillo tiene un significado especial. Dicen aquellos que conocen bien a nuestra reina..., que desde sus primeros años ha sentido una atracción especial por Medina del Campo, su ajetreada vida mercantil y por esta fortaleza. Había sido de su propiedad, su hermano el rey Enrique se la entregó después del acuerdo de los Toros de Guisando, aunque el dominio le duró bien poco, porque el rey se la arrebató nuevamente para concedérsela esta vez a su hija, la princesa Juana.

Al oír aquel nombre alguien gritó, rompiendo la magia de la narración:

—¡Maldita Beltraneja!

—¡Shhhhhhh! —respondieron otros al momento, ansiosos como niños por saber cómo terminaba la historia.

—Que los grandes del reino ofrezcan sus principales posesiones a los reyes, sirve de ejemplo para otros y refuerza el poder de sus majestades.

Ante tal noticia se oyeron algunos murmullos entre los presentes.

—Pero..., la estancia de los reyes en Medina del Campo fue más breve de lo que muchos hubiéramos deseado. Bien pronto nuestras majestades abandonaron el palacio real y partieron junto con su sequito, acompañados del duque de Alba, hacia Valladolid. Y fue entonces cuando yo decidí venir a alistarme a este campamento para ser parte oficial de la mesnada real.

Una vez terminado el relato de los hechos, Juana intentó hacerse invisible a la vista de la mayoría que continuaba rondando a aquel caballero; le convenía pasar lo más desapercibida posible, y ya se había dejado ver demasiado. Hugo, consciente de que estaba a punto de romperse el embrujo del momento, despertó de su embelesamiento, presto a seguir al que ante los ojos de la tropa era su señor.

Aquella misma noche, durante la cena, ya corría la noticia de que el duque de Alba estaba organizando un importante torneo y ricas y costosas fiestas para festejar la estancia de los reyes en Valladolid. El campamento fue desvaneciéndose en pocas horas como si lo hubiera arrastrado el viento, y la mayoría se dispuso a emprender el viaje hacia aquella ciudad, para acudir a las fiestas y sacarse de encima el luto sus tristezas.

Juana y Hugo no tardaron en resguardarse en la tienda, la noche era fría y se estaba mucho mejor dentro de la lona, aunque no hubiera apenas luz. Juana esperó el momento y, saltándose su preceptivo silencio, decidió hablar con su escudero. Procuraba disimular su emoción, pero el tono agitado de su voz la delataba:

—Mañana a primera hora partiremos hacia Valladolid, estad preparado.

—Sí señor, no tenéis que preocuparos por nada, estará todo listo para el viaje.

No acababa de acostumbrarse al hecho de que se dirigiese a ella como al caballero Diego Oliveros cuando estaban solos, no veía la necesidad, pero no tenía ganas de entablar conversación con él. Y, al fin y al cabo, esa condición marcaba la frontera que ella también quería mantener entre ambos.

Juana y Hugo decidieron dejarse llevar por la corriente y acudir también a las justas. Tenían ganas de ver a los reyes y rendirles homenaje, aunque fuera de lejos. Sin la menor duda, ambos estaban ansiosos por presenciar unas fiestas que prometían ser bien lucidas, y la perspectiva de la partida y de todas aquellas novedades que se acercaban los mantuvo despiertos buena parte de la noche. Durante todas esas horas los dos permanecieron en silencio, a pesar de presentir que el otro tampoco dormía. Aquella madrugada, Juana sintió la extraña sensación de compartir la intimidad de sus pensamientos con Hugo, encerrados dentro de aquella pequeña tienda. Y en más de un momento estuvo a punto de romper su silencio y comentar con él todas esas ideas que se agitaban dentro de su cabeza, como sucede con la carga de un carro a su paso por un pedregal. Pero no lo hizo.

Hugo, por más que intentaba negar la respuesta a sus estímulos, al igual que la noche anterior, se sentía terriblemente excitado por el olor a mujer que desprendía la muchacha, intensificado con el hermetismo de la tienda. Decidió salir a

dar una vuelta y que le diera un poco el aire, a fin de tranqui-
lizar la virilidad de su sexo. Entretanto, ella contemplaba la
lona en la penumbra de la noche, ansiando que Hugo regresara, aunque no quisiera reconocerlo.

13

Valladolid

La mañana del jueves 1 de abril de 1475 amaneció con algunas nubes lejanas al oeste en medio de un cielo azul que presagiaban tormenta. Olía a primavera, los campos se habían cubierto de verdes alfombras luminosas esmaltadas de alegres margaritas y las primeras amapolas despuntaban fogosas, dejando acariciar sus vestidos de fuego por la suave brisa. Las aguas del río Pisuerga transitaban mansas a su paso por Valladolid. Juana y Hugo cruzaron el Puente Mayor, el único paso que conducía a la ciudad por poniente.

Al pasar por una calle cercana a la muralla norte, pudieron distinguir una gran cantidad de guardias presidiendo el lugar. Caballero y escudero bajaron del caballo para intentar averiguar qué ocurría. Se cruzó con ellos una anciana que andaba con dificultad y llevaba la cabeza cubierta con una toca. Decidieron preguntarle, y ella, muy amablemente, les explicó el motivo:

—Han de saber que la reina Isabel y su esposo, el rey Fernando, desde hace unos días se alojan en aquella casa —con la manoseñaló en dirección a la puerta de San Pedro.

—Perdone, buena mujer, ¿es esa casa la casa de Juan Vivero? —preguntó Hugo.

—La misma.

—¿Y no fue en esta casa donde hace unos años la pareja real celebró la ceremonia matrimonial sin el consentimiento del rey Enrique, el difunto hermano de la reina? —añadió Hugo.

—Sí, joven, estáis bien informado, aquí mismo fue, bajo la bendición del arzobispo Carrillo, y María de Acuña, la esposa de Vivero, fue la madrina. Y según dicen, pudiera ser que fuera cierto, porque los dos son jóvenes y bien parecidos, el amor surgió entre la pareja desde la primera vez que se vieron.

—¡Que honor para la ciudad! —dijo Juana, que no podía ocultar su emoción ante aquella romántica historia.

—Precisamente por su apoyo a la princesa Isabel, el rey Enrique le confiscó la casa a Juan Vivero, quien fuera en otro tiempo Contador Mayor. Y se la entregó al conde de Benavente, que hasta hace bien poco era su último propietario.

—Parece, pues, que esta casa está más rondada que una moza casadera —dijo Hugo con una media sonrisa.

—Sí, joven, su situación privilegiada al límite de la ciudad ha hecho que sea un lugar codiciado —explicó la mujer.

Entonces la anciana hizo una pausa, se acercó con cautela algo más a ellos, miró que no hubiera nadie cerca y bajó el tono de voz, aproximando una mano a la comisura de la boca antes de decirles:

—Pero si quieren que les hable con franqueza, ha sido una tranquilidad ver alejarse al conde de Benavente, para qué voy a engañarles. No podemos decir que contara con la estima de la mayoría de sus vecinos. Circulan historias nada agradables acerca de su persona. Pero no me hagan caso, la gente habla porque tiene boca... Lo mismo que yo, que mejor haría en tenerla cerrada.

De repente, la anciana se sintió incómoda al caer en la cuenta de que sus ansias de platicar la habían hecho hablar más de la cuenta, sin saber quiénes eran realmente aquellos desconocidos. Se retiró un poco y miró a Juana con los ojos entornados, esforzándose en fijar su desgastada vista en ella mientras la interrogaba:

—¿Cuál es vuestro nombre, caballero? Si no me falla la memoria, creo que no me lo habéis dicho.

—Diego Oliveros, y este es Hugo, mi escudero.

—Sed bien venidos a Valladolid, caballero Oliveros.

Juana no acababa de acostumbrarse a que la saludaran por aquel nombre. La muchacha se quedó ensimismada en aquel pensamiento mientras contemplaba el edificio fortificado con un gran torreón que daba a la iglesia de San Pedro.

—Aprovechad, observadlo bien ahora, porque dentro de pocos días ya no tendrá este aspecto. Según dicen en la ciudad, los reyes van hacer desmochar los torreones y derribar almenas y garitas. Parece ser que también derribarán las caballerizas que unen la casa con la muralla. Vivimos en un mundo de cambios... ¡Dios nos guarde!

—Así pues, hemos tenido suerte de poder conocer la casa antes de que empiecen a derribar cualquier señal de la fortaleza —dijo Juana, que para la mujer era Diego Oliveros.

—Sí señor, bien pronto solo será un recuerdo. Y pasado un tiempo, algunos explicarán que algo habían oído, hasta que llegue un día en que se habrá olvidado. Casas, personas, todo se desvanece de la misma forma con el paso del tiempo en nuestra mente —dijo la anciana, presa de la melancolía que se va adueñando de nuestra existencia con los años, hasta que nos arrastra con ella. Tenía la mirada extraviada, como si ella misma se hubiera dejado llevar por sus recuerdos y ya no se encontrase allí frente a ellos.

Ni Juana ni Hugo osaron interrumpir aquel momento; aguardaron en silencio a que fuera regresando lentamente a su realidad. Mientras la miraba, Juana pensó que envejecer quizá fuera eso: ir alejándose del presente, poco a poco, en un ir y venir apesadumbrado, hasta que llegaba un día en que el regreso se hacía imposible.

—¿Vosotros también habéis venido a la ciudad para disfrutar del torneo y las fiestas?

—Sí, señora.

—Pues, gozad de estos días, que mucho me temo que tiempo tardaremos a volver a ver nada parecido —dijo mientras se santiguaba.

—Buena mujer, ¿podéis indicarnos alguna posada donde podamos instalarnos? —le preguntó Hugo.

—Cerca de la plaza del Mercado es posible que encontréis algún sitio donde hacer parada, aunque estos días la ciudad está más concurrida que en tiempo de feria.

Por suerte, a cambio de unas buenas monedas, dieron con un lugar donde poder dormir y alojar a sus caballos, cosa bastante complicada con el gentío que iba llegando y se hacinaba aquellos días en Valladolid. Las plazas y las calles más céntricas habían sido acondicionadas y engalanadas con ropajes y flores de gran lujo y colorido. La música y el baile llenaba cualquier espacio que lo permitiera. Los mercaderes habían armado tableros y tiendas provisionales donde ofrecían sus productos a los visitantes: vino, queso, pan, pescado ahumado, dulces... Y mientras iban avanzando los preparativos, en las plazas se anunciaba a gritos el día en que se celebraría el torneo, que sería el sábado, y Juana esperaba emocionada que llegara el momento. Nunca había estado en Valladolid, y la ciudad aquellos días lucía su mejor cara. Tanto era así que le resultaba difícil no compartir su felicidad con Hugo, y llegó a olvidar por completo el motivo por el cual se encontraban allí.

A primera hora, de aquel 3 de abril, Juana y Hugo se hallaban en las inmediaciones de la plaza Mayor, centro económico y político de la ciudad, y tela[8] elegida para el torneo.

8. Paraje donde tenía lugar la justa o torneo.

El recinto estaba cerrado con un palenque,[9] los balcones y tablados adornados con lujosas colgaduras de ropa de seda y brocados, de donde colgaban metales preciosos y ricos tapices bordados. Había varios cadalsos, el primero de ellos y mucho más lujoso adornado con el pendón de la reina doña Isabel, destinado a los invitados de honor; otro para regidores, caballeros y personas destacadas de la ciudad, y un tercero para los jueces, que precisaban de un lugar destacado para seguir la competición. Un nutrido grupo de guardias controlaba los alrededores del palenque, mientras una banda harmonizaba el ambiente con una música marcial que acompañaba la entrada de los distintos invitados.

Cuando la banda de música dejó de tocar, hizo entrada la reina con un caballo blanco. Dos aguaciles sujetaban las bridas de su corcel, muy ricamente guarnecido con las crines, petral, falsas riendas y cabezadas decorados con plata y flores de oro. Tras ella, su séquito. Unos criados le aproximaron una escalera y la ayudaron a bajar de su cabalgadura. La reina empezó a avanzar con paso seguro y el rostro serio y sereno, acompañada de sus damas, al son de trompetas y clarines, en medio de aclamaciones de la multitud, saludos y parabienes de conocidos. Dueñas y doncellas observaban la ceremonia desde ventanas y cadalsos. Doña Isabel lucía un elegante vestido de brocado y una corona encima de la toca, cuyas puntas iban sujetas al pecho mediante una cruz de Santiago

9. Valla de madera para cerrar el terreno de combate.

de piedras preciosas. Como era la dama de honor de la fiesta, le habían reservado una gran silla revestida con mucho lujo. Catorce damas de su confianza la acompañaban, todas ellas ataviadas con un tabardo, mitad de brocado verde y mitad de terciopelo carmesí. Cuando la reina se sentó, un heraldo proclamó el bando tradicional: «Castilla, Castilla, ¡por el rey don Fernando y por la reina doña Isabel, su mujer, propietaria de estos reinos!».

—Nuestra reina es aún más bella y elegante de como la había imaginado —exclamó Juana, que no pudo evitar pensar en voz alta, con los ojos aguados por la emoción.

Hugo se limitó a mirarla sin contestar, sabía bien que ella no pretendía mantener una conversación. Pero aprovechó la ocasión y el gran gentío que se había congregado en la plaza para aproximarse más a ella, atraído como por el fuego del hogar en invierno, sabiendo que aquellas brasas eran tan agradables como peligrosas. Juana sintió el roce de las ropas de él en contacto con las suyas y notó cómo se le erizaba todo el vello de su cuerpo; también notó unas extrañas punzadas en el estómago que no fue capaz de identificar con ninguna otra sensación que hubiera sentido antes, y quiso engañarse pensando que se trataba de la emoción que le provocaba la fiesta y el espectáculo.

Cuando la reina y sus damas ocuparon los puestos que tenían asignados, el silencio invadió la plaza. Algunos grandes de la Corte se preparaban para salir a la tela. Tan solo podían participar aquellos caballeros de contrastado linaje.

Llegó el esperado momento y, después de ser anunciados, uno tras otro, los distintos participantes fueron apareciendo en la tela sobre sus cabalgaduras, provistos de lanzas de madera, escudos y armaduras. Se trataba de romper tres lanzas con cada caballero que llegaba a la palestra, o bien de derribar de la silla al contrario. Las horas fueron pasando, y el público se sentía honrado ante tan emocionante espectáculo. Por suerte, aunque hubo golpes, caídas de las monturas y muchas lanzas rotas, ninguno de los participantes resultó herido de gravedad. El público animaba exaltado a voz en grito, pues aquel espectáculo les permitía olvidar las penalidades que vivían a diario, y en especial la sombra de aquella guerra que cada vez parecía más inminente. Y Juana se sentía absolutamente perturbada, sentía a Hugo tan cerca de ella, lo oía gritar y notaba cómo la voz le retronaba en el pecho, sus palmas animando a los jinetes colmaban sus oídos, y tenía que hacer un verdadero esfuerzo para concentrarse en el espectáculo.

Entre los competidores estaba el conde de Salinas, el adelantado[10] de Castilla, don Enrique Enríquez, don Pedro Pimentel, don Sancho Velasco, don Juan Velasco, don Juan Robles, don Bernal Francés, don Martín de Tabar, don Pedro Barrientos, don Gaspar Después... Juana y Hugo, como la mayoría del público, no conocían a ninguno de ellos, pero iban siendo anunciados por el heraldo cuando les llegaba el

10. Un alto dignatario español encargado de llevar a cabo una empresa pública bajo designio real.

turno. Cuando salió a la plaza el rey don Fernando, la gente enloqueció entre aclamaciones y aplausos. Llevaba como divisa en el yelmo un yunque, y en el escudo un escrito con letras de oro.

—¿Lo has podido leer? —le preguntó emocionada a Hugo.

—No —contestó, mientras pensaba en la verdadera respuesta que debía de haberle dado: «No lo he leído, porque te estaba mirando a ti».

—«Como yunque sufro y callo, por el tiempo en que me hallo». —le respondió Juana conmovida, mientras pensaba que el dolor de su rey también era el suyo, y que había partido de su hogar para servirlo lealmente en nombre de su padre.

La entrada del duque de Alba también fue muy celebrada por ser el organizador de aquella gran fiesta. Por ese motivo fue él quien tuvo el privilegio y la responsabilidad de enfrentarse al rey. El monarca había insistido en que no era necesario, pues ya tenía una cierta edad, y el día antes había sufrido una caída del caballo mientras entrenaba y no estaba en las mejores condiciones, pero aun así quiso competir. En la primera carrera, cuando el rey llegó al galope rompió la lanza contra la armadura de su oponente, que estuvo a punto de caer de la montura. En la segunda carrera, cuando sus lanzas se cruzaron en el centro, con el impacto el duque de Alba cayó de la silla. Después de la caída el monarca no dejó que el duque continuara, pues estaba claro que todavía no estaba restablecido del accidente. El fervoroso y entregado público aclamó la valentía de ambos, la de uno por ser su rey, y la del otro por la osadía de competir estando aún convaleciente.

Pero los que lucharon con más bravura, sin lugar a dudas, fueron don Rodrigo Alfonso de Pimentel, duque de Benavente, y Beltrán de la Cueva, duque de Alburquerque. Se situaron a ambos extremos de la pista con sus caballos, enjaezados con una rica cabezada y debidamente protegidos, ambos con su armadura, y encima de esta una sobrevesta[11] luciendo sus respectivos escudos de armas. Bajaron la visera de sus yelmos y se dispusieron a salir a la carrera al encuentro de su oponente. El público gritaba animándolos con un ruido atronador, esperando el inminente choque en el centro de la tela. La lanza de Beltrán de la Cueva impactó con gran estrépito en el pecho de su adversario y rompió al momento, emitiendo un chasquido resquebrajante, mientras Rodrigo Alfonso Pimentel se sujetaba fuertemente al caballo con las piernas y las bridas para nos ser desmontado. Los espectadores vitoreaban los nombres de uno u otro oponente, mientras estos ya volvían a estar uno a cada extremo de la pista y Beltrán reemplazaba su lanza por una nueva para volver al ataque. Y repitieron la frenética carrera, pero esta vez el vencedor fue Pimentel, que arremetió con tal bravura contra su adversario que lo derribó. Ante la sorpresa, Juana se cogió del brazo de Hugo sin pensarlo mientras soltaba un grito espontáneo, pero inmediatamente volvió a soltarlo. Él se quedó pasmado al notar aquel contacto momentáneo.

11. Especie de túnica que se colocaba sobre la armadura o la vestimenta.

El muchacho se sentía tan excitado como los partidarios de Pimentel, que ya lo veían vencedor, pero la siguiente carrera la volvió a ganar Beltrán, rompiendo nuevamente su lanza. Juana y Hugo no apartaban la mirada ni un momento de la tela, el combate era emocionante, pero no tanto como la tensión que vivían ambos. La cuarta carrera quiso favorecer la suerte de Pimentel, dejándolos de nuevo igualados. Quedaban tan solo dos carreras. Juana y Hugo no se habían apartado del privilegiado lugar que ocupaban para nada. Permanecieron allí, de pie entre la multitud, durante horas, y eso que solo habían comido un pedazo de pan. Empezaba a oscurecer y Juana sentía la vejiga dolorida, pero tenía la sensación de no haber vivido en la vida un momento de tanta excitación como aquel, por la mezcla explosiva de emociones que se debatían en su cuerpo.

Encendieron algunas antorchas ante el clamor insaciable del público, que quería ver el esperado final entre aquellos dos titanes. Juana no se acordaba ni de las horas que llevaba de pie, notaba el roce de las ropas de Hugo contra las suyas, le hubiera gustado que aquel momento hubiera sido eterno. La quinta carrera fue toda una demostración de habilidad y coraje, pues la lanza no se rompió al primer encontronazo y los dos caballeros continuaron batiendo sus armas hasta que finalmente Beltrán consiguió romper la lanza impactando con fuerza contra el rostro de su rival. Se hizo un gran silencio. Juana se llevó una mano a la boca, intentando reprimir un grito ahogado. E, instintivamente, esta vez fue

Hugo quien la agarró del brazo. Pimentel cayó del caballo, su cuerpo golpeó con un estrépito sordo el suelo y el casco salió despedido, separándose de su cuerpo. La expectación era máxima, Pimentel parecía haber perdido el sentido, estaba tendido sobre la tela y ni se movía. Entonces, Beltrán bajó de su caballo y se acercó a él para ver en qué estado se encontraba. Y en aquel momento, su rival empezó a recobrar el conocimiento. El público reaccionó aplaudiendo con todo su ímpetu, como si de una tormenta se tratara, y Juana y Hugo se sumaron a los aplausos. Afortunadamente solo era una fuerte contusión.

Quedaba todavía la última carrera, la que había de dar la victoria definitiva al duque de Alburquerque o volver a anivelar la balanza. Beltrán le sugirió a Pimentel que no continuaran, que lo dejaran como estaba, pues al fin y al cabo solo era una competición festiva. Pero su rival, ya más restablecido, no quería desaprovechar su oportunidad y decidió seguir. Daba la sensación de que el palenque no iba a poder contener tanto nerviosismo y el público acabaría saltando a la tela tras desatarse una gran algarabía, otra vez se impuso el silencio cuando ambos caballeros se lanzaron al galope. Seguidamente se oyó un fuerte estallido y Pimentel cayó nuevamente sobre la tela. Los gritos aclamando al ganador se volvieron incontrolables. Sin pensarlo dos veces, Juana cogió a Hugo por los hombros con las dos manos: «¡Lo ha conseguido! ¡Lo ha conseguido!». Él la contemplaba impávido, sin saber cómo reaccionar. Beltrán de la Cueva era el gran vencedor del torneo, y después de saludar al público y a los nobles situados en los cadalsos, se dirigió hasta donde se encontraba la reina, se postró ante ella y le besó la mano en señal de vasallaje, dedicándole aquel triunfo entre grandes aplausos de todos los que allí se encontraban.

Por suerte para Juana, que necesitaba cuanto antes poder orinar, el público se fue retirando rápidamente, permitiendo que ellos, aunque estaban situados en primera línea, también pudieran marcharse. A continuación se celebraba un banquete en honor de los participantes. Juana y Hugo volvieron a la posada, mientras reyes, caballeros, damas y otros ilustres acompañantes se dirigían hacia las casas del obispo de Palencia donde tenían preparada una gran fiesta con ricos manjares, música y momos,[12] que se prolongaría hasta la salida del sol.

Las tabernas eran un ir y venir constante de gente con ganas de pasarlo bien. Y entre ellas, mujeres como Aldonza, en busca de algún caballero dispuesto a desahogarse con ella a cambio de algunas monedas. Se fue acercando a quien se hacía llamar Diego Oliveros, luciendo ante él sus encantos, mientras Hugo disfrutaba de la situación y tenía que hacer grandes esfuerzos por no reírse abiertamente, en vista de los apuros que pasaba su protegida intentando quitarse de encima a aquella mujer que le ofrecía sus servicios, mientras se protegía con la capucha para pasar desapercibida.

12. Representaciones teatrales breves, en las que a los personajes se expresaban tan solo con gestos y bailes.

—¿No soy de vuestro agrado, caballero? —le preguntó la muchacha, que era más joven que Juana.

La había visto sacar la bolsa de cuero del cinto para pagar la comida, y eso atrajo su atención con rapidez. Era descarada, se rozaba con ella sin ningún tipo de pudor, como si fuera una gata en celo. Juana estaba avergonzada, nunca había tenido tratos carnales con nadie, y menos con mujer; aquella situación le resultaba tremendamente incomoda, y además sufría por si aquella muchacha descubría su verdadera identidad. Trataba de apartarla, pero de tal forma que la otra lo tomaba más como un juego que como una negativa. Aldonza decidió jugar todas sus cartas: plantó sus firmes pechos que sobresalían de su escote ante el rostro de quien se hacía pasar por el caballero Diego Oliveros y se los refregó a placer. Entonces Hugo decidió intervenir, consciente de que aquel juego estaba empezando a ser demasiado arriesgado.

—¡Basta ya, estáis molestando a mi señor! —intervino tajante Hugo, cogiendo a la muchacha de un brazo con fuerza y apartándola de allí de un empujón.

Aldonza, ante aquel desaire, no insistió más y fue a probar suerte en otra mesa, no tenía por qué preocuparse, había suficientes hombres con ganas de pasar un buen rato. Juana se levantó bruscamente y se fue del establecimiento, sentía que Hugo la había humillado para divertirse a su costa y estaba muy furiosa. Su escudero, que sin duda se había divertido de lo lindo con toda aquella comedia, salió tras ella cuando ya estaba entrando en la posada. Pero, para su sorpresa, Hugo se encontró con que Juana había cerrado con llave la puerta de la habitación que compartían y tuvo que pasar la noche sentado junto a la puerta.

No volvieron a mediar palabra durante el tiempo que permanecieron en Valladolid, y aunque volvieron a compartir habitación, ella se cuidó bien de guardar las distancias en todo momento. Durante los siguientes días, eran muchos los que seguían acercándose a la ciudad para jurar obediencia a doña Isabel y a don Fernando, y alargaban su estancia siguiendo las fiestas que aún se celebraban.

Uno de esos días, Juana y Hugo se encontraban en una plaza donde había un pequeño grupo de juglares que entretenían al público, unos tocando música e interpretando poesías, y otros ejerciendo de saltimbanquis, contorsionistas y equilibristas. No muy lejos de ellos, unos caballeros mantenían una acalorada discusión. Y ambos se las ingeniaron para poder oír cual era el tema que les ocupaba.

—Se ve que el rey de Portugal ha enviado a uno de sus caballeros con una carta —dijo uno.

—¿Y cómo lo sabes? —lo interpelaba el segundo a gritos con desconfianza.

—¡Lo sé, y punto!

Entonces un tercer caballero explicó que el que tenía la información era conocido de uno de los criados de la Casa de Viveros, y una vez aclarado aquel extremo, reanudaron la conversación.

—Se ve que este enviado pretendía que doña Isabel y don

Fernando abandonaran el reino, que según el de Portugal ocupan injustamente —continuó el primero, ahora captando más la atención de quienes lo escuchaban.

—¿Y qué han dicho los reyes? —preguntó el segundo caballero.

—Pues tu qué crees, lo han enviado igual que ha venido. Con buenas palabras, eso sí, pero invitándolo a que se quede en su casa, que aquí nadie lo ha mandado llamar.

Se oyeron unas sonoras carcajadas, y Juana y Hugo se alejaron de allí para no ser descubiertos.

Los días de fiesta iban tocando a su fin.

14

Ruta del Duero

Después de partir el embajador del rey de Portugal, doña Isabel y don Fernando decidieron poner a buen recaudo el reino, enviando cartas a todas las villas y ciudades para que fueran bien guardadas y los partidarios de la princesa Juana no pudieran apoderarse de ellas. Además, también hicieron llegar notificaciones a algunos de los grandes caballeros del reino, informándoles de la embajada que les había enviado el rey Alfonso de Portugal y pidiéndoles que, como buenos y leales súbditos que eran, estuvieran preparados para acudir defender la Corona.

La reina doña Isabel se marchó de Valladolid acompañada del duque del Infantado, el Condestable Conde de Haro, el duque de Alba y de su séquito hacia Toledo. No estaba dispuesta a conformarse con que el arzobispo de Toledo les prestara su apoyo al rey de Portugal y a su sobrina, la infanta Juana. Él, que había estado a su lado en los momentos más difíciles, incluso enfrentándose a su hermano, el rey Enrique, no podía abandonarla ahora que tanto lo necesitaba. Fue a su encuentro, dispuesta a persuadirlo con todas sus armas, y a recordarle el poco tiempo que hacía que le había jurado fidelidad sobre un misal en Segovia.

El rey don Fernando permaneció unos días más en Valladolid con el cardenal de España, el Almirante y otros caballeros. Y en un intento de contener las riendas de una guerra, que cada día parecía más inevitable, el cardenal de España envió una carta al capellán del rey de Portugal haciendo un llamamiento a mantener la paz entre ambos reinos.

Juana y Hugo se dispusieron a regresar al campamento de Benavente, siguiendo la ruta del Duero, a la espera de lo que aconteciera. Llevaban ya muchos días en la ciudad, y mantenerse en una posada suponía un gasto importante. Además, no les convenía que los conocieran demasiado, habían procurado no concurrir los mismos lugares, pero temían que Juana empezara a levantar sospechas.

El primer mediodía después de su partida se detuvo para hacer sus necesidades, comer y dejar que los caballos pastaran un rato. Hacía un buen sol, y el sendero que transitaba junto al Duero estaba envuelto de chopos y fresnos que durante el verano darían una buena sombra, pero que entonces justo empezaban a brotar. Tomaron una pobre comida en silencio, pues la relación entre ellos había empeorado desde el incidente con la prostituta. Ya estaban terminando de comer cuando oyeron el tamborileo de unos cascos que se acercaban a toda velocidad. Hugo se puso enseguida sobre alerta: en un abrir y cerrar de ojos escondió los caballos tras unos matorrales y obligó a Juana a resguardarse junto a él, agarrándola fuertemente del brazo, sin que la muchacha ofreciera resistencia. Tenían que ser muy precavidos. Desde que sus majestades habían hecho pública una carta de seguro, según la cual, a los revoltosos no se les tendrían en cuenta los crímenes cometidos si se unían a ellos en la guerra, los caminos se habían vuelto menos seguros. Criminales y ladrones veían en esa carta una clara oportunidad para que no se tuvieran en cuenta sus fechorías.

Tres jinetes pasaron al galope por el sendero sin detenerse, azuzando a los animales con la fusta. Hugo seguía sujetando el brazo de Juana con fuerza para que no se moviera, cuando vieron acercarse un grupo más numeroso de caballos acompañados del pendón real. Juana tuvo que ponerse la mano en la boca para que no se le escapara una exclamación de sorpresa. Se trataba del rey don Fernando en persona, acompañado de una importante cuadrilla de hombres de su confianza. Seguían el camino en dirección a Zamora y pasaron al galope sin detenerse. Aguardaron un tiempo allí escondidos, asegurándose de que el grupo ya estuviera mucho más alejado. Y allí, camuflados entre la maleza, ella lo abordó con ímpetu:

—¿Por qué nos hemos escondido? —le preguntó una indignada Juana a su escudero—. Se trataba de su majestad el rey. Lo hubiéramos podido ver de cerca. Quizá se hubiera detenido.

—Cuando oímos los caballos no sabíamos quién era. Y si en lugar de la comitiva real hubiera sido una banda de forajidos, no te hubiera podido defender. ¿No te das cuenta? —respondió Hugo, que seguía agachado, muy cerca de su cara.

—Estoy harta de que me trates como a una mocosa. Quizá no tenga tanta experiencia en muchas cosas como la que puedes tener tú. Pero soporté una dura preparación y me gané el reconocimiento de mi padre. Dejé a mi familia para ir a luchar a la guerra y vivo todos los días escondida bajo esta ropa de varón que me oprime y me impide de ser quien soy. Y no me quejo. No vuelvas a hablarme como si yo no fuera capaz de pensar.

Hugo escuchó atentamente la airada declaración de Juana, y aquellas palabras lo pillaron por sorpresa; ya se había acostumbrado a sus silencios, y no fue capaz de responder. Ahora era él quien guardaba silencio, pues no lograba dar con las palabras adecuadas. Reprendieron la marcha en silencio, como lo habían hecho durante tantos días. Pero el silencio también habla. No todos los silencios son iguales, hay silencios preñados de oscuridad y miedo, silencios abrasadores como el fuego del deseo, silencios tensos de incomodidad insostenible, silencios dulces de complicidad compartida...

Al atardecer, detuvieron los caballos y buscaron un lugar un poco apartado del camino para pasar la noche. Hugo se disponía a preparar una pequeña hoguera, junto a la que disponer los lechos. De pronto, Juana lo interrumpió con decisión, pero empleando un tono mucho más amable que la última vez:

—No encenderemos ninguna hoguera, Hugo. Sería demasiado fácil localizarnos. Es peligroso. Si nos atacaran de noche, mientras estamos dormidos, tendríamos pocas posibilidades de defendernos.

Hugo había tenido en cuenta lo arriesgado que resultaba encender fuego, pero también era un elemento de protección frente a algunos animales. Y aunque era mayo, las madrugadas todavía eran muy frías. Pero pensó que aquella era una buena observación y siguió su consejo.

La noche era clara y serena, se podían distinguir bien las estrellas y la luna no era llena, pero poco le faltaba. Se recostaron junto a una encina, bastante cerca el uno del otro. Hacía bastante frío. Hugo tenía una manta en una de las sarrias y les sirvió para cubrirse los dos. Estuvieron varias horas sin conciliar el sueño. Se oía el croar de las ranas. Y de vez en cuando, el ulular de algún búho o una lechuza. Hugo podía sentir los límites del cuerpo de Juana junto al suyo y notar cómo le rozaba al menor movimiento. Él procuraba moverse lo mínimo, pero se sentía tan excitado que le resultaba casi imposible. Por el contrario, Juana parecía que no podía estarse quieta y no paraba de moverse. Finalmente, Hugo, hecho un manojo de nervios, decidió levantarse. Juana, con los ojos cerrados, oyó sus pasos distanciarse y cómo aliviaba su vejiga, y a continuación, sus pasos al regresar y el ruido de su garganta al tragar unos sorbos de vino de la bota. Pero no regresó a su lado, se quedó recostado junto a los caballos, buscando el calor que las bestias desprendían. Juana sintió que aquel sentimiento que la atraía hacia su compañero era cada vez más fuerte, era algo que todavía no sabía identificar, pero que la hacía sentir aún más insegura.

A la mañana siguiente, Juana se despertó con el olor del humo de la hoguera y de las truchas que Hugo estaba asando. Y de repente, aquel olor le hizo dolorosamente presente el recuerdo de su familia; ya llevaban bastantes semanas lejos, y aunque hasta entonces todo había resultado bastante sencillo, los echaba de menos.

Después de aquel sabroso desayuno continuaron la marcha. Evitaron el paso por la ciudad de Toro. A la distancia en que se encontraban no podían divisar los pendones de la Beltraneja ondeando en la fortaleza situada en la cima del monte, pero era bien sabido por todo el mundo que Juan Ulloa, de ascendencia portuguesa y alcaide de aquel baluarte, se había decantado por el bando de la princesa Juana y tenía la ciudad bajo su dominio.

Tuvieron que pasar otra noche más al raso antes de llegar al campamento de Benavente. Una noche aún más gélida que la anterior, por lo que Hugo y Juana decidieron arriesgarse a encender una pequeña hoguera en un lugar bien resguardado. Compartieron la poca comida que les quedaba, algunos frutos secos, algo de pan duro y el último trozo de queso. Y bebieron vino junto a las llamas.

Hacía tanto que no hablaba con nadie, que la necesidad brotó en Juana sin que la pudiera controlar. O quizá también podía ser cosa del el vino y de los muchos días que llevaba compartiendo camino con Hugo, que la habían ido reblandeciendo.

—¿Piensas en Arintero?

La muchacha dejo caer la pregunta de golpe, como si hubiera lanzado una piedra en un pozo y esperase impaciente a oír el ruido que haría al llegar al fondo. ¿Caería en el vacío o encontraría agua? Juana tenía las pupilas clavadas en el fuego y las mejillas sonrosadas por la calidez de las llamas, por efecto del vino y por el hecho de saber que estaba rompiendo una barrera de hielo que hasta aquel momento había mantenido infranqueable.

—Cada día desde que partimos.

Hugo se sorprendió a él mismo de haber pronunciado aquellas palabras.

—Me preocupa no ser capaz de luchar como debo hacerlo cuando llegue el momento. Y a pesar de este inmenso temor, ruego a la Virgen cada noche con todas mis fuerzas para que llegue pronto ese día, y así poder regresar cuanto antes.

Hugo no fue capaz de contestarle, quizá porque él continuaba pensando que la guerra no era lugar para las mujeres y que lo más razonable hubiera sido partir solo. Pero cada día que pasaba agradecía más la decisión tomada por el conde.

Se acomodaron al lado de la pequeña hoguera. Uno frente al otro y con la vista perdida entre las brasas, fueron abandonándose al sueño. De madrugada los despertó el relinchar de sus caballos. Cuando abrieron los ojos, descubrieron a dos ladrones hurgando en las sarrias de los animales. Dormían con las calzas y el jubón puestos, y con las armas al lado, pero desprovistos de armadura, lo cual los hacía mucho más vulnerables. Se levantaron de golpe. Los asaltadores, al verse sorprendidos sacaron el puñal. Hugo avanzó rápidamente hacia ellos con la espada en la mano y de una estocada hirió a uno de ellos en un brazo, y el malhechor huyó despavorido. Sin embargo, el otro logró arrebatarle la espada de un golpe. Hugo sacó la daga del cinto y empezaron a forcejear, cuerpo a cuerpo en una lucha muy igualada. Hasta que Juana lo marcó por detrás con la espada, obligándolo a rendirse.

—Ayúdame, Hugo, lo ataremos a un árbol.

Sacrificaron una de las cuerdas de esparto que llevaban consigo para dejarlo allí amarrado. Juana lo estaba atando a un chopo mientras Hugo lo sujetaba. Fue entonces cuando la mirada de ella coincidió por un instante con los ojos del forajido y sintió que el vello de su cuerpo se le erizaba al instante. El blanco de sus ojos amarilleaba, como los de un carnívoro enfermo, y había malicia en sus pupilas. Apartó rápidamente la vista de aquel aliento nauseabundo, mientras él esbozaba una sonrisa que dejaba al descubierto una boca con unos dientes oscuros y un exceso de saliva densa y maloliente. Aquella risa mezquina le heló la sangre a Juana.

Lo dejaron allí, conminándolo a guardar silencio durante un buen rato si no quería que volvieran para matarlo. Recogieron todo y partieron de allí mientras iba amaneciendo. En aquel mismo momento, un mal presagio nubló el pensamiento de Juana, y tuvo la premonición de que hubiera sido mejor matarlo, pero ninguno de los dos había matado nunca a nadie y ya estaban a poca distancia del campamento.

Juana sentía el corazón desbocado, era incapaz de pensar serenamente en cómo habían acontecido los hechos. Se sentía culpable por haber accedido a la idea de encender una hoguera. Y aún más culpable por haber tardado tanto en reaccionar, poniendo en peligro la vida de Hugo. Y de nuevo las dudas empezaron a apoderarse de ella, hasta que Hugo decidió intervenir para tranquilizarla:

—La próxima vez, Diego Oliveros, a ser posible, venid un poco antes en mi defensa, u os quedaréis sin escudero.

Juana rompió a reír como no se reía desde hacía mucho tiempo, y Hugo se sintió arrastrado por su risa. Con la fuerza que solo tiene la risa, que es vecina del miedo y de la tristeza. Se moría de ganas de abrazarla, pero se conformó con acariciar su alma.

15

Arévalo

Cuando Juana y Hugo regresaron al campamento de Benavente, se respiraba un ambiente bastante distinto del que se
encontraron la primera vez. La guerra ya era una realidad.
La noticia de la entrada del rey de Portugal en Castilla iba de
boca en boca. Pronto, en todo el reino fue conocido el gran
recibimiento que los señores de Plasencia, Álvaro de Zúñiga y su esposa, Leonor de Pimentel, le habían brindado. En
el alcázar de la ciudad lo aguardaba la princesa Juana, a quien
muchos llamaban «la Beltraneja», que había sido conducida
hasta allí por el marqués de Villena.

Explicaban que en Plasencia el rey portugués y la princesa Juana habían celebrado un gran desposorio. Que en la
misma plaza habían colocado un rico cadalso y que desde
allí el rey don Alfonso había jurado ser el monarca de Castilla y Portugal, aclamado por sus más allegados seguidores.
Y que don Alfonso y doña Juana habían sido homenajeados
con grandes fiestas.

Los informadores castellanos comunicaron al campamento de Benavente que el ejército del rey luso, después de

alzar las tiendas del real, acompañado por las huestes de don Álvaro de Zúñiga y de muchos de los nobles que le habían prestado juramento, se habían dirigido hacia Arévalo, villa propiedad de don Álvaro desde que el rey Enrique se la arrebatara a doña Isabel, viuda del rey Juan, para premiar la vuelta a la obediencia de tan díscolo vasallo.

En el campamento, la partida hacia Arévalo era un secreto a voces. El rey de Portugal llevaba ya unos días instalado frente a la fortaleza con sus tiendas. De manera que la reina doña Isabel y el rey don Fernando dispusieron que algunas huestes fueran a su encuentro para presentar batalla.

Cuando Juana se enteró de que el cardenal de España se encontraba en su campamento, sin pensarlo dos veces, acudió a su encuentro. Hugo iba tras ella, empezaba a conocerla bien, y cuando tenía una idea entre ceja y ceja no había quien se la quitara.

El cardenal se encontraba de pie en el interior de una de las tiendas más lujosas, con cortinas que decoraban el dosel. Mantenía una conversación con don Rodrigo Manrique de Lara, maestre de Santiago, y hacía grandes aspavientos. Fuera, unos guardias custodiaban el paso. La que fingía ser Diego Oliveros se detuvo junto a ellos, esperando que le franquearan la entrada. Desde allí podía seguir la conversación.

—La reina Isabel ha estado ocupada noches enteras dictando órdenes a sus secretarios. Ha visitado a caballo pueblos y ciudades para afirmar su fidelidad —dijo el cardenal.

—Más de lo que debiera para su estado de salud. Tan largas jornadas a caballo, soportando grandes fatigas, han acabado castigándola con la pérdida del hijo que estaba esperando —expuso el maestre de Santiago.

—Como si no hubiera podido reunir un ejército en tan poco tiempo para dirigirse hacia Arévalo —continuó el cardenal.

En aquel momento el cardenal dirigió la mirada hacia la entrada de la tienda y vio al joven caballero esperando junto a los guardias. Juana, al sentirse observada, dio un paso al frente.

—Con el debido respeto, excelencia, ¿podría hablar con vos? —dijo Juana, que acostumbraba a precipitarse en la mayoría de sus actos.

—Por su puesto, caballero ¿Con quién tengo el honor? —respondió el cardenal.

—Soy el caballero Diego Oliveros. Si me lo permitís, me gustaría formar parte de la expedición a Arévalo —pronunció aquellas palabras con el tono de voz más grave que fue capaz de emitir.

—Mucho gusto, Oliveros. Será un honor contar con vuestra ayuda. Veo que a pesar de vuestra tierna edad no os falta gallardía. Aunque yo no estaré al mando de dicha operación, sino Alfonso Fonseca, el obispo de Ávila, y no creo que vaya a pasar por aquí. Pero no os preocupéis, caballero, mañana todo el campamento se pondrá en marcha hacia Arévalo —dijo el cardenal.

Hugo observó la actuación de Juana desde la distancia, pero esta vez evitó burlarse de ella cuando salió sonrojada de la tienda, pensado que había hecho el mayor de los ridículos. Empezaba a conocer hasta dónde podía llegar su orgullo y sus reacciones, y no tenía ganas de que volviera a enfadarse con él.

Aquella misma tarde, se produjo un hecho que alteró profundamente a Juana. Estaba cepillando a Sultán cuando le pareció ver, a una cierta distancia, el rostro de alguien que la observaba y que le resultaba conocido. Pero pensó que debía de ser fruto de su imaginación.

El día transcurrió entre preparativos, recogiendo fardajes del campamento, disponiéndose para partir la mañana siguiente. Por la noche, Hugo encendió una hoguera y estuvieron largo rato a solas junto al fuego. Intentaban evitar tanto como podían las multitudes. Antes de acostarse salieron del campamento a hacer sus necesidades; la noche era oscura, la luna jugaba a esconderse tras las nubes. Agachada entre los matorrales, Juana distinguió el brillo de unas pupilas que la miraban, y se le cortó la respiración.

—¿Hugo, estás aquí?

—¿Y adónde quieres que haya ido? —contestó él entre risas.

—Volvamos al campamento, rápido —fueron las únicas palabras que fue capaz de pronunciar mientras componía sus vestimentas.

El muchacho notó por el tono de su voz que algo le ocurría, parecía preocupada. Y no tardó en reunirse con ella para regresar al campamento. Juana andaba deprisa, mirando a todos lados una y otra vez.

—¿Qué te ocurre?

—¡Shtttt!

La siguió sin preguntar, nunca la había visto tan alterada. Ella no quiso decirle nada hasta que estuvieron nuevamente junto a la hoguera. Temblaba y tenía el rostro desencajado.

—¿Qué ha sucedido? ¿Por qué estás tan nerviosa?

Antes de hablar, Juana comprobó que no hubiera nadie cerca de ellos y empezó a hablar en susurros, que obligó a Hugo a acercarse más a ella.

—Alguien me estaba mirando.

—Hay mucha gente en el campamento, solo tienes que escuchar —paró de hablar para que ella oyera los gritos de los que jugaban y bebían—. Es normal que hayamos coincidido con alguien en el descampado, todos salen fuera del campamento para hacer sus necesidades.

—Sé que te parecerá extraño, pero aquellas pupilas me miraban a mí.

—Puede que tengas razón, pero, aun así, no tienes de qué preocuparte, era completamente de noche, nadie ha podido ver nada.

—Era la forma en qué me observaba...

—Salir de noche al descampado no tiene nada de sorprendente, yo también me agacho cuando necesito...

—Además, esta mañana me pareció ver a alguien que me resultaba conocido.

—Eso tampoco sería tan raro, cada día hay más gente entre la tropa.

Juana no quedó convencida. Estuvieron largo rato junto al fuego, hasta que poco a poco fue calmándose. De fondo, se oían algunas disputas de aquellos que habían empinado el codo más de la cuenta, cortas e intensas como una tormenta de verano. Y entonces decidieron retirarse a descansar, tenían que despertarse temprano para emprender la marcha. Aquella noche Juana durmió muy mal, fue incapaz de borrar aquellas pupilas de su mente, y se despertó asustada entre sueños.

—Tranquila, tranquila, no ocurre nada, descansa —Hugo le susurró aquellas palabras muy cerca del oído, tan cerca que podía notar el aliento de ella al respirar. Le pasó una mano por el pelo, aquel pelo que ya había tenido que volver a cortarse desde que su madre se lo cortó por primera vez, como si fuera un varón.

Juana se dio la vuelta, quedándose de espaldas a Hugo, sin saber con certeza si lo había soñado o si realmente él le acababa de acariciar el pelo, y aquella idea la estremeció y la reconfortó a la vez, como cuando de noche su madre entraba en su habitación para arroparla. Y acercó su espalda a Hugo para sentirlo más cerca. Él tuvo que hacer un gran esfuerzo para frenar sus impulsos, pero a pesar de sentir su cuerpo como una brasa se quedó tan pegado a ella que podía notar cómo palpitaba su corazón.

Tan pronto como aparecieron las primeras luces del día y empezó a oírse el cantar alegre de los tordos y todo el mundo en el campamento se puso en movimiento, este adoptó el aspecto de un hormiguero en primavera. Alzaron las tiendas, recogieron todos los bártulos, llamaron a partida con varios toques de trompeta y jinetes, fardaje y peones emprendieron la marcha caminando mansamente.

El viaje duró tres días, durante los cuales el grupo de caballeros, escuderos y gentes de a pie apenas si pararon para comer algo y descansar unas horas por la noche. Por suerte el tiempo era cada día más cálido. Juana y Hugo, montados en sus caballos, iban siguiendo a la guarnición, pero ella, por más que lo intentaba, no conseguía borrar de su mente aquellas pupilas que la observaban en medio de la noche, y cada vez que se le hacían presentes se estremecía. Hugo intentaba calmarla, pero no había forma de dejar atrás aquel recuerdo. Buscaba con la mirada entre la tropa por si las veía, pero no aparecían por ninguna parte y, no obstante, ella tenía la sensación de que aquellas pupilas la vigilaban.

El miedo a ser descubierta iba en aumento cada día y generaba en Juana una tensión tan fuerte que a menudo le costaba respirar y apenas podía descansar por la noche, despertándose una y otra vez entre pesadillas. Pero aquellas pupilas no aparecieron en los tres días que duró el viaje. Y Juana empezó a pensar que solo existían en su imaginación. Que eran el fruto de todos sus miedos.

Cerca de Olmedo encontraron el campamento de las

huestes de don Alfonso Fonseca, obispo de Ávila, de los ejércitos del conde de Cifuentes y a muchos otros caballeros, escuderos y peones, y allí se instalaron. Poco después de su llegada, el arzobispo de Santiago ordenó a un pequeño grupo de hombres que salieran a investigar el campamento enemigo para saber a qué iban a enfrentarse. Hugo y Juana estaban montando la tienda, cuando uno de los caballeros de Cifuentes pasó junto a ellos y les ordenó que lo siguieran.

—Coged los caballos y venid conmigo. Debemos salir a proveernos de reservas para la tropa.

Caballero y escudero se sumaron al grupo sin preguntar, pues era la primera vez desde que se habían alistado que les encargaban una misión y no querían defraudar. Eran unos doce en total, cabalgaron durante un rato entre la penumbra, hasta llegar a una pequeña aldea. Diego Oliveros y Hugo se mantenían en un segundo plano, esperando que se les requiriera para algo. Pararon junto a la primera casa, y el caballero que había solicitado sus servicios ordenó a dos de sus escuderos que se aproximaran a la puerta. Llamaron de malas maneras, a porrazos. Una mujer ya mayor les abrió visiblemente acobardada:

—¿Qué se les ofrece, caballeros?

—Somos soldados de las tropas de la reina Isabel y venimos en busca de provisiones —dijo uno de ellos con un tono cargado de soberbia.

—No les puedo dar gran cosa, mi marido está impedido

en la cama desde hace tiempo y apenas tenemos para comer —les dijo la mujer con un hilo de voz.

—Colaborar con sus majestades es servir a Dios, tenedlo bien presente —le respondió el escudero con arrogancia.

Y sin la más mínima consideración, el caballero que llevaba la voz cantante dio la orden a los que se esperaban de que se proveyeran de cuanto encontrasen. Juana, escondida tras las ropas de Diego Oliveros, no daba crédito a lo que estaba viendo, se había quedado helada y no sabía cómo reaccionar. Los hombres entraron en el pequeño corral y se llevaron las pocas gallinas que había, metidas en sacos.

—¡Toma, sujeta esto!

Uno de los hombres que había entrado en el corral le dio un saco a ella para que lo sujetara y el otro a Hugo, que no se había movido de su lado.

La mujer lloraba de rodillas, suplicando que no se llevaran las gallinas, que era cuanto tenían para comer, pero el que se había dirigido a ella la apartó de malas maneras, sin ninguna consideración, y la mujer cayó al suelo. Juana, en su papel de caballero Oliveros, tuvo que hacer un verdadero esfuerzo para nos saltar del caballo y ayudarla a levantarse. Antes de marchar, entraron en la casa, llevándose también algo de pan y una bota de vino. Y montaron en los caballos entre risas, orgullosos y convencidos que habían hecho lo que debían.

Después de aquella casa vinieron algunas otras, y el proceder fue el mismo: entraban sin ningún miramiento y se llevaban cuanto encontraban a su paso para proveer a la tropa.

Juana cerraba tan fuerte los puños que se clavó las uñas, en un intento por contener las lágrimas y la rabia que sentía en ese momento. La oscuridad del atardecer ayudó a que su rostro desencajado pasara desapercibido. Hugo la miraba sin decir nada y sabía que estaba rota por dentro, que no comprendía cuanto sus ojos estaban viendo.

La pequeña expedición volvió al campamento entre gritos y expresiones de júbilo, después de haber conseguido una buena cantidad de comida que serviría, en parte, para preparar la cena. Ellos no eran el único grupo que había salido a buscar provisiones, así que los saqueos debieron de producirse de manera similar en otras casas.

Juana no quería cenar, se negaba a comer aquello que les habían robado de la boca a toda aquella gente sencilla. Entró en la tienda y se sentó en silencio. Hugo la siguió al cabo de poco, llevándole algo de comida.

—No puedes tomártelo de este modo. Estamos en guerra, decidiste alistarte. No puedes derrumbarte a la primera situación difícil que se presenta. Vas a vivir momentos mucho más difíciles. Mañana tendremos que salir a luchar, debes comer algo, sino, no tendrás fuerzas para enfrentarte al enemigo.

—Aquella pobre gente...

—Debes sobreponerte, tenías un objetivo. Viniste a luchar, así no vas a conseguirlo. Las tropas cumplen un servicio y deben ser atendidas por todos, también por el pueblo.

A regañadientes, como si fuera una chiquilla, comió alguna cosa, consciente de que Hugo tenía razón y de que no podía rendirse a la mínima dificultad.

Aquella noche, tendida de espaldas junto a Hugo en la tienda, pensó en la suerte que tenía de que fuera su escudero, y en cómo sin darse cuenta se había ido acostumbrando a su compañía. Sentía el calor de su cuerpo muy cerca de ella y se sentía atraía hacia él como un imán. Notó una de las manos de Hugo cerca de la suya y fue acercándola poco a poco, insegura, sin saber si debía dar el paso. Rozó la mano de Hugo y él acercó un poco más la suya, hasta que finalmente el muchacho se la estrechó. Pasaron la noche cogidos de la mano. Les costó mucho dormirse, ya que ambos ardían de deseo. Juana rezó a la Virgen y a su madre, suplicándoles que le dieran la fuerza y el coraje necesarios para afrontar la batalla que les venía encima, y para preservar su castidad tal como le habían enseñado desde niña.

Se despertaron al alba, cogidos de la mano, y, como de costumbre, salieron al descampado cuando todavía no había casi luz. De regreso dedicaron un tiempo a los caballos. Juana estuvo un rato acariciando a Sultán y hablándole al oído, como si realmente la pudiera entender. Hugo se los quedó mirando de lejos y sintió celos del animal. Comieron algo del puchero de la tropa y se pusieron la armadura y el casco.

—Con determinación, mi caballero Oliveros —fueron las palabras que le dijo Hugo antes de partir, y que a ella le dieron la fuerza necesaria para continuar; la emocionó especialmente la palabra «mi», que era tan simple, pero que lo cambiaba todo.

Después del aviso a la formación, la tropa se dispuso a emprender la marcha. Sabían por sus informadores que el ejército del bando portugués era más numeroso, pero confiaban en cogerlos desprevenidos. Pero el mismo afán de anticiparse fue su propia desgracia. Llegaron frente a Arévalo pensado sorprenderlos en el campamento, pero las huestes del rey don Alfonso de Portugal ya estaban formadas y aguardaban con sus estandartes la refriega.

El conde de Cifuentes ordenó a los hombres de a pie cubiertos con cotas de malla, cascos de hierro y armados con lanzas, que se dispusieran delante en primera línea, actuando de escudo de su caballería. Se aprestaron al combate ululando y gritando para aturdir y acobardar al enemigo. Pero las tropas enemigas no se impresionaron tan fácilmente. Diego Oliveros y Hugo avanzaban cabalgando junto con toda la caballería. Oliveros oía resonar aquellos gritos salvajes en su interior, y sentía que le producían un desconocido efecto de excitación.

El enfrentamiento fue desordenado, sin planificación, jinetes y peones se ensartaban y se herían entre ayes y lamentos. Muchos de ellos empezaron a caer heridos, algunos con miembros rotos, y otros muertos. Pronto el campo de batalla se convirtió era una auténtica colmena donde la infantería y la caballería de uno y otro bando se enfrentaban jugándose la vida. La sangre hacia difícil poder distinguir entre la gente de uno y otro bando.

Hugo estaba a su lado y la observaba de reojo, sorprendido al verla actuar como el caballero Diego Oliveros. La veía luchar con la lanza, poniendo todo su empeño. Se movía con gran agilidad a caballo, soportando el peso de la armadura como si lo hubiera hecho siempre. Era rápida. Compensaba la diferencia de fuerza respecto a sus adversarios con su bravura y con su dominio de las armas, tumbando a más de uno. Y la victoria sobre los oponentes la emborrachaba de orgullo. Hasta que cayó de la cabalgadura. Hugo se aproximó rápido hasta ella para ayudarla, pero no fue necesario. Al instante se puso de pie. Desenfundó la espada y empezó a revolverse como un auténtico guerrero, luchando con coraje, sin dudar ni un solo segundo en descargar la espada sobre sus adversarios, dejando a más de uno tendido en el campo de batalla con la misma determinación de un matarife abriendo en canal a unos puercos en su casa.

—¡Retirada, retirada...!

El obispo de Ávila llamaba a retirada. Y Juana seguía blandiendo su lanza como si no hubiera oído el aviso. Embriagada por la gloria de saber que había sido capaz de luchar contra el enemigo. Lo había conseguido.

—¡Nos vamos, nos retiramos ya! —Insistió Hugo a gritos, cogiéndola del brazo.

Juana lo miró, parecía enajenada, como si no se encontrara allí, como si no fuera ella la que acababa de vivir aquella contienda. Y justo en ese instante de distracción, uno de los peones portugueses estuvo a punto de ensartarla con su lanza, pero Hugo lo detuvo con un golpe certero, clavándole la suya e hiriéndolo mortalmente.

—¡Vámonos, ya! —volvió a insistir Hugo a voz en grito, esta vez sí, haciendo reaccionar a Juana.

A pesar de que las bajas fueron numerosas en uno y otro bando, los castellanos no pudieron soportar durante más tiempo la lucha. Los únicos que regresaban orgullosos de la refriega eran los hombres del obispo de Ávila, complacidos con el botín, pues habían conseguido capturar unos ciento treinta caballos. Desde un cerro cercano, Juana volvió la vista para contemplar con cierta perspectiva el escenario de la batalla donde había luchado como Diego Oliveros, y una sensación de desconcierto le cubrió el alma. Cuerpos de hombres y animales pisoteados, cubiertos de sangre, algunos de ellos aún agonizando bajo un viento de muerte entre lanzas rotas, pavesas y flechas.

El viaje de regreso hasta Olmedo fue un viaje de derrota y desasosiego.

TERCERA PARTE

Mayo de 1475-enero de 1476

16

Asedio al castillo de Burgos

La segunda semana de junio, Hugo y Juana llegaron a Burgos junto con las tropas castellanas para unirse a los ejércitos que llevaban un mes intentando desalojar a los rebeldes de la fortaleza. Íñigo de Zúñiga, alcaide del castillo en nombre de su hermano, Álvaro, el gobernador, había hecho levantar las banderas de la Beltraneja, secundado por un ejército de unos trescientos hombres de armas de Luis de Acuña, obispo de la ciudad.

Burgos, cabeza de Castilla, vivía dentro de sus muros una complicada situación que enfrentaba al Consejo de la ciudad, partidario de la causa de doña Isabel y don Fernando, con el alcaide del castillo y el obispo, que apoyaban el bando del rey de Portugal y la princesa Juana de Castilla.

Los recién llegados se situaron en un campamento al sur de la fortaleza, fuera de las murallas. Podían observar frente a ellos el cerro de san Miguel, donde se alzaba el poderoso castillo, una atalaya perfecta para controlar la ciudad y la llanura del río Arlanzón.

Desde el campamento se oía el estruendo de los proyectiles que lanzaba la bombarda instalada en la torre de San Esteban contra el castillo y las respuestas que llegaban desde allí. En un primer momento, aquellos fuertes impactos perturbaron enormemente a Juana. Pero con el paso de las horas consiguió bloquearlos en su mente, más por pura necesidad que por cualquier otro motivo.

Después de varios días de camino, Hugo y Juana necesitaban descansar. La sorpresa llegó a la hora de montar tiendas, ya que al ser muchos más soldados tenían que compartirla con dos hombres más. Aquella nueva situación los incomodaba a ambos, que ya se había acostumbrado a estar en aquel espacio de intimidad, y añadía una mayor tensión a la posibilidad de que Juana fuera descubierta. A partir de aquel momento tuvo que tomar muchas más precauciones.

A la mañana siguiente, tanto Juana como su escudero fueron destinados a realizar una guardia junto con algunos hombres más. Apenas sabían de que se trataba, así que siguieron las ordenes de aquel oficial, y echaron a andar en silencio y armados hasta la ciudad. Juana hacía muchos años que no había estado en Burgos y apenas se acordaba de nada. Se detuvieron en una torre cercana al río Arlanzón, que después supieron que era conocida como de Santa María. Algunos de los soldados recibieron la orden de permanecer en la parte baja del arco guardando la puerta. A Juana y a Hugo les asignaron la vigilancia de la entrada al tercer piso. Al poco de llegar el oficial que los acompañaba les explicó un poco cuál era su función:

—Hoy se reúne el Concejo en esta torre. Vuestra misión consistirá en velar por la seguridad de los alcaldes y regidores. La situación bélica en la que se encuentra la ciudad hace imprescindible tomar todas las medidas de seguridad.

Poco a poco fueron llegando los cuatro alcaldes y los dieciséis regidores. Los primeros ejercían propiamente de jueces municipales, administrando justicia por medio del merino mayor[13] y sus dependientes. Mientras que los segundos se encargaban principalmente del gobierno y la administración. Aunque a ambos los nombraba el monarca, a veces los candidatos eran presentados por la ciudad. Se trataba de cargos retribuidos y de carácter vitalicio. Y según reconocimiento de la misma reina Isabel, la competencia municipal era exclusivamente suya. Se trataba de una clara estrategia de la joven monarca para proporcionar una amplia capacidad de maniobra al gobierno interno de la ciudad, y así poder organizar una movilización eficaz a favor de su causa.

Juana los vio tomar asiento entre susurros desde la puerta. Se les notaba nerviosos, estaba claro que se trataba de una reunión trascendental. Según le informó uno de los soldados que hacía guardia junto a ellos, aquel día, no estaban todos: algunos, como el alcalde Antonio Sarmiento, hermano del obispo de la ciudad, se habían aliado también con el bando de los Zúñiga. Entre los congregados había impor-

13. Cargo de nombramiento real con amplia jurisdicción en el territorio.

tantes representantes del patriciado y todos ejercían una posición de poder parecida, ya que no existía el cargo de presidente.

Juana iba siguiendo la evolución de las piezas del ajedrez al colocarse sobre el tablero, pensando que de un momento a otro se cerraría la puerta y se perdería la parte más importante, la partida. Pero, sorprendentemente, uno de los regidores solicitó que un par de guardias permanecieran en la sala cuando cerraran las puertas para iniciar la reunión, y los elegidos fueron Hugo y Juana, que no cabían en la piel pensando en la suerte que habían tenido.

El secretario mayor, que era quien ejercía de escribano y redactaba las cartas de la sesión, aunque no tenía ni voz ni voto, abrió la reunión, como de costumbre:

—En el día de hoy nos encontramos aquí reunidos en sesión extraordinaria para discutir sobre la difícil situación que vive la ciudad, y decidir qué posición tomar ante tan preocupante momento.

Si perder un segundo, los asistentes empezaron a plantear posibles actuaciones, analizando el punto en que se encontraban.

—No podemos continuar tolerando tales abusos por parte de los allegados de los Zúñiga —dijo uno de los regidores.

—Además, es bien sabido que los intentos de negociación entre el rey don Fernando y el obispo Acuña están estancadas —añadió otro de los regidores.

—El obispo actúa con total permisividad, sabiendo que

doña Isabel y don Fernando le prometieron bajo juramento no hacerle ningún mal, ni confiscar sus bienes y rentas eclesiásticas cualesquiera que fuesen las faltas por él cometidas —dijo uno de los alcaldes.

—Seguir tolerando tales ataques del bando rebelde tan solo puede acarrear peores consecuencias. No podemos olvidar que entre la población también existen algunos caballeros que se sumarían a su causa si siguen avanzando —añadió el primer regidor que había intervenido.

—Debemos enviar un comisionado a Segovia para informar al rey, reiterando nuestra fidelidad y exponiéndole nuestro sufrimiento —concluyó otro de los alcaldes.

La mayoría de los que se encontraban allí estuvo de acuerdo en poner en conocimiento del monarca cuanto estaba ocurriendo en Burgos. Pero tuvieron claro que no podían esperar de brazos cruzados cuando desde el castillo los atacaban con todas las armas de guerra a su alcance, lanzando sin piedad sus proyectiles desde brigolas y almajaneques[14] y causando grandes daños en casas y palacios. Y de esta manera, decidieron formar un ejército con hombres de la ciudad para cercar la fortaleza y contener las incursiones de gentes del castillo que hostigaban a diario a los burgaleses, mientras esperaban que el monarca enviara sus tropas.

Y el secretario mayor dejó constancia por escrito de la orden expedida:

14. Máquinas militares utilizadas para lanzar proyectiles.

«Nos alcaldes, merino y regidores de la muy noble ciudad de Burgos hemos tomado la decisión de constituir una milicia urbana de hombres a caballo y a pie reclutados entre las vecindades, mandados por capitanes para que se hagan cargo del orden en la ciudad y de las velas nocturnas; y guarden asimismo, sus puertas y torres».

El servicio prestado durante aquella mañana, les permitió a Hugo y a Juana conocer de primera mano cuál era la realidad que estaba viviendo la ciudad y las medidas inmediatas que el Concejo había acordado. La más importante de ellas, la decisión de armar en pocos días a unos mil hombres de la ciudad para frenar el avance de sus enemigos y poder recuperar las torres de San Esteban, San Nicolás, San Pablo y San Gil, desde donde los hombres de Zúñiga atacaban con sus ingenios las propiedades del bando isabelino, lo cual significaría una mejora importante en la vida diaria de los burgaleses.

Aquella tarde, después de haber atendido a sus caballos, Hugo y Juana tenían un rato libre, y como que en la tienda tampoco podían descansar tranquilos, decidieron acercarse hasta la ciudad. Rodearon la muralla por el exterior hacia levante, hasta el arrabal de San Juan, pasaron un puente sobre el Vena y después de identificarse en la puerta debidamente protegida por una pareja de guardias, se adentraron en la ciudad por la zona nueva, donde había bastantes casas en construcción. Fueron avanzando entre algunos vendedores ambulantes y gente que iba y venía, dejándose llevar por el sentido del olfato y de la vista.

Los habitantes de Burgos, a pesar de tener las calles invadidas por la infantería y la caballería de los ejércitos partidarios de doña Isabel y don Fernando, hacían lo imposible por continuar trabajando y abriendo sus comercios. Juana y Hugo pasaron por delante de una barbería. Dentro del establecimiento había un caballero sentado al que le estaban cortando el pelo. Fuera, otros dos esperaban el turno para ser atendidos. En una carnicería, abierta a la calle, el que parecía ser el propietario, renegaba entre dientes detrás de un banco donde tenía unas balanzas y vendía la carne, después de que dos soldados salieran con un buen paquete para aprovisionar a la tropa. Hacía calor, y la tienda desprendía un fuerte olor a carne cruda. Sobre el puesto del vendedor, colgando de una biga de madera, había un pedazo de carnero, otro de vaca, una gallina y dos patos. Mantener a las huestes significaba la ruina de todos los vecinos. Cerca de la plaza del Mercado, una mujer vendía los últimos cuarterones de pan blanco que tenía en una cesta. El olor a pan colmó el olfato de Juana, que buscó unas monedas para comprar una de las hogazas. La partió con las manos y le dio la mitad a Hugo. Frente a sus ojos, algunos hombres se acumulaban en mesones y tabernas, y mientras unos gastaban los pocos maravedíes que tenían en una jarra de vino o algo de comida, otros lo hacían en el servicio que ofrecía el burdel.

Aquel ambiente a Juana le resultaba extraño a la vez que sofocante, le costaba comprender cómo los vecinos continuaban viviendo aparentemente como si nada. Mientras paseaban juntos, ella lo miró de reojo, se moría de ganas de cogerlo de la mano y pensó que, si no supiera que en el otro extremo de la ciudad seguían lanzando proyectiles contra la población, aquel habría sido un instante tierno y acogedor.

Ensimismada en esos pensamientos, Juana observó una columna de humo negro que se alzaba entre las casas de una de las calles más cercanas al castillo. En un soplo, muchos de los que ocupaban las calles emprendieron una carrera hacia el barrio de San Martín. No era la primera vez que se prendía fuego en la ciudad, y hacía falta actuar deprisa para que no se propagase.

Sin hablarlo, ellos también corrieron en la misma dirección, dejándose arrastrar por la inercia de la multitud hasta llegar a les inmediaciones de aquella populosa y rica calle. A cierta distancia se podían observar varias casas que ardían descontroladamente, el intenso olor a humo se mezclaba con los gritos de espanto de los vecinos. Las llamas se apoderaban de cuanto encontraban a su paso ante la impotencia de todos, ya que el agua quedaba demasiado lejos para poder sofocar el fuego. Llegaban algunos cubos, pero eran del todo insuficientes.

Juana reaccionó rápidamente, sin tan siquiera avisar a Hugo. Cuando este se dio cuenta, la había perdido entre el humo. La muchacha se había cubierto la boca con un trapo para adentrarse en la nube del incendio, atraída por los gritos que reclamaban ayuda, y ya se dirigía hacia ellos sin pensarlo. Apenas podía distinguir nada. El calor era abrasador.

Entonces pudo ver a una mujer, en el suelo, cerca de sus pies. Juana intentó ayudarla a alzarse para sacarla de allí, pero la otra, en lugar de seguirla, ofrecía resistencia, gritando despavorida con los ojos abiertos como platos y una mirada de horror:

—¡Mi pequeño, mi pequeño... está en la cama!

Ya nada podían hacer por su hijo, dentro de aquellas llamas nadie podía seguir con vida, y tenía que sacar a aquella mujer de allí como fuera. La arrastró tirando de ella con convicción, mientras la otra se oponía con las pocas fuerzas que le quedaban, al tiempo que se desgarraba en un llanto estremecedor, viendo consumirse cuanto tenía y cómo le arrebataban aquello que más amaba.

A Hugo le pareció verla aparecer, después de haberla perdido entre la humareda. Pero Juana dejó a la mujer en manos de otras mujeres que se ocupaban de los heridos y antes de que Hugo pudiera reunirse con ella, había vuelto a sumergirse en aquella nube de horror ardiente que no se detenía, intentando encontrar algún otro superviviente. Hugo estaba absolutamente desconcertado, no podía dar crédito a cuanto estaba sucediendo, Juana había vuelto a desvanecerse sin dejar rastro

—¡Aquí, aquí, ayuda!

El que gritaba con dificultad, entre accesos de tos, era un anciano que había quedado mal herido de una pierna y era incapaz de escapar de allí por sí mismo. Juana se acercó a él, le pasó un brazo por encima de la espalda y empezó a avanzar lentamente, entre lamentos de dolor. Era muy difícil distinguir por dónde avanzar con tanto humo. Los ojos le escocían y casi no veía nada, pero siguió avanzando muy lentamente a trompicones, tambaleándose, hasta que logró dejar al hombre en buenas manos. El anciano se deshacía en agradecimientos:

—¡Muchas gracias por salvarme la vida, eres un ángel!

Pero Juana ya había desaparecido de nuevo, volcada en salvar tantas vidas como le fuera posible. Por primera vez desde que había partido de Arintero se sentía realmente útil.

Empezaba a anochecer, hacía mucho que Hugo no sabía nada de Juana y el temor a no encontrarla iba creciendo sin compasión por su sufrimiento. Se había adentrado una y otra vez en la nube de humo en su busca, pero había sido incapaz de dar con ella. Estaba muy preocupado pensando que quizá había quedado atrapada también por el desprendimiento de alguno de los materiales o por las llamas, cuando finalmente la vio aparecer cubierta de ceniza y caminando con dificultad. Corrió hacia ella, gritándole muy cerca de la cara mientras la cogía por los hombros con las dos manos.

—¿Dónde te habías metido?

—¿Tú que crees?

Él la miraba directamente a los ojos, desconcertado, con una mezcla de sensaciones: de desasosiego al pensar que la había perdido; de rabia, por haber actuado sin contar con él;

de orgullo al contemplar su coraje; y de alegría, al verla de nuevo junto a él. Nunca dejaba de sorprenderlo.

—¡Nos vamos hacia el campamento! —fue todo cuanto pudo decir Hugo, con una autoridad que no daba pie a discusión.

Ella no intentó resistirse, se sentía absolutamente agotada y sabía que no tenía ninguna posibilidad de ayudar a nadie en las condiciones en que se encontraba.

—¡Sujétate a mí! —le dijo, ofreciéndole su hombro. Y Juana lo agradeció, pues se sentía al límite de sus fuerzas.

Cuando pasaron cerca del río apenas había luz. Entre penumbras Hugo la ayudó a lavarse un poco, ya que estaba completamente cubierta de ceniza. Cogió un trapo que llevaba en la bolsa y fue pasándoselo por la cara con una delicadeza extrema, como si se tratara de una pluma. Juana cerró los ojos y se dejó cuidar, sentía su alma y su cuerpo desgarrados, y agradeció la dulzura de Hugo. Le hubiera gustado que la hubiera abrazado, pero ni él la abrazó, ni ella tampoco a él, podían sorprenderlos en cualquier momento, y a los ojos del resto de la tropa eran Oliveros y su escudero, así que debían guardar las formas. Después siguieron su camino en silencio hasta el campamento.

Sentados fuera de la tienda, vieron el resplandor del fuego arder durante horas. Aquella luz endemoniada desgarraba a los vecinos de la ciudad, que nunca antes se habían enfrentado a un incendio de tales proporciones, y que en tan pocas horas devoró las casas, negocios y palacios de tantos ciudadanos, cobrándose un gran número de muertos y heridos. Aquella fue una madrugada muy triste. El humo y la ceniza cubrieron con una capa de penuria a la mayoría de burgaleses, y a todos aquellos que lo contemplaban desde las afueras, como Juana y Hugo.

17

Llegada del rey Fernando a Burgos

A primera hora de aquel lunes 14 de junio, la noticia de la llegada de la comitiva real causó un gran revuelo, extendiéndose rápidamente entre la tropa y por la ciudad. En cuanto Hugo tuvo conocimiento de aquel hecho, pensó que acudir al recibimiento podía ayudar a Juana a superar la terrible experiencia del incendio. Llevaba un par de días muy apesadumbrada, desde aquella desgraciada tarde.

El muchacho estaba impaciente por acudir allí y poder ver al monarca, aunque fuera de lejos. Animó a Juana para que se espabilara, y a fin de ganar tiempo dieron la vuelta a la ciudad y entraron a Burgos por la puerta de San Pablo, ya que la de Santa María se encontraba absolutamente colapsada por la comitiva. El griterío era sorprendente. Los burgaleses habían salido en masa a la calle y daban la bienvenida a su rey con grandes muestras de entusiasmo.

A media mañana, la lucida cabalgata entraba por la puerta principal de la ciudad. Al frente, junto a un gran estandarte de terciopelo bordado en oro, iba el rey don Fernando, acompañado de su hermano bastardo don Alfonso de Aragón, Maestre de Calatrava y duque de Villahermoso; don Pedro de Velasco, condestable de Castilla y conde de Haro, y una guardia de setenta lanzas, además de un importante número de peones de Guipúzcoa. Desde el adarve de las murallas, una abigarrada multitud se agolpaba para ver la entrada de la comitiva real encaramada en aquel mirador privilegiado. Aquel emotivo recibimiento hacía que la tropa avanzara muy lentamente ante las numerosas muestras de gratitud de aquellos que se sentían afortunados por ver tan de cerca a su joven rey.

Después de dejar los caballos a sus escuderos en la plaza, don Fernando se dirigió hacia las escaleras de la puerta del Sacramental. Había gente a ambos lados, y algunos lanceros improvisaron un cordón para contener a la multitud, dejando un pasillo central lo suficientemente holgado para que no molestaran a su majestad. Antes de empezar a subir la pronunciada escalinata, el monarca se detuvo y alzó la vista, primero, hasta el conjunto escultórico, y después hacia el extraordinario rosetón. Juana pudo ver su gesto desde bastante cerca, y pensó que al rey le maravillaba la belleza igual que a sus vasallos, y que aquello le honraba y lo mostraba como un soberano de gran nobleza ante los ojos de todos los que se habían reunido allí para enaltecerlo.

Acto seguido, su majestad reemprendió la marcha con decisión y firmeza, rodeado por las personas de su máxima confianza. Era un hombre de mediana estatura, pero sus ricas vestimentas realzaban su figura. Juana lo estaba observando ensimismada, cuando se sobresaltó al notar que Hugo la cogía de la mano y tiraba con decisión, pero delicadamente de ella. Era una mano fuerte y segura, que la invitaba a que se hicieran escurridizos entre la masa. Le gustó el contacto con aquella piel cálida que la acompañaba a al interior de la catedral, justo antes de que el rey llegara frente a la puerta y la iglesia se llenara por completo, pues eran muchos los que se daban codazos para poder colarse. Hugo siguió avanzando hasta situarse en un rincón donde pudieran pasar bastante desapercibidos, y desde allí observaron cómo las dignidades del cabildo esperaban a su majestad en medio de la nave central, cual figuras de piedra. Entretanto, el monarca seguía avanzando con firmeza y sin prisa por el pasillo, con la corona ceñida sobre una media melena de cabellos prietos y lisos. Vestía un sayo largo de brocado forrado de piel y un manto rojo. Sobre el pecho lucía una cadena con una espléndida cruz de oro y perlas.

Dentro del templo no cabía ni una aguja. A pesar de haberse situado ya, Hugo siguió cogido de la mano de Juana, mientras que ella no podía dejar de pensar en las sensaciones nuevas que aquel contacto con su piel le producía. Nadie podía ver sus manos apuntando al suelo, resguardadas por sus propios cuerpos; además, todas las miradas estaban esperando oír, expectantes y en completo silencio, el saludo entre el rey y las dignidades del cabildo. Ante la sorpresa de todos los que aguardaban casi sin respirar, el deán, como máximo representante del cabildo, posó una rodilla en el suelo, le besó la mano al rey y le juró lealtad, en un gesto absolutamente espontáneo, pero de gran trascendencia, teniendo en cuenta que el obispo de la ciudad secundaba a los rebeldes.

Juana se sentía absolutamente excitada, con el pulso al galope, sin poder concentrarse en nada de cuanto allí pasaba y con un único pensamiento ocupando su mente; quería que aquel momento fuera eterno, y le preocupaba que para Hugo no significase lo mismo que para ella. La ceremonia avanzaba al margen de su existencia, en medio de una atmósfera saturada de humedad, de gentío y del olor de los cirios. El rey tomó asiento en una lujosa silla de madera noble forrada de terciopelo rojo, y el resto de dignidades del cabildo —el cantor, el sacristán, el arcediano, el arcipreste, abades y cardenales— fueron pasando ante él, siguiendo el ejemplo del deán. Y después de ellos desfilaron canónigos, racioneros y capellanes, que juraron ponerse a su servicio y prestarle expresa obediencia. Aquella larga fila de individuos que desfilaban ante el rey parecía interminable. Y, finalmente, los miembros del ayuntamiento y sus dependientes judiciales y administrativos también volvieron a jurarle lealtad, tal como les habían exigido los reyes, a cambio de que ellos guardasen todas sus excepciones y privilegios.

Uno tras otro iba pasando ante el rey, que estaba de espaldas al altar mayor, para hacer su juramento en un acto largo y monótono para todos los que habían tenido la suerte de poder entrar en la catedral, menos para Hugo y Juana, que saboreaban aquel contacto completamente embelesados. Juana fijó sus ojos en la Virgen de plata del altar mayor y le suplicó que no terminara aquel instante. Hacía rato que ya no prestaba atención a los juramentos, pero se acordó de todos los afectados por el incendio, de su madre y de su familia.

Acabados los cánticos, la sesión solemne llegó a su fin. A la salida, el público aclamó nuevamente a su majestad con grandes muestras de emoción. Hugo no le soltó la mano hasta que se hubieron alejando del bullicio.

Entonces Juana se sintió llamada a volver al lugar del incendio y, sin haberlo comentado con Hugo, fue dirigiéndose calmosamente hacia allí con el corazón encogido, atraída por una extraña fuerza, mientras él se limitaba a seguirla de cerca, respetando su silencio.

Cuando llegaron a la calle de las Armas, las imágenes eran impresionantes. Un gran número de viviendas habían sido devastadas por el fuego. Resultaba desolador. No había vida, solo montañas de ceniza y restos de edificios calcinados que colgaban, tétricos y amenazantes. Alguna que otra persona, asolada por la desgracia, seguía rondando la zona como alma en pena, incapaz de aceptar aquella salvaje realidad, convencida de que aún existía alguna posibilidad de encontrar a un familiar desaparecido.

—Volvamos al campamento... —le dijo Hugo muy cerca del oído con voz dulce, mientras la sujetaba del hombro un instante.

Silenciosamente, intentando digerir el inmenso dolor de todas las escenas vividas en aquel incendio vandálico, fueron alejándose de allí para regresar al campamento.

Aquella noche, después de todo lo ocurrido en las últimas horas, a Juana le resultaba imposible dormir. No podía soportar el hecho de tener que dormir vestida, compartiendo aquel reducido espacio con dos hombres más, respirar su tufarada a vino y a sudor y escuchar sus fuertes ronquidos. Pero sabía que no debía levantar la menor sospecha, por eso, haciendo un gran esfuerzo, centró todos sus pensamientos en el recuerdo de la mano de Hugo, como si todo el mundo se limitara a aquella sola extremidad y sus falanges. Y de este modo consiguió que el sueño se apiadara de ella.

A la mañana siguiente, en todo el campamento solo se hablaba de la espectacular cena con la que los grandes de la ciudad habían agasajado al rey en las casas del obispo, situadas junto a la Catedral, lugar donde solía hospedarse el monarca cuando estaba en la ciudad. Más de uno se escandalizaba de lo que, según decían, había costado aquel suntuoso recibimiento que el Concejo le había preparado a don Fernando, nada más y nada menos que trescientos mil maravedíes. Otros, entretanto, intentaban justificar la cuantiosa suma, diciendo que esperaban recuperar aquella cantidad y más en privilegios que el monarca habría de concederles.

Mientras comían un trozo de pan y poco más, uno de los hombres de armas que estaba instalado en la misma tienda que Hugo y Juana se esforzaba en intentar mantener una conversación con ellos.

—Según dicen, a partir de este momento el alcalde mayor de los hijosdalgo de Castilla y señor de la Cavia, don Sancho de Rojas, será quien tome el mando sobre el cerco.

Ellos no tenían ningún interés en hablar con aquel hombre, pero él, viendo que no le contestaban, siguió hablando solo:

—... Y para ello será bien remunerado.

Entonces, el otro hombre que compartía tienda con ellos se acercó para participar también en la charla. Tenía una apariencia gélida que hacía difícil saber qué pensaba:

—Dicen que el rey afirmó que la ciudad deberá centrar sus esfuerzos en la causa, y si para ello hace falta que se paralice toda actividad, pues que así se hará.

—Dudo de que esta afirmación gustara demasiado al patriciado que se encontraba en la fiesta —respondió el que había iniciado la conversación.

En Burgos había catorce gremios, desde zapateros, pescaderos..., hasta plateros. Era un auténtico hervidero de actividad artesana y mercantil. Desde la ciudad se realizaban importantes transacciones por toda la península y al extranjero.

—¿Y de dónde saldrán las rentas para sostener el cerco? —se atrevió a preguntar Hugo.

—Se ve que mañana mismo el rey expedirá una Real Provisión doblando el precio de las rentas, y otorgará a la ciudad el privilegio de un mercado franco semanal los sábados —le contestó el segundo soldado, que se había sumado a la charla.

—Si una cosa no se le puede negar a don Fernando, es su capacidad de decisión y mando —dijo Hugo.

Los días se fueron sucediendo en el campamento con una alarmante inactividad, la población y las tropas castellanas iba perdiendo poco a poco las esperanzas. Nada hacía pensar que la estrategia de cerco planeada por don Sancho de Rojas avanzaba a buen ritmo, más bien al contrario. Los encastillados en la fortaleza de San Cristóbal, próxima a Rabé de las Calzadas, a las afueras de Burgos, bajo la dirección del obispo, atacaban con su artillería la barriada de Cantarranas y las casas de la zona estaban sufriendo importantes daños. Y la guarnición que intentaba cercar el castillo y la iglesia de Santa Blanca aún no había conseguido frenar las salidas de los sitiados por el portón de la Coracha, en la parte alta de la muralla, por donde entraban los pertrechos enviados desde Rabé por el obispo y salían las fuerzas de los Zúñiga secuestrando víveres y recursos de los comerciantes que llegaban a la ciudad. Estas incursiones hacían posible a los rebeldes ir alargando la resistencia a las cerca de cuatrocientas personas que se hallaban refugiadas en el castillo.

Cuantos más días pasaban, más claras tenía Juana sus ideas. Cualquier escudero o criado se atrevía a dar su opinión al respecto, todos se mostraban ante sus interlocutores como grandes estrategas militares. Pero ella se había acostumbrado a pasar tan desapercibida como podía y nunca daba su opinión sobre nada públicamente. Había oído, una y mil veces, que la importancia de la fortaleza, juntamente con el peso político de los representantes burgaleses, podía condicionar el éxito de la guerra de una u otra parte. La mayoría tenía claro este escenario, salvo el rey de Portugal, que parecía sordo a las advertencias de sus partidarios, y en especial a las del duque de Arévalo, quien no cesaba de reclamarle auxilio para la ciudad y su castillo.

Juana no entendía de guerras, ni de estrategias militares. Solo entendía de hombres, mujeres, niños y ancianos que perdían sus casas con el fuego, de hijos que perdían a sus padres, de padres que perdían a sus hijos, y todas aquellas largas conversaciones del campamento en torno a una hoguera, cada día le resultaban más difíciles de soportar. El rugido de la artillería no cesaba, el calor empezaba a ser cada día más sofocante y el recuerdo de la mano de Hugo se iba desvaneciendo como si fuera de humo, o como si la hubiera soñado.

Una mañana, como todas las otras, Juana se levantó cuando aún no había salido el sol y fue hasta el río para hacer sus necesidades y asearse un poco. A Hugo no le gustaba que saliera sola, y menos a aquellas horas, pero ya había dejado de insistir porque comprendía que necesitaba cierta intimidad. Desde que compartían la tienda con aquel par de soldados, no se sentía segura ni tan solo dentro de esta.

Mientras se estaba lavando en el arroyo, le pareció oír un ruido, pero no le dio mucha importancia, era fácil haber coincidir con alguien, ya que había muchos soldados en el campamento. Se quedó inmóvil junto a la ribera. No pudo oír nada más, pero tuvo la sensación de que la brisa matinal acercaba a su olfato un olor desagradable que le resultaba familiar, aunque no era capaz de ubicarlo en su memoria.

Esperó inmóvil en silencio largo rato y, finalmente, con el alba, volvió al campamento. No le comentó nada a Hugo, estaba convencida de que una vez más se enfrentaba al fantasma de su miedo a ser descubierta, y no quería mostrar ningún síntoma de debilidad ante él.

18

Tordesillas

Habían pasado pocos días desde la llegada del rey a Burgos cuando se hizo pública la voluntad de su majestad de ausentarse de la ciudad. Estaba organizando un gran ejército para lanzarse sobre el rey portugués y sus aliados que se habían fortificado en Toro. Por este motivo, muchos de los soldados del campamento se disponían a marchar con él, ya que se necesitaba un importante acopio de fuerza para la empresa que el rey estaba preparando.

Cuando Juana tuvo conocimiento de la inminente partida del monarca y de gran parte de la guarnición que allí se encontraba, pensó que ella y su escudero también debían seguirlos. Allí todo parecía haber entrado en un extraño estado de letargia y connivencia que hacía difícil discernir en qué bando estaba cada cual. O quizá necesitaba alejarse del recuerdo de los cuerpos quemados y de la memoria de aquel incendio que la perturbaba cada vez que lo recordaba.

La muchacha no podía comprender que el mismo arcediano de la catedral, a quien ella había visto jurar obediencia ante el rey don Fernando, entrara y saliera continuamente de la fortaleza San Cristóbal, donde tenía su residencia el obispo, para tratar con él los negocios eclesiásticos y administrativos de la diócesis. Le hervían las tripas cuando lo veía a caballo bien acompañado de sus hombres, saliendo de las murallas, cuando era del dominio público la hostilidad que el obispo, claramente adicto al monarca de Portugal, profesaba hacia sus conciudadanos.

Las largas conversaciones entre Juana y Hugo eran cada día más habituales. Como nunca estaban solos en la tienda, buscaban algún lugar alejado de la tropa para sentirse seguros y poder conversar con tranquilidad. Juana, sin darse cuenta, había ido bajando la guardia, ya no se mostraba huraña como al principio con su escudero, y necesitaba esos momentos de confidencias para desahogar su alma. Pero conforme iba mejorando el trato entre ellos, iba creciendo también su desasosiego. Cada día se sentía más atraída por su escudero y se despertaban en ella deseos desconocidos que hacían que cada vez le resultara más difícil soportar el hecho de vivir encubierta bajo la armadura de Diego Oliveros, del mismo modo que se le hacía más complicado tolerar las desgracias de la guerra. Las dudas crecían, y las ganas de volver a ser ella misma y de regresar a Arintero, también.

—Me cuesta tanto comprenderlo, Hugo. O quizá lo comprendo demasiado bien y esto es lo que me cuesta.

—¿A qué os referís?

—¿Qué sentido tiene que el pueblo burgalés se avenga a

facilitar al monarca cuanto solicite para el cerco del castillo, prestándose a trabajos de trincheras y estacadas, cuando el obispo continúa hostigando a sus feligreses sin compasión? ¿Por qué ante todo esto don Fernando no hace nada, al contrario, continúa permitiendo que aquel se beneficie de una situación de privilegio?

—Los poderosos siempre están dispuestos a respetarse cuando están en juego sus intereses —añadió Hugo.

—Creo que ha llegado el momento de marcharnos de Burgos, podemos aprovechar ahora y seguir a la tropa que partirá junto a don Fernando.

—Si esta es vuestra voluntad, marcharemos con la hueste del rey.

Juana pensaba que alejarse de Burgos la ayudaría a dejar atrás todas sus dudas. Estuvieron varios días de viaje, siguiendo la vía que enlazaba Burgos con Aranda, de Aranda a Valladolid y de allí a Tordesillas. Estaban a finales de junio, ya había empezado el verano y el calor era sofocante. Juana y Hugo cabalgaban en silencio durante largas horas, vestidos con la armadura, lo cual facilitaba que Juana pasara desapercibida entre la tropa, pero resultaba muy cansado y asfixiante, teniendo en cuenta las temperaturas. Paraban tan solo de vez en cuando para que descansaran los caballos, comer algo y hacer noche al raso. Ellos siempre procuraban buscar algún lugar apartado del grupo. Habían recuperado nuevamente la intimidad, a pesar de estar rodeados de más gente que nunca, pero todo el mundo andaba demasiado ocupado para prestar atención a los demás. Las jornadas de viaje eran largas, y por la noche la mayoría tenía ganas de descansar y de sentarse a tomar unos vinos.

—¿En qué piensas cuando te acuerdas de Arintero? —le preguntó entre susurros Juana a Hugo sentada junto a él, con la espalda apoyada en el mismo árbol.

—Me acuerdo de tu padre, de los días de mercado en Medina del Campo, cuando pasábamos largas horas juntos y me hablaba de los distintos mercaderes, de quiénes eran de fiar y quiénes no. Me acuerdo de cuando me enseñó a montar a caballo y tú nos mirabas porque también querías montar, y de cómo él te enseñó a montar a ti y yo te miraba, celoso, pensando cómo me hubiera gustado ser su hijo.

—Yo también tuve siempre celos de ti y de cómo te miraba mi padre y de las muchas atenciones que te brindaba, porque sabía que por más que lo intentara y me esforzara, yo nunca sería quien le hubiera gustado que fuese.

Aquellas confidencias duraban largas horas, y a menudo los sorprendía la mañana sin que apenas hubieran descansado, y pasaban todo el día esperando de nuevo la llegada de la noche que daba razón a su existencia.

El ejército del rey don Fernando llegó frente al puente de Tordesillas a primeros de julio, la tropa necesitaba una parada porque los hombres estaban agotados y era necesario reagrupar el ejército, ya que aún faltaban algunas huestes por llegar. De manera que el monarca ordenó asentar el real en los campos cercanos a la ribera del Duero. Allí se instalarían a la espera de que grandes y menores acudieran a la llamada del rey.

Las tareas para levantar el campamento se llevaron a cabo de forma diligente. En unas horas se cercó la zona con un gran palenque, dejando varias entradas para poder acceder al real. En el interior todo seguía un cierto orden, como si se tratara de una pequeña ciudad, separando las distintas huestes por calles, y en el centro, en el lugar más protegido, se ubicaron los aposentos reales.

Durante los siguientes días, la llegada de huestes procedentes de distintos puntos del reino fue continua, gente de las montañas de Vizcaya, Guipúzcoa, Asturias y Castilla la Vieja fueron engrosando poco a poco el contingente. Los ciudadanos de las villas de Andalucía no habían sido llamados por estar muy lejos, ni la gente de la villa de Madrid, bajo la opresión del marqués de Villena, que tenía el alcázar de la ciudad en su poder, como tampoco los del reino de Murcia, porque estaban en guerra con dicho marquesado.

Juana y Hugo enseguida pudieron observar cómo entre la tropa se encontraban representados los más destacados linajes, y aunque ellos no tuvieran mucha experiencia, también se dieron cuenta bien pronto de que el valor militar de muchos de los peones era más que discutible. La guarnición fue ordenada en treinta y cinco batallas, y los capitanes repartidos en cada una de estas. El campamento ocupaba un gran espacio en la ribera del Duero.

Una de las huestes más relevantes era la del duque de Alba, que llevaba consigo unas 1.200 lanzas. Pero eran muchos los que allí se hallaban, y entre los principales también se encontraba el marqués de Santillana y el cardenal de España.

Juana y Hugo no daban crédito a lo que veían sus ojos, nunca hasta aquel momento habían visto tal concentración de tropas, ni en Benavente, ni en Arévalo, ni tampoco en Burgos. Faltaban tiendas para acomodar a los soldados y había auténticas disputas por conseguir un buen sitio. Caballero y escudero llegaron enseguida a la conclusión de que estarían mucho más tranquilos durmiendo al raso que amontonados dentro de una tienda. Además, las temperaturas eran acogedoras y resultaba más agradable poder respirar el aire fresco de la madrugada que el olor a sudor que se acumulaba bajo las lonas.

Según decían, la parada no tenía que ser larga; por lo que pudieron saber Hugo y Juana, aguardaban la llegada de uno de los más importantes ejércitos: el de Beltrán de la Cueva, duque de Alburquerque. Conforme pasaban los días y este no llegaba, el marqués de Santillana, su suegro, ya no sabía cómo escusar su ausencia ante el rey.

—Tenga a buen seguro que como leal servidor de vuestra majestad que es, no tardará en acudir. Estoy convencido de que habrá tenido algún contratiempo.

Pero iban pasando los días y el duque de Alburquerque no llegaba, y Juana y Hugo esperaban la noche del mismo modo que las sirenas a los marineros para seducirlos con sus encantos. Siempre que tenían ocasión, enlazaban sus manos mientras conversaban, pero cada día les resultaba más insuficiente ese simple contacto. Ansiaban abrazarse, aunque ninguno de los dos se lo hubiera dicho nunca al otro.

—¿Sabes?, sueño a menudo con las águilas que sobrevuelan el valle del Curueño —le dijo Juana.

—¿Y por qué con las águilas? —preguntó Hugo.

—Porque son libres de ir adonde ellas quieren.

Tuvo que pasar una larga semana para que finalmente apareciese el duque de Alburquerque. El rey estaba más que intranquilo, y en cuanto este llegó, de inmediato dio la orden de partida a todos los que allí se habían concentrado para que se pusieran en marcha al día siguiente. Según decían, eran más de 10.000 lanzas a caballo, de los cuales algo menos de la mitad eran caballeros de armas y montaban corceles encubertados, además de 30.000 peones que se desplazaban andando.

Por la mañana trompetas, tambores y tamboriles retumbaron con fuerza, a fin de disponer aquel pesado ejército para la partida. Y entre tanta excitación empezó a correr la voz de que la reina Isabel se encontraba en el campamento, había llegado cabalgando acompañada de la gente de armas y de a pie de las ciudades de Segovia y Ávila. Llegaba a tiempo para que sus huestes pasaran a engrosar el ejército y para despedir a la tropa antes de la esperada batalla de Toro, además de hacerle llegar sus mejores deseos a su esposo y a los nobles caballeros que dirigían aquel ejército.

Juana pudo verla desde una cierta distancia, justo antes de partir, y quedó impresionada por su rica vestimenta: lucía un precioso brial de terciopelo verde y un tabardo de brocado carmesí. Pero lo que más admiración le causó fue el dominio que mostraba sobre el elegante caballo blanco que montaba. Juana, que adoraba a los caballos desde niña, se dio cuenta enseguida de que compartía esa pasión con la reina. Entre doña Isabel y aquel animal había una comunión especial que ella pudo captar al instante.

19

Las huestes

Después de rendir a la reina todos los honores, el real inició el camino. Manejar aquellas huestes era sin duda un trabajo muy costoso y terriblemente lento que discurría al compás de caballeros y gentes de a pie, carros y acémilas de carga, un complicado engranaje que aquel día no les permitió avanzar más de una legua.

Juana no pudo dejar de comentar con Hugo lo que pensaba, acercándose con su caballo casi a tocar de su escudero para que nadie la pudiera oír:

—A veces me cuesta de imaginar que según qué acciones las hayan diseñado caballeros bregados en las batallas.

—¡Shhh! —Hugo apenas podía contener la risa.

—Que ninguno de todos estos importantes capitanes se haya dado cuenta de que no es buena idea mover a todo este gentío al mismo tiempo es algo sorprendente.

Habían avanzado muy poco, aquella grey de estandartes, caballeros y peones se alargaba en el camino indefinidamente. El cansancio era general y el rey mandó asentar el real cerca de la fortaleza de Herreros, de la que se había apoderado el alcaide de Castronuño hacia un tiempo. Juana percibió que alguna cosa parecía alejarse de los planes marcados, había muchos movimientos de los capitanes para parlamentar con el rey. Hasta que se hizo público: el rey había decidido impartir justicia. Las palabras de don Fernando —«No es más que una cueva de ladrones»— corrían entre la topa de boca en boca.

El monarca, montado en su grande y brioso caballo siciliano, ricamente ornamentado con una lujosa testera con incrustaciones de pedrería y cubierto con un paño de oro, desfiló acompañado de su hueste ante aquel numeroso ejército hasta personarse frente a la fortaleza, y ordenó a los que guardaban la torre que se entregasen. Pero no hubo ningún movimiento de los de dentro como respuesta a esa orden.

Aquel que ante toda la tropa respondía al nombre de Diego Oliveros tenía las pupilas clavadas en el rey, observándolo desde la distancia. La reacción de don Fernando fue rápida. Tenía cerca al conde de Salinas, don Diego Pérez Sarmiento, ya que aquellas posesiones habían sido de su padre antes de que le fuesen arrebatadas, y aunque Oliveros no pudo oír su conversación, se la pudo imaginar viendo los gestos de uno y otro.

A continuación, el conde de Salinas mandó avanzar a toda su gente de armas al galope. Hugo y Oliveros se habían quedado en medio de su hueste por distracción, y enseguida se dieron cuenta de que no podían retirarse y debían seguir junto a ellos. Y se dejaron llevar por la inercia del momento.

Antes de cruzar el río para disponerse a entrar en combate intercambiaron una última mirada de complicidad y ternura. Desde la fortaleza empezaron a atacarlos con espingardas,[15] ballestas y piedras. En un instante, una ráfaga de proyectiles impactaba sobre ellos, a uno y otro lado de Oliveros y de Hugo los hombres del conde caían abatidos por aquella lluvia mortífera, mientras el resto del ejército los contemplaba impasibles desde lejos. Oliveros observaba con admiración cómo después de caer, muchos de ellos se volvían a alzar y seguían adelante sin miedo, o quizá corrían porque tenían demasiado miedo para quedarse quietos.

Oliveros oía los gritos de todos los que galopaban junto a él y los gemidos de dolor de los que ya no se levantarían. Sentía todo su cuerpo sometido a una tensión extrema, y en medio de aquella gran inquietud le resultaba incomprensible que aquel ejército tan numeroso siguiera en la otra orilla contemplando impertérrito la actuación heroica de unos trescientos hombres. No muy lejos, vio como caía el portador de la bandera derribado por las piedras que lanzaban desde la fortificación. Y sin pensarlo, se bajó del caballo y se dirigió hacia él, mientras algunas piedras hacían blanco también sobre su armadura, y lo ayudó a alzarse. Aún no había montado otra vez a Sultán cuando vio que habían vuelto a derribar al abanderado, pero en esta ocasión fue Hugo quien lo ayudó a levantarse, y unos pasos más adelante fue abatido de nuevo, y

15. Antiguo cañón de artillería de mayor tamaño que un falconete.

otra vez socorrido por los que combatían cerca de él. Por terecera vez, para sorpresa de todos, consiguió montar de nuevo en su caballo y seguir hacia delante esforzadamente.

Cuando Oliveros ya pensaba que la hueste del conde de Salinas no iba a poder soportar mucho más el abandono al que las estaban sometiendo, se dio cuenta que el ejército del duque de Alba, que era de los que contaba con más hombres de armas y con mejor artillería, se incorporaba al combate en su ayuda. En poco tiempo situaron las lombardas medianas y otros proyectiles de pólvora en dirección a la fortaleza, apuntando con determinación. Entretanto, un numeroso grupo de peones disparaba sus ballestas hacia los muros, de manera que en un momento el cielo se cubrió de una auténtica lluvia de saetas.

—Mira, allí en lo alto de la torre, han colocado un capacete en la punta de una lanza —le dijo gritando Oliveros a Hugo.

—Sí, ahora lo veo.

—¿Qué significa? —le preguntó.

—Es una señal, equivale a preguntar si entre los atacantes hay algún capitán que garantice la vida de aquellos que salgan a parlamentar —respondió Hugo.

—Una súplica de misericordia.

En el momento en que tanto Hugo como Oliveros pensaban que había llegado la rendición de los de la fortaleza y que había terminado el enfrentamiento, para su sorpresa, vieron cómo el rey daba la señal para que siguieran atacando.

Las lombardas del duque de Alba dispararon con fuerza contra la torre y esta empezó a desmoronarse con los impactos, a la vez que caían los que la defendían, dejándola desocupada en poco tiempo. En un instante, el río quedo invadido por los atacantes que intentaban avanzar, a pie y a nado, hasta ganar al baluarte y los puentes levadizos. Prendieron fuego a las puertas y armaron escaleras para franquear los muros.

Una minoría de sitiados consiguió huir, pero muchos de los que no perdieron allí sus vidas, fueron presos. Los sacaron de la fortaleza a rastras, como simples despojos, ante la mirada espectante de los que habían presenciado el asalto. Y allí mismo, sin esperar más, los mataron a lanzadas y cuchilladas para vengar todos los robos del alcaide de Castronuño.

Oliveros contemplaba horrorizado la saña con que daban muerte a los prisioneros. En medio de un ambiente sofocante de pólvora y muerte. Sentía que le faltaba el aire y sabía que no era por las temperaturas de aquel bochornoso verano. Solo lo consolaba la idea de haber llegado al fin de aquel episodio sangriento. Entonces el rey avanzó parsimoniosamente hasta donde se encontraban los cadáveres, y sin desmontar de la cabalgadura ordenó que los ahorcaran y que sus cuerpos quedaran expuestos públicamente, colgados de las almenas de la torre de homenaje. Y así lo hicieron. Y por si eso fuera poco, antes los despojaron de sus vestimentas, dejándolos desnudos y expuestos a la mirada impúdica de cuantos allí se encontraban.

Aquella noche todo el ejército descansó en las inmediaciones de la fortaleza de Herreros, tal como estaba previsto. El rey se reunió con todos sus capitanes, que loaron tan esforzada actuación y lo felicitaron por haber impartido tan necesaria justicia. Además, su majestad quiso otorgar la fortaleza al conde de Salinas ante todos los presentes, como premio a su lealtad y valentía.

Juana, que había dejado atrás su papel de caballero Oliveros, no comió nada, las imágenes de las últimas horas eran demasiado sangrientas. La venganza y el odio no formaban parte de su forma de entender el mundo. Podía llegar a comprender la muerte en el campo de batalla como el resultado del enfrentamiento entre ejércitos, pero no aquello, aunque sabía bien que solo podía hablarlo con Hugo. Si alguien oía algunos de sus comentarios al respecto, podía interpretar que estaba cuestionando la actuación el rey.

20

Castronuño

A la mañana siguiente, don Fernando ordenó que una parte de la tropa lo acompañase hasta Castronuño, y que el grueso de las huestes siguiese la ruta hacia Toro. Oliveros y Hugo formaban parte del grupo destinado a acompañar al monarca. Por la tarde, después de algunas horas cabalgando, llegaron a su destino y montaron el real cerca de Castronuño. La intención del rey era clara: atacar aquella fortaleza tal como había hecho con Herreros.

Cuando ya estaban montando el campamento y situando las tiendas, pertrechos y animales, llegó el conde de Benavente, don Rodrigo Pimentel, causando la admiración de todos los que se encontraban allí. Tenía fama de gran jinete y caballero destacado en la batalla por su lanza. Llegaba al frente de ochocientos hombres de armas, muchos de ellos a caballo, gente bien escogida para la batalla, que lucían ricos paramentos de brocado. Juana aún recordaba el valor que había demostrado en el torneo de Valladolid frente a Bertrán de la Cueva en una justa que maravilló a cuantos pudieron presenciarla.

Al poco de su llegada, el conde de Benavente se reunió con el Consejo en la tienda real. Y el rey expuso directamente sus planes a todos los que allí se encontraban:

—La intención es atacar la fortaleza de Cubillas y hacer justicia como hicimos ayer en Herreros.

—Majestad, por lo que nos han hecho saber los informadores, no estamos ante las mismas condiciones —dijo el conde de Salinas, que el día anterior había perdido algunos hombres.

—¿A qué os referís, don Diego? —inquirió el rey.

—Pues a que en la fortaleza hay cerca de cuatrocientas lanzas y mucho peonaje. En un asalto como el de ayer podríamos tener muchas bajas.

—¿Tenéis miedo a salir derrotado en la contienda?

—No es eso majestad, creo que en más de una ocasión os he demostrado mi lealtad y mi arrojo.

—¿Entonces cuál es el problema?

—En un enfrentamiento como este, aunque lo gañáramos, majestad, podríamos perder muchos hombres, y sin duda eso amedrantaría a la tropa. No creo que sea nada aconsejable a las puertas de un gran enfrentamiento con el rey de Portugal en Toro.

Don Fernando paseaba por la tienda mientras reflexionaba. Era inteligente y tenía grandes aptitudes para dirigir el ejército, acostumbraba a ser frío en sus decisiones, pero algunas veces le costaba dominar el ímpetu de su juventud. Y aún le resultaba más difícil tener que aceptar que quizá la primera decisión que había tomado no era la más acertada, y que era más prudente rectificar.

—Majestad, si me permitís, creo que hay un nuevo factor que tener en cuenta —intervino el conde de Benavente, que acababa de llegar y traía noticias más recientes.

—Vos diréis.

—El mariscal Alfonso de Valencia, teniente de vuestra majestad del alcázar de Zamora, se ha alzado en favor del rey de Portugal, y lo mismo ha hecho su suegro, Juan Porras, entregando también la ciudad.

Que uno de los grandes que le había jurado fidelidad cambiase ahora de bando era un contratiempo importante, y aún lo era más que una de las ciudades más fuertes de Castilla pasara a manos de sus enemigos. Pero ese importante cambio en la situación desencallaba la discusión que mantenían desde hacía un buen rato sin llegar a ningún acuerdo, y permitía al rey rectificar su decisión sin que le resultara deshonroso. Además, como gran aficionado a los juegos de tablas, de ajedrez o de pelota que era, una cosa tenía clara don Fernando: lo más importante era la victoria.

—Esto sin duda cambia el panorama. Debemos dirigirnos hacia Toro cuanto antes —afirmó el monarca.

Durante todo el día, Juana y Hugo estuvieron pendientes del ir y venir de consejeros hacia la tienda real. Mientras tanto, aquella noche, después de comer la ración que les correspondía, algo alejados del grupo, se quedaron allí sentados, iluminados tan solo por la luna, intentando aprovechar aquellos momentos de tranquilidad tan frágil, y cada vez más escasos, como si de un gran tesoro se tratara:

—Todo parece indicar que los planes no están saliendo como el monarca había previsto —dijo Hugo.

—La llegada del conde de Benavente y las noticias que con él haya podido llevar parece que no han sido del agrado del rey, a juzgar por la cara que tenía al finalizar la reunión —respondió Juana.

—¿En qué pensáis ahora?

—Pienso en las águilas y en la libertad, mientras vivimos como aves de corral.

Todavía era de noche cuando trompetas, tambores, tamboriles y otros instrumentos despertaron a la gente del campamento para la partida, y antes de que hubiera amanecido ya estaba alzado el real. Habían estado tan solo un día allí acampados y volvían a ponerse en camino.

21

Toro

El día era muy caluroso y terriblemente seco, a pesar de lo cual, los peones intentaban andar tan deprisa como podían y los jinetes seguían cabalgando empapados en sudor bajo las armaduras. Pero sin fuentes, ni el río cercano, pronto los hombres y los caballos empezaron a acusar la falta de agua.

Juana notaba las gotas de sudor bajando por su espalda y por el rostro. Cuando llegaron cerca de Toro, el Consejo parlamentó con el rey para ver cuál era el mejor lugar donde asentar el real. Decidieron instalarlo cerca del puente, en la ribera de Muros a media legua de la ciudad: allí el Duero vadeaba por todas sus partes y era buen sitio para acceder en aquella época del año.

A pesar de que la mayoría de la gente estaba tan cansada, hambrienta y sedienta que ni siquiera tenía ganas de hablar, aún había quienes hubieran preferido entrar en combate a aquella misma hora y alzaban una polvareda crítica. Pero el rey lo tuvo claro, ya era tarde y la gente necesitaba reposar.

Durante unas horas los hombres se aplicaron a la ardua

tarea de montar el campamento. Eran muchos, por tanto había que marcar bien la zona y protegerla debidamente. Mientras Juana y Hugo ayudaban en las tareas de montaje, algunos hombres se acercaron hasta las casas cercanas para aprovisionar a la tropa. Después de haber vivido la experiencia una vez, los dos intentaron que no diesen con ellos para que no les encargasen esa misión.

Una vez situado el palenque, distribuidas las zonas, colocados los carros y las tiendas, ya había anochecido, así que Juana y Hugo, después de tomar la raquítica ración que les correspondía, buscaron un rincón cerca del río donde acomodarse. Siguieron optando por dormir a la intemperie y apartados al máximo, para no mezclarse con la tropa. La noche era clara, la luna los iluminaba, y a pesar de estar muy cansados, la preocupación por una inminente batalla les había robado el sueño. De manera que pasaron muchas horas tendidos el uno junto al otro mirando las estrellas.

Juana cada día se sentía más incómoda en el papel de caballero Diego Oliveros, ansiaba poder ser la mujer que llevaba dentro y que Hugo había despertado. Y una idea empezó a nublarle el pensamiento, no quería morir en la batalla, prisionera de aquella armadura. Se acordó de su madre y rezó a la Virgen para que bien pronto terminara aquella guerra y pudiera volver a Arintero con Hugo.

Pensaba en aquellos momentos en los que Hugo la cogía de la mano, en todas las sensaciones placenteras que experimentaba, en lo mucho que le gustaba el contacto con su piel, y en si en alguna otra ocasión él se atrevería a ir más allá, y si ella debería permitirlo.

—¿Sabes?, añoro el día en que podré deshacerme de esta armadura —dijo Juana.

—Será sin duda un día importante, porque significará que esta guerra ha llegado a su fin —respondió Hugo.

—¿Crees que mañana atacaremos la fortaleza?

—No lo sé —se limitó a contestar él mientras sujetaba tiernamente su mano sobre la hierba, sin mirarla a los ojos.

El roce de sus manos los mantenía tan excitados, y alimentaba con tal intensidad su fuego interior, empujándolos a desear el cuerpo del otro, que no osaban hacer otra cosa salvo permanecer en silencio, con un nudo en la garganta, cogidos de las manos entrelazadas y despiertos de la emoción durante horas.

Al amanecer se sentían muy cansados, pero la excitación seguía tan viva en ellos que los mantenía ajenos a todos aquellos hijosdalgo y peones que andaban quejándose a regañadientes de sus superiores, sin preocuparse de que sus cuitas llegasen a oídos de los mandos. Querían entrar en combate cuanto antes, el sol parecía que fuera a partir las piedras, no había nada que comer y en el campamento reinaba un sopor absoluto. Las condiciones no podían ser más inhóspitas, y para acabar de rematarlo, desde las fortalezas cercanas que estaban en manos de sus adversarios hacían lo imposible para que no llegaran alimentos hasta el real. Con todo, siempre había alguien que conseguía esquivar a los asaltantes, pues aquella tarde llegó al campamento un mercader con algunas cestas de pan, más que insuficientes para toda la gente que se encontraba allí. De modo que, consciente de ello, el vendedor se propuso sacar una buena tajada, y el poco pan que trajo estaba a unos precios altísimos, a diez maravedíes la pieza.

—¡Ladrón, miserable ladrón!

La tropa estaba tan desesperada que se lanzaron como perros encima del carro donde el mercader llevaba los cestos de pan. Nada pudieron hacer los guardias para contenerlos, o quizá tampoco tuvieran intención de hacer nada. La gente sabía que se aprovechaban de su necesidad, justo dos días antes habían pagado por los mismos panes tan solo dos maravedíes. El mercader consiguió salir escoltado del campamento, sin sufrir ningún daño, pero nadie le pagó por aquella mercancía que se repartieron entre la hueste a zarpazos. Sin embargo, aquellas migajas no sirvieron para calmar el hambre de todos los presentes, y muchos salieron del campamento organizados por grupos hasta las aldeas cercanas para llevarse cuanto encontraran.

Hugo pudo conseguir una hogaza de pan que compartió con Juana y que se comieron a pellizcos muy lentamente, intentando engañar sus estómagos. Aquella tarde decidieron salir del campamento, a caballo, armados, pero sin el arnés, pues hacia un calor asfixiante. Esperaban poder encontrar alguna cosa que llevarse a la boca y saciar el hambre. Tuvieron que cabalgar bastante, y ya casi habían desistido de la posibilidad de encontrar nada, cuando apareció no muy lejos de su vista, como si fuera un milagro, un melocotonero colmado de frutos.

Bajaron de los caballos, se miraron y, sin decir palabra, los dos empezaron a comer aquellos melocotones aún calientes del sol, con unas ansias enormes mientras se miraban el uno al otro. El jugo de la fruta choreaba de su boca y les manchaba las manos. Recogieron unos cuantos frutos a toda prisa, con mucho miedo a ser sorprendidos. Y antes de que pudieran darse cuenta oyeron los cascos de un par de caballos que se acercaban al galope. Se montaron a toda prisa en sus cabalgaduras y marcharon de allí como alma que lleva el diablo. Por suerte los dos eran ágiles jinetes. Lograron escapar de las flechas que intentaban alcanzarlos y se abrieron paso sin disminuir el galope hasta que se hubieron alejado de allí lo suficiente y se sintieron seguros. Entonces, más tranquilos, siguieron cabalgando hasta el campamento, alborotados como dos niños después de una travesura, sin poder contener la risa.

Aquella noche comieron melocotones bajo las estrellas con la sensación de que era la fruta más dulce que habían probado jamás. Y volvieron a dormirse con las manos juntas, sin ser capaces de quitarse de la cabeza la idea de que al día siguiente quizá entrarían en combate.

Al cabo de dos días la orden de ir a combatir seguía sin llegar y la gente estaba cada vez más nerviosa. Había corrido la noticia de que el rey don Fernando había enviado un emisario al rey de Portugal, desafiándole a una justa en solitario, de rey a rey. La propuesta era que quien ganara se quedaría con las dos reinas, doña Isabel y su esposa, doña Juana. Pero el rey de Portugal rehusó aquel enfrentamiento, pero el tiempo iba pasando.

El monarca castellano y los grandes habían tomado posesión de una de las casas cercanas y habían establecido allí su centro de reunión. Llevaban horas discutiendo si debían combatir o no, convencidos de que de aquella batalla podía depender ganar o perder Castilla.

—Señores, ante tanta incertidumbre y falta de consenso he tomado una decisión. El conde de Treviño, don Pedro Manrique, acompañado de uno de mis más fieles criados del reino de Aragón, inspeccionará la zona para poder valorar con más conocimiento si es posible salir victoriosos de una batalla contra las tropas partidarias del rey de Portugal.

Nadie se atrevió a discutir la decisión, y aguardaron pacientemente el regreso de los dos caballeros para conocer su opinión.

Cuando los dos emisarios regresaron ante el Consejo, tenían clara su postura.

—Combatir sería un gran peligro. Muy a mi pesar, majestad, tengo que deciros que creo que es imposible poder salir victoriosos de dicho enfrentamiento. La tropa que secunda al rey Alfonso es mucho más numerosa de lo que imaginábamos —dijo el conde de Treviño.

—Pero... don Pedro, nosotros también contamos con un importante acopio de fuerzas —respondió el rey.

—No bastarían, y tampoco contamos con la suficiente

maquinaria de guerra para hacerles frente. Creedme, majestad, me duele en el alma tener que deciros estas palabras. Pero los que hemos podido observar su ejército, convenimos todos en esta misma opinión —se reafirmó el conde de Treviño.

El rey se quedó en silencio ante tan tajante declaración y se dejó caer en una silla. Se sentía embargado por una gran congoja, sin saber cómo podría salir honroso de semejante situación.

Entretanto, mientras en la casa el rey y los grandes debatían qué debían hacer, si combatir o no, en el campamento se fue generando una discordia entre las gentes plebeyas, que después del vino con que habían acompañado su escaso almuerzo, acabó de exaltar los ánimos y terminó convirtiéndose en un motín.

Un grupo de vizcaínos, bien conocidos en todo en el campamento por su bravura que a menudo rayaba la insensatez, dirigía a los amotinados. Juana y Hugo los observaban de lejos sin saber qué debían hacer, ni cómo podía terminar una acción como aquella.

—Te das cuenta, Hugo, no necesitamos a los portugueses, nosotros nos bastamos para entrar en una refriega.

A la muchacha no le gustaban aquel grupo de hombres, que a menudo se dejaban llevar por los efectos del vino y se comportaban como si fueran unos animales. Por ese motivo, y sin pensarlo demasiado, Juana le propuso a Hugo que los siguieran a escondidas cuando vio que se alejaban del campamento.

Iban tras ellos a bastante distancia, ya que aquella gente tenía fama de no frenarse ante nadie, y si eran descubiertos les podía costar muy caro. El grupo de amotinados se presentó frente la casa donde estaba reunido el rey con el Consejo. Juana y Hugo se escondieron en la parte trasera. Los gritos de los vizcaínos a los de dentro llegaban hasta su escondite: «¡Traidores!» los llamaron. Les hacían responsables de no haber entrado aún en combate. «!Tenéis preso al rey, soltadle, soltad a don Fernando!».

Juana, de espaldas a la pared de la casa, sentía que le palpitaba el corazón tan rápido que pensaba que le iba a explotar. Hugo estaba a su lado, también con la espalda pegada a la casa, y habían dejado los caballos un poco alejados para que no fueran descubiertos por sus relinchos. Ante tal griterío y no sabiendo bien a qué se enfrentaban, el Consejo acordó que saliera a parlamentar con ellos el conde de Treviño y el almirante de Castilla, Alonso Enríquez. El conde de Treviño conocía a muchos de aquellos vizcaínos y ellos lo apreciaban, así que el rey pensó que eso podía facilitar los parlamentos. Desde la parte trasera, Hugo y Juana podían escuchar las buenas palabras pronunciadas con voz firme por el conde y el almirante, y como aquel grupo de hombres demasiado exaltados seguía gritando que quería ver al rey. Fue entonces cuando el monarca decidió salir personalmente a apaciguar la ira de los agitadores.

Cuando los amotinados vieron a don Fernando, estallaron en aclamaciones:

—¡Viva el rey! ¡Viva el rey! ¡Mueran los traidores!

El rey dejó que se desahogaran y cuando cesaron las ovaciones se dirigió en silencio hasta su caballo, se montó, les hizo un gesto con la mano para que lo siguieran y se marchó con ellos, cabalgando al paso hasta el río para que se fueran apaciguando. Los vizcaínos se limitaron a seguirlo. Y Hugo y Juana también los siguieron desde lejos. Don Fernando cruzó el río calmosamente para que el agua refrescara la exaltación de los hombres y de los caballos azuzados por sus jinetes, y se detuvo en la orilla. Mientras tanto, Juana y Hugo los esperaban ocultos entre los matorrales, después de dejar los caballos atados, a una distancia prudencial. El grupo de amotinados se detuvo y el monarca se dirigió a ellos con gran discreción y amabilidad, pero a la vez con firmeza, y un tono de voz suficientemente alto como para que lo oyera bien todo el grupo:

—Tal como pude observar en el ataque a la fortaleza de Herreros, sois personas de gran valentía y lealtad.

Juana sentía el cuerpo de Hugo tan pegado a su espalda que creía que no podría concentrarse en la conversación. Notaba su agitada respiración en la nuca, mientras pensaba que el rey, como todo gran gobernante, sabía que era importante empezar loando los servicios de sus vasallos. Pero ellos también esperaban que él, como señor al que debían lealtad, fuera capaz de ejercer la autoridad.

—Os agradezco vuestro compromiso con Castilla en mi nombre y en el de mi esposa la reina. Pero..., no puedo consentir vuestra actitud de hoy. Quiero entender que estabais preocupados por mi persona, pero el Consejo en ningún momento me ha retenido contra mi voluntad, al contrario. Son caballeros de mi máxima confianza, que bajo ningún concepto merecen el lamentable trato que les habéis dispensado.

Estuvo largo rato con ellos, escuchó todo lo que le expusieron y, poco a poco, aquel grupo de hombres se fue amansando ante las respuestas severas de su rey. Aquellos minutos, a Juana le parecieron un regalo de Dios, y que hubiera dado cualquier cosa porque no terminaran nunca. Pero no muy lejos de ellos había una realidad muy diferente. Y pudo escuchar cómo, tras las palabras del rey, uno tras otro bajando el tono de voz hasta quedarse en silencio como si fueran chiquillos, temiendo el final de aquella conversación.

—Os ruego por Dios y por Castilla que semejantes palabras y acciones contra los grandes del reino jamás vuelvan a repetirse. Siendo vuestra intención servir tan firmemente mi persona, por esta vez seréis perdonados, pero espero que hechos como estos no vuelvan a repetirse.

Del mismo modo que habían llegado hasta allí, pero mucho más sosegados, aquellos hombres acompañaron de nuevo al monarca hasta la casa donde lo aguardaba el Consejo. Y Juana y Hugo, después de esperar un tiempo prudencial sin moverse, se miraron a los ojos, muy cerca el uno del otro, respirando la misma bocanada de aire, esperando a ver quién se atrevía a dar el paso que al final nadie dio. Fueron a recoger los caballos y regresaron al campamento.

Entretanto, dentro de la casa los grandes esperaban intranquilos a don Fernando, sabiendo que se había alejado solo con aquel grupo de agitadores, y respiraron aliviados al verlo. En cuanto hubo llegado, la mayoría de ellos exigieron que se castigara a los rebeldes.

—No habrá tal castigo, les he dado mi palabra —don Fernando también fue firme con ellos a la hora de demostrar quién tenía allí la autoridad.

Pocas horas después alzaban el real y emprendían el viaje de regreso a Tordesillas, disolviendo algunas de las huestes. Montada en su caballo, Juana pensaba en aquella retirada y analizaba todo lo ocurrido durante las últimas horas, mirando de reojo a Hugo, y añorando la calidez de aquel cuerpo que cada día necesitaba más cerca y que había llegado a volverse imprescindible para sentirse viva.

22

Regreso a Tordesillas

Juana no podía dar crédito a que tan numeroso ejército no hubiera presentado batalla a las tropas del rey portugués. Tenía la sensación de ir alargando una agonía que creía inevitable. Cuanto antes se enfrentaran en el campo de batalla, antes llegaría el desenlace y podría regresar a Arintero y volver a ser ella misma.

Al levantar el real no todas las huestes siguieron el mismo camino de regreso, fueron disgregándose y tomando otras rutas, de manera que poco a poco el viaje era más ágil, hasta que finalmente pudieron llegar a Tordesillas y empezar a montar el real cerca del puente de San Tomás.

Aquella noche el campamento recibió una vista inesperada que lo alteró por completo. La reina Isabel había acudido hasta allí, al mismo lugar donde unos días antes se había despedido de la tropa con sus mejores deseos. Pero esta vez estaba muy enojada, tanto, que prefirió esperar al día siguiente y dejar apaciguar su ira antes de reunirse con el Consejo.

A Juana le resultaba divertido ver cuán inquietos estaban muchos de los grandes mientras esperaban la reunión con su majestad la reina. En aquel momento le hubiera gustado más que nada en el mundo poder escuchar lo que se hablaría en aquella reunión, pero se tendría que conformar con los chismorreos que después circularían entre la tropa.

Ya era de noche cuando Juana y Hugo salieron del campamento, como cada día, para hacer sus necesidades. A aquella hora el calor aun resultaba sofocante, de manera que Juana decidió quitarse la ropa y entrar en el río. Hacía muchos días que no tomaba un baño. Hugo estaba lejos y no osó acercarse. Se sentó a esperarla, e imaginando su cuerpo desnudo acariciado por el agua, se sentía más excitado que nunca. Se levantó y se puso a andar, intentando distraer su mente y su cuerpo, que era un auténtica brasa.

Fue el aquel preciso instante cuando Juana notó cómo una mano la agarraba con fuerza del brazo y la arrastraba hacia la orilla salvajemente. No tuvo tiempo de reaccionar, otra mano le tapó la boca, no podía gritar, y aunque nadie se lo hubiera impedido, sabía que no podía gritar, porque si lo hacía sería descubierta. El pánico se adueñó de ella. Estaba desnuda, desarmada, y no sabía a quién se enfrentaba. Aquella mano desconocida la lanzó brutalmente de espaldas a la orilla. Mientras forcejeaba, intentaba pensar en cómo huir, pero necesitaba la ropa.

—Lo sabía, lo supe desde el primer día. Sabía que no eras un caballero, sino una hembra.

Aquel hombre la tenía retenida de espaldas al suelo. La noche era tan oscura que era incapaz de verle el rostro. Pero, de pronto, un olor repugnante colmó su olfato y tuvo una intuición, no era la primera vez que olía aquel aliento apestoso.

—Cuando me atabas a aquel árbol, te acercaste tanto a mí, que pude verte bien, y tuve la certeza de que eras una mujer. ¡Maldita zorra! Llevo mucho tiempo siguiéndote el rastro. Y ahora nos vamos a divertir un poco, hace demasiado que lo más parecido a una hembra que he montado ha sido una cabra, y ganas no me faltan. Debes de ser muy brava que para atreverte a ir a la guerra vestida de varón.

Le manoseaba los pechos, las nalgas, sentía aquellas garras repugnantes moviéndose por su cuerpo y no sabía cómo defenderse. Hasta que, buscando desesperadamente, una de sus manos dio con una piedra y, sin dudarlo un instante, le golpeó con gran fuerza el cráneo. El hombre se desplomó encima de ella. Aún podía notar las repugnantes pulsaciones de aquel cuerpo pegado al suyo. No estaba muerto. Tenía que terminar aquello que había empezado, y con una rabia desconocida en ella, lo golpeó una y otra vez, sin darse cuenta de que ya no era necesario seguir insistiendo.

En aquel instante llegó Hugo, la luna asomó entre las nubes y le permitió ver aquel terrorífico panorama. El muchacho quedó estupefacto, no comprendía qué había sucedido en tan poco tiempo y se sentía culpable por no haberse dado cuenta. Ayudó a Juana a salir de debajo de aquel bulto sin vida que la aprisionaba. Juana se alzó sin decir nada, se vistió rápidamente y le habló con determinación:

—Debemos deshacernos del cuerpo. Nadie debe sospechar nada de lo que ha ocurrido o todo de lo que hemos hecho hasta ahora habrá sido inútil.

Hugo se sorprendió enormemente de la capacidad de reacción de Juana y de su sangre fría, él seguía pasmado, intentando comprender cómo se habían producido los hechos tan rápidamente, cuando ella ya estaba dispuesta para seguir su plan. Entre los dos arrastraron el cuerpo hasta unos matorrales, lo escondieron entre los arbustos e intentaron limpiar el rastro de sangre. Aparentemente, por lo que dejaba entrever la luna no había quedado un rastro demasiado visible. Al terminar, Juana se dejó caer al suelo, intentando digerir todo cuanto había sucedido.

Hugo, sentado a su lado, no pudo evitar abrazarla, no podía quitarse de la cabeza el peligro que había corrido. Juana se rindió a aquellos brazos que la rodeaban y que la hacían sentir segura. Deseó que la besara, y él la besó con gran ternura y ardiente pasión. Estuvieron largo rato besándose sin hablar. Pero aquella placentera sensación no hizo sino excitar aún más aquellos cuerpos jóvenes y tan faltos de contacto carnal.

—Creo que es mejor que volvamos al campamento, pronto empezará a amanecer —fue todo cuanto logró decir Juana.

Hugo la besó por última vez.

—Hace tanto tiempo que deseaba que llegara este momento, que aún me cuesta creer que no lo haya soñado.

Regresaron al campamento con la cabeza hecha un quebradero por la intensidad de las emociones de todo lo que habían vivido aquella noche. Confusos, aturdidos, alejados de cuanto los rodeaba y rogando por que nadie echara en falta a aquel rufián y no dieran con el cuerpo.

Por la mañana, la reina se reunió con el Consejo. Esperó a que todos sus miembros estuvieran sentados en la tienda real. Se alzó de la silla, se puso de pie y frente a ellos, con un aire de gran solemnidad empezó a pronunciar aquel discurso, que ya se le estaba agriando en el estómago y no hallaba modo de digerirlo:

—Aun cuando a las mujeres nos falte discreción para conocer, esfuerzo para osar y lengua para decir, sí que tenemos ojos para ver —la reina dijo aquellas con autoridad, pero sin alzar la voz.

Doña Isabel intentaba dominar su furia, pero a ninguno de los presentes se le había pasado por alto el estado de irritación de sus ojos garzos, por los que se paseaban los lobos. La observaban en silencio mientras ella iba modelando astutamente las palabras.

—Vi partir de Tordesillas un gran ejército y, aun siendo mujer, hubiera osado lanzarme a cualquier empresa con él —dijo doña Isabel buscando, una por una, las miradas de todos los que allí se encontraban.

En aquel punto, la mayoría de nobles ya había desviado las pupilas, intentando que no se cruzaran con las de la reina.

—Contestadme a esta pregunta. ¿Qué mejor servicio podríais hacerle a Dios que entrar en combate?

Y después de lanzar como una saeta aquel requerimiento que no esperaba respuesta, continuó interrogando a todos ellos con la mirada.

—Quizá penséis que las mujeres, como no tenemos que someternos a los peligros, no debiéramos hablar de estos, pero he de deciros que quien más arriesgaba en esa batalla era yo, pues ponía en ella al rey mi señor, a quien amo más que a mí misma y que a todas las cosas de este mundo. Y también ponía en ella a muchos nobles caballeros, a muchas gentes, así como riquezas, y que, si los hubiera perdido, también hubiera perdido mi reino. Decidme pues, ¿quién hubiera perdido más que yo en la batalla de Toro?

En aquel punto la reina hizo una pausa para respirar y beber un poco de agua. Estaba tan exaltada que le habían subido los colores. El silencio planeaba dentro de tienda como niebla espesa, y la agitación hacía que el calor resultara aún más asfixiante.

—¡Nadie! Porque si yo hubiera perdido a tantas gente, hubiera sido peor seguir con vida que estar muerta. No puedo comprender que tantos como han venido a servirnos, ahora se tengan que volver sin haber presentado batalla. Que habiendo tanta gente reunida con tantas ganas de ayudar y pelear por Castilla, no los hayáis dejado. Nunca Aníbal hubiera pasado los Alpes, ni hubiera vencido la gran batalla de Canas si hubiera escuchado más a la razón que a su corazón.

Aquellas últimas palabras las pronunció elevando el tono de voz. Y consciente de ello, volvió a hacer una honda inspiración para proseguir con un aire más compungido, pues era lo bastante inteligente como para saber que no le convenía seguir por aquellos derroteros.

—Yo aguardaba en el palacio, con el corazón agitado, los dientes y los puños apretados como si estuviera librando una batalla conmigo misma. De mi saña, siendo mujer, y de vuestra paciencia, siendo hombres, me maravillo... Pero os pido, a vos mi amado rey, mi señor, y a todos vosotros, nobles caballeros, que sepáis perdonar mis palabras por osar quejarme, y que podáis comprender la pasión que se cría en el corazón de las mujeres.

Después de haber dado rienda suelta a sus emociones y de haber liberado todos sus pensamientos, la reina parecía mucho más tranquila. Por el contrario, los caballeros que allí se encontraban se miraban unos a otros con gran nerviosismo, esperando a ver quién le respondería a su majestad la reina, hasta que poco a poco las miradas fueron confluyendo en el rey, en señal de súplica para que fuera él quien contestase. Y don Fernando se levantó, serenamente, aceptando el papel que le correspondía en aquel momento, consciente de que era el único con suficiente autoridad para poder responder a todos sus reproches, y el único a quien doña Isabel no se atrevería a atizar aún más según cuál fuera el cariz de su intervención.

Don Fernando llenó de aire sus pulmones y empezó a hablar con un tono de voz tranquilo, aunque con gran autoridad:

—Si bien es cierto que llevábamos un ejército de mucha gente y muy bien armada, dispuesta a ayudarnos con gran amor, os he de decir, reina mía, que nuestro adversario estaba muy bien protegido dentro de las murallas, y que eran muchos más de los que pudiéramos combatir con la maquinaria de guerra que llevábamos.

Don Fernando iba relatando los hechos a su esposa, mirándola también a los ojos, sabiendo el influjo que ejercía sobre ella.

—Os puedo asegurar que, igual que nuestra gente tenía gran deseo de servir, mejor lo tenían los contrarios de defenderse. Comprendo vuestra ira, que sin duda también es la mía, pero no olvidéis que el esfuerzo y el tiempo conducen a la victoria. Y sí, Aníbal pasó los Alpes, pero nosotros no nos enfrentábamos a la nieve y al frío de las montañas, sino a un duro adversario con quien luchar en el campo de batalla.

La reina escuchaba a su esposo con atención, sin desviar la vista de él.

—Pensad, majestad: ¿qué honra o victoria puede esperar un rey, si en la primera empresa que comienza es cercado?

El rey le lanzó la pregunta sin pretender que ella le diera una respuesta, y concluyó dándole sereno consejo:

—Dad, señora, a las ansias de vuestro corazón reposo, que, con el tiempo, los días os traerán las victorias que esperáis. Tenemos razón, reinos, juventud y corazón para defenderlos. Si Dios y la ventura nos ayudan, el tiempo nos traerá glorias y victorias.

Aquellas palabras agradaron a la reina, pero don Fernando aún no había terminado, pues también tenía que contentar al Consejo. Y entonces desvió la vista hacia ellos, buscando su complicidad masculina.

—Es bien sabido que las mujeres, aunque los hombres sean esforzados y bien dispuestos, son de mal contentamiento, especialmente vos, señora, que todavía no ha nacido quien os pueda contentar —dijo aquellas palabras con un cierto aire de cinismo, pero don Fernando tenía una gracia especial al hablar y acababa consiguiendo que la comunicación fuera siempre amigable.

Y después de esta pequeña reprimenda de su esposo, que agradó a todos los que se encontraban allí porque la mayoría de ellos veían en la actitud de la reina una intromisión en asuntos que por su condición de mujer no le correspondían, el rey fue el primero en disculparse ante doña Isabel, y a continuación le siguieron todos los caballeros del Consejo, uno por uno, y de esta manera la reina se dio por satisfecha.

No había pasado ni una hora desde que había terminado la reunión, que Juana y Hugo, como el resto del campamento, ya conocían todos los detalles de la intervención del rey y de la reina. Aquella misma tarde se anunció que al día siguiente se alzaría el real. Era sin duda muy buena noticia para Juana y Hugo, que anhelaban alejarse de allí cuanto antes y dejar atrás el cadáver que habían escondido entre los matorrales de la ribera.

Hugo y Juana seguirían con las tropas el camino de regreso a Burgos, les esperaban unos cuantos días de viaje bajo aquel calor abrasador de plena canícula. Los besos y las caricias compartidas la última noche habían encendido sus cuerpos, y sentían una necesidad irresistible de verse a solas y dar rienda suelta a sus deseos. Pero, mientras tanto, ella había de comportarse como Diego Oliveros ante la tropa y no levantar ninguna sospecha si no quería ponerse en peligro de nuevo, o ser expulsada de la hueste sin poder cumplir su cometido.

23

Reforzando el cerco a Burgos

Doña Isabel y don Fernando, después de partir de Tordesillas se fueron hacia Medina del Campo y enviaron a Alfonso de Arellano, conde de Aguilar, a cercar la fortaleza de Burgos. Tenían conocimiento, por fuentes directas, de que las acciones para intentar sitiar al enemigo no avanzaban al ritmo esperado. Hugo, Juana y las tropas que aún no se habían dispersado siguieron al conde para reforzar el cerco de la ciudad.

Mientras tanto, los reyes se quedaron en Mediana del Campo organizando los asuntos de Castilla. Con ellos se quedaron también el cardenal de España, el duque de Alba, el almirante, el condestable conde de Haro, el conde de Benavente, el conde de Alba Liste y algunos otros caballeros y gente a caballo y a pie de la guardia del rey y la reina.

Reunido el Concejo real en Medina del Campo decidió que, estando como estaban en una situación de extrema necesidad, se dispondría de todas las alhajas de plata y oro no necesarias para el culto de las iglesias, a fin de poder pagar al ejército y evitar de este modo los robos que muchas gentes de armas llevaban a cabo para subsistir.

A los pocos días de encontrarse los monarcas en esta localidad, gracias a que contaban con buenos espías, fueron avisados de que corrían un gran peligro:

—Pretenden venir de noche a prender fuego a los arrabales de Medina. Debéis partir, majestad, estáis demasiado cerca de las tropas del rey portugués.

Los reyes decidieron no continuar las Cortes que allí se habían reunido y marchar hacia Valladolid para ponerse a buen resguardo. Pero las cosas en Burgos no iban a mejor, y no tardaron en enviarles un mensajero solicitándoles refuerzos para poder controlar la situación. Desde el castillo, los trabucos disparaban de día y de noche hacia la ciudad. No habían conseguido bloquear las salidas de la fortaleza y continuamente salía gente a hostigar y a robar a los vecinos. Entretanto, el obispo continuaba colaborando con el adversario desde la fortaleza de la Rabe y los burgaleses celebraban procesión tras procesión implorando el auxilio de las tropas de don Fernando por intercesión del Altísimo.

Al recibir esas noticias, el rey don Fernando se puso de camino a Burgos en compañía del condestable don Pedro Fernández de Velasco. Antes de acudir a la ciudad, don Fernando envió a Juan de Sepúlveda para avisar al cabildo de sus intenciones.

La llegada del monarca, en compañía del condestable, fue sin duda una brisa de aire fresco que alimentó los ánimos de Juana y de Hugo, así como los de todos los que allí se encontraban, tanto de los burgaleses como las huestes, que veían en aquel hecho la posibilidad de terminar con éxito tan importante empresa. Y empezaron a celebrarse rogativas diarias y procesiones públicas, si bien al cabo de un par de semanas ya solo se celebraban los domingos y festivos.

Don Fernando se dio cuenta bien pronto de que había depositado demasiadas expectativas en la capacidad de mando de don Sancho de Rojas. Habían pasado ya muchas semanas y el cerco sobre el castillo y la iglesia de la Blanca no había conseguido los resultados esperados, y cada día era más evidente la flojedad y la desgana con que dirigía las operaciones del sitio. De manera que el monarca decidió sustituirlo, y delegar la dirección del cerco en el capitán Esteban de Villacreces, quien desde el primer momento demostró gran inteligencia y capacidad para llevar a cabo dicha empresa. En la primera reunión fue taxativo al dirigirse a los capitanes:

—Tenemos que bloquear la escotilla de Corazas. No podemos permitir que continúe siendo lugar de salida del castillo y corredero ininterrumpido de víveres.

El mes de agosto trascurría amodorrado por las temperaturas, que los mantenía a todos en baja actividad. Juana vivía cada día más angustiada, pensaba que si aquel rufián la había descubierto también lo podrían hacer otros. Sufría por si alguien echaba en falta a aquel despreciable individuo, pero iban pasando los días y no tuvieron noticias de que preguntaran por él, parecía que nadie se hubiera percatado de su desaparición. Y al mismo tiempo, Juana sentía una necesidad apremiante de volver a abrazar y besar a Hugo, a pesar del peligro que suponía, y eso aún la hacía sentir más insegura.

Tan pronto como llegó a la ciudad, Villacreces tomó el mando del cerco y ordenó la construcción de empalizadas con sacas de lana, maderas y restos de las casas que habían sido destruidas. La gente del pueblo colaboró en dicha tarea. Juana y Hugo, como parte de la tropa que eran, también trabajaron en ello, y eso los llevó a recorrer la ciudad buscando cualquier escombro que pudiera servir para la construcción de trincheras. En las calles había casas abandonadas después de haber sufrido el impacto de los proyectiles, tan solo quedaban en pie algunas paredes y se acumulaban los escombros sin piedad. Otras viviendas cercanas, a pesar de no haber sido alcanzadas por los impactos, también habían sido abandonadas por miedo a sufrir daños parecidos, y sus ocupantes habían huido hacia zonas menos expuestas a la artillería de la fortaleza.

Acompañados de un carro tirado por una mula, Juana y Hugo, junto con algún otro soldado, iban recogiendo puertas, ventanas, trozos de muebles..., cualquier cosa que pudiera ser de utilidad para construir las barreras defensivas.

Juana, después de otro viaje hasta el carro, miró hacia arriba y vio que la torre de la iglesia de San Esteban también había resultado afectada por los ataques de las lombardas del castillo. Tenía desperfectos en el tejado y en el magnífico rosetón de la portada.

La muchacha se movía por entre las ruinas con un gran dolor al tener que llevarse los escombros de las casas para reforzar las empalizadas. Pero se consolaba pensando que ella no era ninguna usurpadora, que las casas se las habían arrebatado sus enemigos, ella solo seguía órdenes e intentaba que el cerco pudiera terminar cuanto antes.

El domingo 22 de agosto, el rey don Fernando asistió a la misa mayor de la catedral. Al terminar la celebración se acercó al deán, que había oficiado la ceremonia a falta del obispo.

—Convoque a las dignidades del cabildo, es urgente —ordenó el monarca.

—Como vos digáis majestad, ahora mismo se lo comunicaré. Podemos reunirnos en la capilla de santa Catalina —respondió el deán, intranquilo ante tanta urgencia.

Pronto los representantes del cabildo se concentraron en la capilla, iluminados por las luces de las candelas. Don Fernando acudió acompañado de su capellán mayor y algunos de sus hombres de confianza y fue directamente al asunto que le preocupaba, sin andarse por las ramas:

—La corona necesita el préstamo de parte de las alhajas de la catedral para la pacificación del reino.

En la cara de los representantes del cabildo había tensión, sabían que no podían negarse a tal petición por mucho que les disgustara. Y por ello don Fernando se adelantó a añadir:

—Todo cuanto se sustraiga, será devuelto a su debido tiempo, o bien compensado con su correspondiente precio.

—Las llaves de la sacristía —le dijo el deán al tesorero.

Este se las entregó en el acto sin añadir palabra, quien a su vez se las pasó al capellán mayor de su majestad, y este, acompañado de dos emisarios del rey, se dirigió a la sacristía siguiendo la orden de elegir lo más conveniente. Entratanto, el rey siguió parlamentando con los representantes del cabildo, y tras muchas deliberaciones acordaron entregar al monarca cien mil maravedíes.

—Aunque..., majestad, antes de haceros entrega de este dinero, debo consultarlo con el obispo.

—¿Con qué obispo, con el que colabora con nuestro adversario? —respondió el rey muy indignado ante la respuesta del deán mostrando sumisión ante su superior.

Aquellos días, Juana y Hugo trabajaban duro en la construcción del cerco del castillo y la iglesia de la Blanca, tanto por el lado de la ciudad como por el campo como no se había hecho hasta entonces, con el firme propósito de aislar al enemigo. Movían todas las maderas nuevas que habían podido conseguir, además de los escombros y los trozos de madera vieja que los vecinos se habían visto obligados a ceder. Lo hacían soportando un calor de mil demonios y a pesar de sentirse tan cansados que apenas tenían fuerzas para continuar, no podían evitar lanzarse miradas apasionadas como si fueran dos gatos en celo, intentando que nadie los viera y que el otro supiera recibir su súplica más ardorosa.

Después de todo un día trabajando casi sin tregua hasta el anochecer, durante el cual todos los que estaban con ellos solo buscaban afanosamente una jarra de vino y algo de comida, Hugo y Juana, sin decirse nada, encontraron la manera de escaparse hacia un campo a las afueras y rendirse uno a los brazos del otro.

Tendidos sobre la hierba, se besaron con una pasión desconocida para los dos, la misma con la que el sol de agosto quemaba las piedras durante el día. Encendidos por un deseo que tanto él como ella no habían experimentado nunca antes, olvidaron el cansancio, la sed y el hambre, porque la única hambre que les devoraba en aquel instante era la de poseer sus cuerpos. Se desnudaron sin prisa, en la oscuridad de la noche. Era la primera vez para ambos, los dos tenían tanta vergüenza y miedo de no saber qué hacer como ansias por aprenderlo rápido. Juntos descubrieron los caminos del deseo. Ninguno de los dos sabía bien cómo actuar, pero escucharon sus cuerpos y se dejaron llevar por la madre naturaleza. Se amaron sin prisas, pero con mucha intensidad, mientras se besaban y se regalaban las más frágiles y cálidas caricias.

Aquella noche los dos supieron que aquello que acababan de descubrir les había cambiado la vida, que nunca más podrían prescindir del contacto de sus cuerpos. Pero llegó la madrugada, y con ella la constatación de que se habían vuelto mucho más vulnerables. Habían actuado precipitadamente, habían bajado la guardia, habían dejado los caballos todo el día abandonados en el campamento. Y habían corrido un gran riesgo de ser descubiertos. Por todo ello, antes que de que amaneciera, con un inmenso dolor, se juraron no volver a escaparse para verse a escondidas.

24

Batanás

Era a principios de septiembre, el tiempo aún era caluroso y todo hacía pensar que el castillo de Burgos no tardaría en capitular. El cerco sobre la fortaleza y la iglesia de la Blanca cada día era más efectivo. Había tiendas militares situadas en torno a toda la zona asediada, y ya se había completado la zanja y la cerca construida con maderas y escombros. La provisión de fondos llevada a cabo por el rey don Fernando habían permitido a los campamentos tener una reserva suficiente para estar bien alimentados, y eso había tranquilizado a la tropa y a los vecinos de la ciudad, ya que disminuyeron los robos. Pero otra preocupación iba creciendo poco a poco como una bola de nieve al bajar por una montaña entre todos aquellos que trabajaban en el empeño de rendir al enemigo, y esta era la llegada del frío. Las tiendas de lona tenían una protección en la parte superior que las aislaba de la lluvia, pero si el temporal era muy fuerte de bien poco servía, y el frío en su interior era de lo más inclemente.

Juana y Hugo estaban en un campamento cercano a la

ciudad, entre el río Arlanzón y la muralla que daba a la puerta de Santa Águeda, enfrente de la morería. Según de dónde venía el viento, llegaba hasta allí el fuerte olor de la tenería y la tripería del barrio. Estando tan cerca de la ciudad, podían escuchar las campanas de la catedral tocar las horas canónicas. Los ejércitos del real acostumbraban a levantarse entre primas y tercias.[16] Juana se levantaba siempre antes de que amaneciera y esperaba a Hugo para alejarse a hacer sus necesidades y asearse un poco en el río.

Habían pasado bastantes días desde que se habían rendido a la pasión de sus cuerpos, pero, aunque lo deseaban con una fuerza devastadora, no habían vuelto a estar a solas, porque era muy arriesgado con la cantidad de gente que había por todas partes.

Después de regresar de la rutina matinal, se sentaron a desayunar un poco de pan, un trozo de cecina y algo de vino cerca de la tienda. Entonces, dos de hombres que hacía algunos días que se alojaban en la tienda con ellos, se sentaron a su lado. A pesar de compartir aquel reducido espacio de reposo y de estar en la misma mesnada, se conocían poco, ya que apenas habían entablado conversación. Uno era bastante mayor que ellos, aparentaba tener unos cuarenta años, y aunque sus vestimentas eran sencillas, gastaba aires de noble y se jactaba de ser hombre de gran experiencia militar.

16. Horas canónicas: maitines (medianoche), laudes (3 de la mañana), prima (las 6), tercia (las 9), sexta (mediodía), nona (3 tarde), vísperas (las 6) y competas (las 9).

Se hacía llamar Pedro. El otro, algo más joven, respondía al nombre de Mateo. Parecía tener pocas luces y siempre seguía lo que le marcaba su compañero, que era quien llevaba la voz cantante.

Hugo y Juana procuraban esquivarlos tanto como podían, pero Pedro parecía que disfrutaba con su compañía y a menudo intentaba entablar conversación con ellos. Juana pensaba que posiblemente fuera porque no debía de haber muchos hombres capaces de soportar su cháchara mucho rato seguido.

—He oído que el rey de Portugal trasladó sus hombres de Peñafiel a Batanás, donde se encontraba el conde de Benavente —dijo Pedro.

Juana, que ya casi había acabado de comer y se disponía a levantarse, pensó que en aquella ocasión quizá podría ser conveniente escucharlo, aunque no tuviera la certeza de que lo que les contara fuera del todo cierto.

—Pero el conde de Benavente tiene una hueste importante —respondió Hugo, que parecía molesto al ver que Juana le prestaba atención.

—Sí, cerca de trescientas lanzas, pero el rey de Portugal traía consigo gentes de todas partes, dicen que lo acompañaban las huestes del arzobispo de Toledo, del marqués de Villena y del mismo Álvaro de Zúñiga —continuó Pedro.

—¿Álvaro de Zúñiga, no es acaso el gobernador militar del castillo de Burgos? —preguntó Juana sin poder contenerse.

—Sí, don Diego, estáis en lo cierto, el mismo, también conde de Plasencia y duque de Arévalo —añadió Pedro.

—¿Y cómo terminó la batalla? —inquirió Hugo.

—Como era de esperar, cuentan que fueron unas horas de lucha muy intensa. Pero los partidarios del rey portugués los superaban en número y causaron muchos muertos y heridos a los del castillo, que según dicen era difícil de defender. Finalmente..., Rodrigo Alfonso Pimentel, conde de Benavente, y sus principales hombres fueron presos y según parece, llevados hasta Arévalo.

Se hizo el silencio, Juana y Hugo ya iban a levantarse, cuando Pedro se dispuso a continuar el relato.

—Unos días después del enfrentamiento, se ve que la reina Isabel se presentó en Batanás para llorar a los caídos y consolar a sus gentes por el saqueo sufrido. Dicen que ha concedido a villa una demora de dos años para todas sus deudas. Y se rumorea que ha enviado a unos emisarios ofreciendo un jugoso rescate para que liberen al duque de Benavente.

—Sin duda es una gran diplomática nuestra reina, este gesto tan humanitario significará una gran propaganda para su causa —dijo Hugo.

—Pero quien realmente supo mediar en esta cuestión, esta vez no fue nuestra amada reina —añadió Pedro.

—¿No?, ¿y quién fue entonces? —preguntó Juana.

—Se ve que fue la misma duquesa de Arévalo, Leonor de Pimentel, de quien dicen que es prima del conde de Benavente; según cuentan, fue ella quien trató la cuestión mientras se encontraba en la villa —dijo Pedro.

—¿Cómo sabéis todo esto, quién os lo ha contado? —le preguntó Hugo, que parecía desconfiar de todas aquellas confidencias y se mostraba celoso viendo el interés de Juana.

—Anteayer estaba haciendo guardia cuando vi entrar en la ciudad a un caballero acompañado de dos soldados. Más tarde, jugando a los dados con un criado, este me explicó que había oído a su señor hablar con otro caballero. Se ve que el emisario vino a proponerle un trato al rey.

—¿Qué trato? —preguntó Hugo.

—Pues que, si el rey don Fernando levantaba el cerco al Castillo, ellos liberarían al conde de Benavente.

—¿Y qué dijo el rey? —inquirió Hugo.

—¡Juró solemnemente que no levantaría el cerco! Dijo que sentía gran aprecio por Alfonso Pimentel, que le disgustaba que estuviera preso, pero que tan solo haría tal cosa si su majestad la reina caía en sus manos.

En aquel momento, Juana y Hugo se levantaron dando la conversación por terminada, pues tenían que acudir a cumplir con la guardia en la zona que tenían asignada, una parte de la cerca próxima a la judería, donde permanecieron hasta que empezó a oscurecer. De regreso al campamento, comieron la ración de cocido que les correspondía y fueron a arreglar sus caballos. Juana disfrutaba cepillando a Sultán y teniendo buen cuidado de él. Pasaba largos ratos susurrándole al oído.

—Espero que bien pronto podamos regresar a casa, al valle del Curueño. Cómo añoro las montañas, mi casa, y a mis padres y a mis hermanas.

El animal la miraba con aquellos grandes y expresivos ojos, que eran el vivo reflejo de la bondad. La miraba como si pudiera comprender todo lo que ella le estaba contando, convencido de que quien le estaba hablando era Juana García, la hija del conde de Arintero. A él no lo había engañado, sabía bien quién era, su vestimenta de varón no hacía variar en nada la forma que tenía de notar que era ella: su voz, su tacto, su mirada..., su alma, era la misma.

Desde que compartían tienda con Pedro y Mateo, Hugo y Juana se retiraban a dormir mucho más tarde y habían extremado las precauciones, Juana dormía vestida en un extremo, y entre ella y los dos hombres, Hugo. Aquella proximidad reprimida encendía su pasión aún más, y acrecentaba sus ganas de poder dejar atrás al caballero Oliveros.

Cada noche, cuando Juana cerraba los ojos, le rezaba a la Virgen para que acabara pronto aquella guerra, e intentaba no pensar que tenía a su amado justo al lado, sin poder tocarlo, ni besarlo. Aquello suponía una auténtica tortura para ambos, como si a un sediento lo mantuvieran al lado de una fuente sin poder beber, y pasaban largas horas escuchando la respiración del otro. En alguna ocasión, cuando creían que Pedro y Mateo estaban realmente dormidos, se atrevían a cogerse de la mano durante un rato. Pero la mayoría de las noches las pasaban esperando la ocasión, hasta que los vencía el sueño.

25

La retirada

La llegada del invierno trajo consigo importantes cambios. El rey luso había dejado en libertad al conde de Benavente, gracias a que este le había entregado tres de sus fortalezas, Portillo, Villalba y Mayorga, abastecidas para siete meses, y a su hijo como rehén, con el compromiso de que si él lograba descercar Burgos, fortalezas y su hijo le serían devueltos.

Con el rey de Portugal en Zamora, se alejaba la amenaza para los reyes castellanos. Así pues, el rey don Fernando decidió aprovechar el largo parón invernal para reducir considerablemente su ejército, pasando de cuarenta mil hombres a tan solo unos quince mil, convirtiéndose en una fuerza mucho más fácil de maniobrar y de mantener. Eso supuso ver cómo las tropas acampadas alrededor de la ciudad de Burgos se achicaban considerablemente. Fueron muchos los que emprendieron el regreso, entre ellos Pedro y Mateo, los compañeros de tienda de Hugo y Juana. Llevaban casi tres meses conviviendo, y aunque no habían forjado una amistad, habían compartido muchas horas.

La noche antes de partir cenaron juntos, como en muchas otras ocasiones. Y como era costumbre, Juana casi no abría la boca para nos ser descubierta. Pero ese día, con la excitación de la marcha, tanto Hugo como Mateo bebieron más vino de la cuenta. Y, ya fuera por el arrojo que se apodera de los hombres cuando están ebrios, ya fuera porque las temperaturas habían bajado mucho y habían encendido una pequeña hoguera para calentarse, Pedro se iba acercando cada vez más a Juana y aprovechaba para cogerla del brazo cuando le hablaba. Ella estaba cada vez más nerviosa, sin saber cómo esquivarlo.

—¿Sabéis lo primero que haré cuando salga de aquí esta noche, Diego Oliveros?

—No, no tengo ni idea.

—Pues iré a una mancebía, pillaré una buena jaca y cabalgaré tantas horas como mi cuerpo aguante, o hasta que la reviente —tras lo cual estalló en una grotesca carcajada.

Juana aborrecía aquel tipo de comentarios, le resultaban insoportables. Por más que intentaba hacer oídos sordos, no se acostumbraba a ellos, aunque los oía a diario y procuraba que no la afectasen.

—Don Diego, ¿a vos no os agradaría acompañarme? —insistía Pedro, cogiéndola del brazo y acercándose más a ella.

—No, sinceramente, no —contestó con frialdad, apartándose disimuladamente para no estar tan pegada a él.

—Huy, huy, huyyyyyy... Creo que he ya he dado con el

problema. Vos ¿jocen Oliveros aún no habéis catado mujer, ¿no es así?

—Dejadlo tranquilo, nada os importan sus intimidades —respondió Hugo exaltado, sin poder contenerse.

—Carajo, carajo... Resulta que nuestro joven caballero aún no se ha estrenado. Pues habrá que poner solución al tema

Pedro, cada vez más borracho, estalló de nuevo en una carcajada todavía más escandalosa que la anterior y se acercó a ella, cogiéndola del hombro y balanceándola en señal de camaradería

—¿Déjalo tranquilo de una vez! —exclamó Hugo, cada vez más enfurecido.

—Huy, huy, huyyy... Don Diego, que se nos está poniendo muy nervioso vuestro escudero. ¿O quizá es algo más que vuestro escudero? ¿Sois acaso de esos a los que les gusta que los monten por atrás?

Cada vez hablaba más alto, pero por suerte no tenían a nadie demasiado cerca para que pudiera oírlos. Y entonces, de repente, sin que nadie se lo esperara, Juana, sacó una daga y se la puso a Pedro en el gaznate, sin que ni él ni Mateos tuvieran tiempo de reaccionar, debido al estado de embriaguez en que se encontraban.

—O te largas ahora mismo del campamento, o te prometo que te empalo esta daga por el culo, y entonces podrás comprobar si te gusta que te sirvan por el trasero. ¿Lo has comprendido bien, maldito imbécil?

Juana pronunció aquellas palabras con tal determinación y firmeza que consiguió amedrentar a los tres hombres que la escuchaban.

Y sin más, Pedro y Mateo cogieron sus bultos y medio tambaleándose partieron del campamento sin levantar más polvareda. Tenían ganas de terminar la noche como la habían planificado, no con una pelea de la que, en su estado, no tenían demasiados números de salir airosos.

Hugo estaba tan sorprendido como los otros dos hombres de la reacción de Juana. Le había gustado su valentía, había demostrado que era capaz de defenderse sola. Pero en lugar de decírselo pensó que sería mejor aprovechar que aquella sería su primera noche solos en la tienda después de mucho tiempo, apagó el fuego, la cogió de la mano y se la llevó al interior de la lona.

En la oscuridad de aquella fría noche de mediados de noviembre, se rindieron a la fuerza del deseo después de tanto tiempo esperando aquel momento, y se dejaron llevar por el ardor de la pasión, con avidez. Sin pensar en si los descubrirían, desbordados por el ansia de saciarse del cuerpo de su amado, se quitaron la ropa, se abrazaron desnudos, revolcándose como un torbellino sin control bajo la manta. Sus manos exploraron sus cuerpos, con la misma necesidad que el ciego palpa todo cuanto quiere conocer, para que quedara impreso en la memoria de su piel eternamente. Hugo le besó la boca; paseó sus labios suaves como dos plumas por su cuello y por sus pechos, aquellos pechos pequeños que hacía ya tanto tiempo que llevaba vendados, que ya ni recordaba que formaran parte de su cuerpo, y que ella no sabía que podían llegar a excitarla de aquel modo. Se puso encima de ella, y la penetró con suavidad, y a la vez con firmeza, con un ritmo pausado. Juana gemía entre susurros, para que nadie pudiera oírla. Entonces Hugo se puso de espaldas al suelo y la cogió de las manos para que fuera ella quien montara a él, y cabalgó sobre caderas, cada vez con más furia, hasta que su cuerpo se arqueó como un junco y ambos se fundieron en una explosión de placer, conteniendo el grito que nacía de sus entrañas. Y durmieron abrazados, con el deseo de que aquella noche fuera eterna.

26

La iglesia de Santa María de la Blanca

La iglesia de Santa María de la Blanca se encontraba en el cerro de San Miguel, próxima a la fortaleza de Burgos, en el lado oeste de la montaña. Según la leyenda, era en aquel lugar donde la hija de quien fuera el fundador de la ciudad encontró la imagen de la Virgen y por este motivo mandó construir allí aquella iglesia en honor de la que desde ese momento se convertiría en la patrona de Burgos, aunque según explicaban algunos, allí mismo, mucho antes, había una sinagoga.

La iglesia formaba parte del núcleo de la resistencia de los Zúñiga junto con el castillo. Era defendida con tenacidad por una tropa de trescientos hombres y con unos cincuenta caballos bien atrincherados, al mando del alcalde mayor Antonio Sarmiento, hermanastro del obispo de Burgos. Sarmiento había llegado unos años antes a la ciudad con el séquito del prelado cuando este fue nombrado para ejercer el destacado cargo eclesiástico, y gracias a la influencia del prelado ocupaba un importante puesto en el Concejo.

Entrado ya el invierno, con temperaturas gélidas, el rey Fernando fue preparando a la tropa para el salto a santa María de la Blanca, que tenía cercada desde hacía ya meses, e hizo colocar pertrechos de pólvora y ballestería, rodeándola por seis partes. El día del asalto estaba próximo y los de la fortaleza, conocedores de que el ataque era inminente, habían reforzado la defensa preparando todo el armamento del que disponían.

Finalmente, Juana veía acercarse el combate después de tanto tiempo acampados en el real. La situación era ciertamente muy extraña para ella: cada noche se entregaba a Hugo y ambos disfrutaban de la pasión con una fuerza huracanada, mientras que durante el día tenía que comportarse como el caballero Diego Oliveros. Y aquella situación, cada vez le resultaba más complicado de sobrellevar. Vivía angustiada a todas horas por si alguien descubría su verdadera identidad.

La noche antes del ataque, Juana y Hugo se amaron en la danza más apasionada y triste que nunca habían bailado, conscientes de que podía ser la última vez que estuvieran juntos. Hugo no pudo evitar vestir con palabras aquel sentimiento que ambos compartían.

—Antes que entremos en combate, querría suplicarte que tengas buen cuidado de tu persona.

—Lo tendré, Hugo, lo tendré. Cuídate también tú, te necesito a mi lado —le dijo ella mirándolo a los ojos y besándolo con gran dulzura—, quién iba, sino, a protegerme...

Por la mañana, don Diego Oliveros y su escudero se pusieron la armadura, protegieron el cuello, el pecho y los flancos de sus caballos y se dirigieron al galope con la tropa hacia el lugar del combate, encabezados por el rey don Fernando y el estandarte de Castilla.

Los soldados se fueron repartiendo dirigidos por los capitanes, cubriendo las distintas zonas donde estaba situada la artillería. En una primera línea se situó la infantería con las picas, en formación cerrada, cubriendo a los arqueros que estaban tras ellos y a la caballería, la que formaban parte Diego Oliveros y Hugo.

A la señal, la artillería empezó a disparar. No habían movilizado bombardas, por su dificultad para ser trasladadas y por tenerlas orientadas hacia el castillo, pero sí que disponían de pasavolantes[17] grandes, y medianos y de espingardas. En un abrir y cerrar de ojos el cielo empezó a cubrirse con la pólvora de los sitiadores, que atacaban con gran ferocidad, y de los sitiados, que se defendían con todas sus fuerzas, conscientes de que si caían en manos del enemigo, muy posiblemente serían pasados a cuchillo.

Los truenos de la artillería pronto se convirtieron en el único sonido que escuchaban sus oídos. A pesar de que la carga de los pertrechos era lenta, había suficiente a uno y otro lado para que no cesara el ir y venir de proyectiles de piedra, hierro y plomo, muchos de los cuales no conseguían alcanzar su objetivo al no ser muy precisos, si bien los que lograban llegar hasta la iglesia de Santa María de la Blanca

17. Antigua pieza de artillería de poco calibre.

impactaban con fuerza contra sus muros y contra quienes la defendían. Y los que caían sobre los soldados del rey don Fernando, lo hacían con una intensidad incontrolable. Al mismo tiempo, la infantería, protegida tan solo con jubones, cargaba y lanzaba una lluvia de flechas que volaban por aires, describiendo una parábola siniestra. Juana, desde su caballo con la lanza en una mano y el escudo en la otra, seguía con la vista aquella nube que cortaba el aire con un silbido agudo, y que iba tornándose más grave conforme las ligeras astas se alejaban.

De pronto, una bola de piedra impactó en la cabeza de un arquero que estaba frente a Diego Oliveros, quebrándosela como como si fuera una calabaza y dejándolo tendido en suelo. Aún no había tenido tiempo de reaccionar, cuando vio cómo dos piqueros eran abatidos por otro proyectil. Miraba a Hugo de reojo, tenía miedo de que también ellos fueran alcanzados y se sentía impotente encima del caballo, sin poder hacer nada. Habían perdido bastantes arqueros, y nada hacía pensar que el enemigo saldría a campo abierto a luchar, de manera que desde su posición de caballería no podían contribuir en nada al ataque. Entonces, sin pensarlo dos veces, ni esperar a recibir la orden, descabalgó y cogió el arco y las flechas de uno de los soldados que estaba tendido sobre un charco de sangre y empezó a disparar. Hugo, sorprendido y preocupado, siguió su ejemplo y se situó a su lado con otro arco.

Las flechas brotaban con fuerza de su arco. Tal era así,

que una de las saetas de Oliveros alcanzó a uno de los sitiados, y lo vio desplomarse contra el suelo, como si de una fruta madura se tratara. Siguió cargando y disparando, entre gritos de espanto y quejidos lastimeros, mientras Hugo lo observaba y no dejaba de asombrarse de la destreza que mostraba en el manejo del arco y su rápida capacidad de decisión en la batalla. Fue entonces cuando, en un momento de distracción, una flecha proveniente de los hombres de Sarmiento pasó tan cerca de él, que si Oliveros no lo hubiera tirado al suelo, lo habría alcanzado.

—¡Qué manera de protegerme es esta! Si descuidáis vuestro encargo, de nada me servís a mi lado —exclamó Oliveros indignado, después de salvarlo del trayecto de aquella flecha que iba directamente hacia él, dejándose llevar por la rabia de pensar que por un descuido hubiera podido perder allí su vida.

Hugo, tendido en el suelo, se había quedado paralizado, no tanto por el espanto como por su reacción. Oliveros no se detuvo, y a pesar de tener los brazos entumecidos de tanto disparar, mantenía los cinco sentidos en alerta, reaccionando de inmediato a todos los ataques que llegaban del campo contrario. Transcurridos unos segundos, Hugo se puso en pie nuevamente y se puso a disparar con el arco, como ella. Las horas pasaban y aquel combate, que en principio parecía que iba a ser rápido y de fácil victoria, no llegaba a su esperado final, mientras el eco de las flechas y los truenos de los proyectiles seguían sonando sin cesar. En aquel momento uno de los disparos de los sitiadores impactó en el campanario, y dos soldados de Sarmiento fueron alcanzados y se precipitaron desde gran altura.

El sol iba a la baja cuando el rey don Fernando, tras seis horas de duro combate ordenó a los suyos que se retirasen. Fueron muchos los que, como Oliveros, miraron desconcertados al monarca, pues no podían comprender la orden que estaban recibiendo. ¿Por qué se retiraban si su guarnición era más numerosa que de ellos? ¿De qué había servido guerrear con tanto esfuerzo? ¿Por qué ahora que muy probablemente ya tenían cerca la victoria?

Oliveros vio cómo alguno de los capitanes, no muy lejos de donde ellos se encontraban, se acercaba a don Fernando preguntándole el motivo de la retirada.

—¿Por qué debemos retirarnos ahora, majestad? —preguntó uno de ellos entre enojado y sorprendido, mientras sus acompañantes observaban al rey esperando una explicación que los convenciera.

—Comprendo que estéis desconcertados ante mi decisión, pero hemos perdido bastantes hombres y a cada hora que pasa tenemos más bajas. Creo que es mejor cesar el combate en este momento, para volver con más y mejor artillería. Y tened presente que, aunque los rebeldes no han sido tomados, han sufrido muchas bajas, y los que aun resisten están ya muy cansados para soportar un segundo ataque. ¡Volveremos para vencer!

La decisión del monarca era en firme y no admitía discusión posible, por lo que los capitanes aceptaron su explicación y se dirigieron hacia donde se encontraban sus tropas. Los soldados fueron retirando a los heridos, visiblemente enflaquecidos por el poco fruto obtenido a pesar de todo su esfuerzo.

Ya prácticamente se habían agotado las horas de luz cuando Juana y Hugo llegaron al campamento. Había sido un combate muy duro, Juana no tenía ganas de hablar, ni tan solo le quedaban fuerzas para pensar en todo lo que había vivido durante aquella jornada interpretando el papel de Diego Oliveros. Prefirió dedicarse a pasarle el cepillo a Sultán y a pasar un rato con él.

—¡Buenas noches, Oliveros! —le dijo uno de los capitanes acercándose hasta donde ella se encontraba, pillándola por sorpresa.

—Buenas noches, señor.

—Quería deciros..., que, durante el combate, os vi tomar la iniciativa...

—Señor, os ruego que me disculpéis...

—Oliveros, no he terminado aún. He venido a felicitaros por vuestra actuación de hoy. Me ha sorprendido vuestro arrojo, vuestra valentía y vuestra entrega. Sin duda nos hacen falta más soldados como vos para conseguir vencer este cerco.

—¡Muchas gracias, señor!

—No, me deis las gracias y continuad luchando como lo habéis hecho durante esta jornada, porque, como dice nuestro rey: «Debemos perseverar para poder vencer».

—Así lo haré, señor, y espero que Dios nos dé la fuerza para conseguir pronto esta victoria.

El capitán se desvaneció en el crepúsculo de la misma forma en que se había presentado, del mismo modo en que habían desaparecido todos aquellos que habían perdido sus vidas en aquel combate.

Hugo la aguardaba en la tienda, con la esperanza de dejar atrás las malas caras y las diferencias que habían surgido durante la batalla, pero no fue así. Juana entró en la tienda en silencio, se tumbó de espaldas sin quitarse una sola pieza de ropa. Hugo estaba preocupado, pero respetó su silencio y su distancia, esperando que bien pronto pudieran hablar y arreglar las cosas.

Al día siguiente, todo seguía igual entre Hugo y Juana. Aquella misma mañana, tuvieron noticias de que la gente que estada cercada en la iglesia de Santa María de la Blanca había solicitado poder parlamentar, y Juana pensó que estaba claro que temían la inminencia de un segundo ataque. Los embajadores de los sitiados le propusieron al rey don Fernando que le entregarían la iglesia, a cambio de que este les asegurase sus vidas. Don Fernando, a pesar de tenerlo todo a punto para un segundo combate, aceptó el trato para evitar más muertes. Aquella misma tarde, la tropa que se encontraba dentro de la iglesia salió con la mirada baja de los vencidos; algunos llevaban brazos vendados o se ayudaban de bastones para poder andar.

El rey mandó al capitán don Juan de Gamboa con un

destacamento para que se hiciera cargo de regentar aquel edificio a partir de entonces, con el propósito de ejercer desde allí mucha más presión sobre el castillo.

27

El agua del castillo

A finales de noviembre, llegó a Burgos Alfonso de Aragón, duque de Villahermosa, Maestre de Calatrava y hermano bastardo del rey don Fernando, después de que este hubiera solicitado su ayuda, y lo hizo acompañado de sus mejores soldados, unos cincuenta hombres de armas y cien jinetes. Pocos días más tarde, de madrugada y sin que nadie supiera de su marcha, partía don Fernando, dejando la ciudad en sus manos y en las del condestable para acudir a Zamora, con el duque de Alba y el conde de Benavente, donde también reclamaban refuerzos, ya que era allí done se encontraban las tropas del rey portugués.

Habían pasado algunos días desde la conquista de la iglesia de santa María de la Blanca, y la relación entre Juana y Hugo seguía enrarecida. Hugo no sabía cómo interpretar aquella nueva situación. Por un lado, ella le había salvado la vida, pero a la vez no entendía aquella reacción tan desairada. De nuevo convivían en silencio, el equilibrio entre ellos se había resquebrajado como una hoja, seca y ambos se sentían incómodos e inseguros.

Cuando se hizo de noche, Hugo, que ya no podía soportar más aquella situación, buscó un momento en la soledad de la tienda para acercarse a Juana y poder esclarecer su cambio de conducta.

—Necesito saber por qué huis de mí. No comprendo por qué ahora, de repente, volvéis a tratarme con esta indiferencia.

Juana no contestó, lo abrazó y lo besó en los labios. Y entonces pronunció las palabras que tanto dolor le causaban y que eran el verdadero motivo de su furiosa reacción:

—¡No podría soportar que te ocurriera nada!

Sin más explicaciones, se amaron con todas sus fuerzas, pero sin poder olvidar que más allá de aquella lona había una guerra, y que cualquier instante vivido podía ser el último. Eso hacía que Juana sintiera que su vida se había vuelto tan vulnerable como la tela de la tienda que protegía su intimidad.

A partir de la mañana siguiente, los esfuerzos de los partidarios del rey don Fernando se centraron en intentar privar de agua a los defensores del castillo. Alfonso de Aragón ordenó a sus hombres abrir minas lo más cerca posible del pozo del castillo, que abastecía de agua a los asediados. Entretanto, a causa de los sangrientos combates y de las importantes brechas abiertas en las murallas, los soldados de uno y otro bando iban cayendo por la acción de las lombardas y otros ingenios de guerra.

Al mismo tiempo, el rey había mandado publicar una orden al ayuntamiento burgalés, en la que se exigía a los vecinos que entregasen las armas, arneses, corazas y ballestas que poseyeran, con el fin de pertrechar a los soldados destinados al cerco del castillo. También incluía la advertencia de que ningún vecino osase vender o dar caballos o armas de su propiedad a partidarios del rey portugués. Necesitaban todos los recursos para seguir adelante con un sitio que estaba resultando bastante más largo de lo que en un principio habían planeado, y para mayor preocupación, el invierno se les había echado encima y las condiciones resultaban mucho más duras para su tropa acampada en tiendas alrededor de la fortaleza.

En un intento de acelerar la ocupación y poder desalojar a los rebeldes, los dirigentes del asedio prepararon varios equipos de zapadores, además de los ingenios de guerra de refuerzo y una tropa de soldados destinados a cubrirlos mientras ellos trabajaran en el ambicioso objetivo de privar de agua a los defensores del castillo, sabiendo que la supervivencia de sus moradores dependía principalmente del pozo de la fortaleza.

De madrugada, con unas temperaturas gélidas y unas nubes que amenazaban tormenta, Oliveros y Hugo, junto con otros soldados, salieron a cubrir uno de aquellos grupos de zapadores. Avanzaron a gatas sigilosamente, y el crepúsculo y el frío no hacían más que aumentar su nerviosismo. Oliveros podía sentir el ruido de sus dientes al castañear de frío y miedo. Notaba el latido de su corazón desbocado por la gran tensión del momento. Los soldados intentaron pasar desapercibidos hasta las proximidades de la muralla y se situaron allí debidamente protegidos. No muy lejos de ellos, una bombarda montada sobre una cureña[18] de madera y un trabuquete[19] disparaban alternativamente, para que diera tiempo a preparar la próxima carga, proyectiles de hierro y piedra hacia la fortaleza en una maniobra de distracción.

Los zapadores empezaron su trabajo, eran unos seis y se iban alternando para avanzar más rápido, tenían prisa por desaparecer de la superficie. El ruido de los picos golpeando la tierra resonaba en el interior del cuerpo del caballero Diego Oliveros. Las horas avanzaban lentas, tanto para los que estaban empleados en el duro trabajo de cavar el túnel como para los soldados que montaban guardia a su alrededor protegidos tras sus escudos.

Había ido despuntando el alba y los zapadores habían desaparecido de la zona visible. Continuaron excavando tenazmente durante todo el día con el objetivo de crear una cámara lo suficientemente importante bajo los cimientos de la muralla. Mientras tanto, las máquinas de guerra de su ejército seguían lanzando proyectiles contra los muros, en una misión nada sencilla por el desnivel en que se encontraba la fortaleza, construida sobre el cerro de San Miguel, pero a pesar de ello, de vez en cuando, alcanzaban a alguno de los enemigos o conseguían deteriorar algo más la dañada fortificación.

Cuando empezaba a oscurecer, después de un largo y

18. Armazón sobre el que se colocaba algunas piezas de artillería.
19. Catapulta pequeña.

frío día bajo los disparos de uno y otro bando, sin comer ni beber y plantado el mismo lugar sin moverse, Diego Oliveros, apenas se sentía los pies. Fue entonces cuando se dio cuenta de que había salido un grupo de soldados del castillo y que se dirigía precipitadamente hacia ellos con el firme propósito de atacarlos. Por suerte, tuvo tiempo de gritar con todas sus fuerzas advirtiendo a los demás para que se dispusieran a defenderse.

—¡Están aquííí!

Y en un abrir y cerrar de ojos se enzarzaron en una intensa escaramuza, cuerpo a cuerpo, con las espadas y las dagas. Oliveros manejaba la espada con mucha agilidad y se movía con rapidez, pero su adversario también ponía en aquella lucha todo su empeño, conscientes, uno y otro, que aquel enfrentamiento era a vida o muerte. El ruido metálico de las espadas los envolvía, golpe, tras golpe, en medio de una oscuridad creciente. Hasta que tras uno de aquellos duros impactos, a Oliveros se le escapó la espada de la mano y fue a parar al suelo. Afortunadamente reaccionó con rapidez, desenfundando la daga de su cintura y clavándosela en las tripas a su adversario con un movimiento certero que lo dejó tumbado en el suelo, muy mal herido. Y, sin pensarlo dos veces, se acercó a él y acabó su trabajo, hundiéndosela en el cuello y provocándole un corte mortal que era un auténtico brollador de sangre.

Cuando Oliveros se giró, pudo contemplar cómo Hugo sujetaba su espada con las dos manos y la hendía en el pecho del soldado que guerreaba contra él. En un instante, aquella intensa refriega había dejado varios muertos, de uno y otro bando, tendidos sobre el suelo.

Con la llegada la noche relevaron a los soldados que habían estado de guardia y a los minadores. Un nuevo equipo continuó los trabajos de zapa y de defensa: después de tantas horas, bien se habían ganado un tiempo de descanso. Oliveros desandó cautelosamente el camino hasta la tienda, en silencio. Había conseguido salvar la piel, pero todas aquellas muertes iban acumulando peso sobre su corazón. Intentaba no pensar en ellos, no pensar que todos aquellos muertos, como ella, debían de tener padres y hermanos, porque entonces aquella situación le resultaba tan dolorosa que no podía soportarla.

Una vez en el campamento, Juana estuvo largo rato cepillando a Sultán, mientras unas espesas lágrimas brotaban de sus ojos sin que ella las pudiera detener. Y una sola pregunta golpeaba con fuerza las paredes de su mente: «¿Hasta cuándo?».

Aquella noche, Juana se durmió abrazada a Hugo. Tan solo necesitaba sentirse protegida y mecida, como cuando era una niña y no podía dormir. Estuvo llorando en silencio todas aquellas muertes que cada día le resultaban más terriblemente duras.

Apenas empezaba a levantarse el alba, cuando les despertaron unos gritos de alerta que se extendían por todo el campamento, despertando a aquellos que aun dormían. Algunos soldados enemigos habían bajado de madrugada hasta las tiendas, sin ser vistos y habían rebanado el cuello de algunos soldados que habían sido sorprendidos mientras dormían, y sin darles tiempo a reaccionar.

Aquello supuso para Juana una gran angustia y una doble alerta, primero al constatar que cualquier noche podían atacarlos de improviso, por lo cual ya no volvería a dormir tranquila mientras estuvieran allí; y, segundo, que ya no podría seguir disfrutando de su amor con Hugo en la tienda, porque podían ser sorprendidos cuando menos lo esperaraban y eso haría imprescindible que volviera a dormir vestida. Era consciente de que, cegada por el amor, había ido bajando la guardia, pero aquella alerta era la advertencia de que tendría que comportarse como el caballero Oliveros las veinticuatro horas.

Durante todo el día no cesó el lanzamiento de proyectiles por parte de los atacantes, y además el tiempo empeoró y se acabó desencadenando una tormenta. Diego Oliveros y Hugo volvieron a hacer guardia con el mismo grupo de zapadores que el día anterior, pero esta vez bajo la lluvia, con la ropa empapada y la visibilidad mucho más reducida por la lluvia. Habían avanzado mucho los trabajos, y los minadores ya estaban apuntalando el túnel con vigas de madera a costa de grandes esfuerzos. Pero había preocupación por cómo afectaría el agua a las minas. En poco rato una cantidad importante había entrado en su interior, una parte de las paredes se estaba empezando a venir abajo y eso complicaba mucho más la situación.

Desde el castillo, a pesar de la tormenta, volvieron a repetir algunas salidas controladas para hostigar a los que se encontraban, en uno de los túneles excavados que ya estaba muy avanzado. Los zapadores fueron sorprendidos en el interior por una contramina. Habían estado excavando desde el otro extremo y los pillaron por sorpresa, enfrentándose a los zapadores que iban desarmados, y aunque intentaron protegerse con los picos, nada pudieron contra las armas y encontraron la muerte bajo tierra. A continuación, los del castillo derribaron la mina, antes de que esta pudiera ser utilizada para cumplir su objetivo.

La mina que protegían Diego Oliveros y Hugo avanzaba a buen ritmo, a pesar de la dificultad de trabajar con aquel tiempo tan poco propicio. Consiguieron entrar la madera en la galería, y aunque estaba algo mojada y costó bastante encenderla, finalmente consiguieron prenderle fuego y esperaron con gran expectación desde las inmediaciones para ver si conseguían el resultado esperado.

El olor del humo de la mina se mezclaba con el de la pólvora de la artillería, la lluvia y la tierra mojada. Al poco rato oyeron un gran estrépito procedente del túnel, y cuando se desvaneció el humo pudieron observar que se había abierto una pequeña brecha en el muro, después de haber logrado derribar unas cuantas piedras de la muralla. Aquel hecho fue altamente celebrado por todos los sitiadores que se encontraban allí junto con Oliveros y Hugo.

La tormenta se fue apaciguando, y cuando dejó de llover

y Oliveros pudo apreciar mejor el impacto de la mina, la euforia inicial también quedó diluida, al ser su tamaño mucho más reducido de lo esperaban. Y además, era perfectamente consciente de que los moradores del castillo, sirvientes y hombres adinerados de la ciudad de la confianza del duque de Arévalo, dentro de las murallas disponían de grandes pertrechos para defender la fortaleza y estaban perfectamente organizados; mientras que unos presentaban combate a los asaltantes haciendo muchas cavas y baluartes, otros disparaban contra la ciudad con los ingenios, otros hacían salidas imprevistas para atacarlos por sorpresa, y aún había otros más que reparaban lo que derribaba el enemigo con sus trabucos y bombardas ... Y al instante se dio cuenta de que aún les quedaba mucho trabajo por hacer si querían apoderarse del castillo.

La vida en Burgos cada día era más desesperante, tanto dentro como fuera de las murallas. A los cercadores les perseguía la vergüenza de llevar tanto tiempo intentando conquistar la fortaleza, y a los cercados los devoraba la necesidad de sobrevivir, y entretanto se iban sumando los heridos y los muertos de una y otra parte. En las últimas horas, los del castillo habían sufrido tantas bajas que decidieron permanecer dentro de la fortificación y no intentar ninguna nueva escapada por el momento. Ante lo cual, los capitanes ordenaron trasladar las tiendas que habían plantado contra las murallas tan cerca de las torres, que prácticamente desde allí arriba les podían tirar piedras con las manos. Hugo y Juana también trasladaron la suya. Estaban tan cerca que incluso podían hablar alzando la voz los unos con los otros. Los del castillo les decían a los de afuera que el rey de Portugal los iría a socorrer, porque así lo había prometido y que lo ayudaría el rey de Francia. Y vociferaban desde el muro:

—¡Alfonso, Alfonso, Portugal, Portugal!

Ante tal griterío, un alcalde de Burgos que se llamaba Alfonso Díaz de Cuevas, al que el rey le había dado cargo, y que estaba instalado con sus gentes en una de las tiendas más próximas al muro, conocía bien a los que estaban en la fortaleza, y al oír aquellos gritos les decía con su potente voz:

—Andáis muy engañados, si esperáis que os socorran los portugueses, aquellos a quien vuestros padres y abuelos siempre tuvieron por enemigos. ¿No tenéis memoria? ¿Cuánto tiempo hace que vimos a los que aquí estáis diciendo que le sacaríais el alma a cualquiera que dijera que el príncipe don Alfonso no era heredero legítimo del rey, y que no toleraríais que doña Juana, hija de Beltrán de la Cueva, reinara en Castilla?

Entraba la noche, el frío era cada vez más poderoso y ya no había ganas de hablar. Pero antes de retirarse, Díaz de Cuevas quiso añadir una última frase a modo de conclusión, ya que sentía aprecio por muchos de los que se encontraban dentro de los muros:

—Por Dios, entregaros, el rey la reina, que son piadosos con sus naturales, sabrán eximir vuestros errores y os perdonarán la vida.

Oliveros y Hugo se retiraron a descansar hasta la mañana siguiente, con la esperanza de que las palabras del alcalde hicieran recapacitar a los de la fortaleza y decidieran rendirse finalmente.

Pero cualquier confrontación es, por encima de todo, un juego de intereses y de poder, y siempre hay quien tiene inclinación a pensar en su beneficio particular, tanto en un bando como en el otro. Y demasiado a menudo, los intereses individuales se sitúan por encima del interés colectivo y acaban arrastrando a todas las partes implicadas en un vendaval irracional.

Por ese motivo, cualquier desenlace era posible.

28

La rendición de Burgos

A la mañana siguiente, el día amaneció con una fuerte nevada, y cada vez eran más difíciles de soportar las duras condiciones de aquel asedio. Una de las bombardas lanzó un proyectil de hierro hasta las murallas, y después de tanto tiempo recibiendo disparos, derribó una importante parte de lienzo de unos veinte pasos. La expectación ante aquel hecho fue máxima por parte de los atacantes, al comprobar con asombro que tras de aquella muralla, entre el temporal de nieve, aparecía un muro de tapia que los del castillo habían construido para su defensa. Ante aquel descubrimiento, los sitiadores continuaron disparando con las bombardas para intentar destruirlo. Pero por fortuna para los del castillo, algunas veces la desgracia alberga la solución: las mismas piedras que se habían desprendido de la muralla, ahora servían de amparo del muro de tapia que habían construido, y a pesar de los repetidos proyectiles, la demolición no avanzaba al ritmo que hubieran querido los atacantes.

Pero aquella brecha en la muralla precipitó el hecho de que don Íñigo de Zúñiga, alcaide del castillo, tomara una decisión. El tiempo jugaba en su contra, las temperaturas eran muy frías y hacía horas que estaba cayendo una importante nevada; casi no les quedaban municiones, ni comida y hacía días que amenazaban con minarles el pozo; las salidas para provisionarse se habían vuelto imposibles, la puerta de Corazas hacía mucho que había quedado bloqueada; habían perdido muchos hombres, no podían atender a los heridos como era necesario y la mayoría de los que seguían con vida eran partidarios de una salida negociada. Por ello, el alcaide solicitó hablar con los representantes del rey en la ciudad.

El alto el fuego supuso cierta esperanza para Juana y Hugo, que seguían acampados en las cercanías del castillo. Habían dejado de oír a todas horas los disparos de la artillería y el silencio se había adueñado del paisaje completamente cubierto por un manto blanco, pero aquella belleza inmaculada no hacía más que recrudecer mayor medida sus condiciones de subsistencia.

Juana vio cómo salían del castillo el alcaide don Íñigo y su hijo Juan para parlamentar con los representantes del rey, su hermano Alfonso y el condestable —por aquel entonces ya era de dominio público que el rey se encontraba en las proximidades de Zamora, el engaño de su indisposición y de su permanencia en la habitación habían servido tan solo para ocultar su huida durante poco tiempo.

Después de una larga espera, Hugo y Juana vieron cómo los del castillo regresaban, y bien pronto la rendición fue del dominio público. En las negociaciones acordaron que los rebeldes entregarían la fortaleza a doña Isabel y a don Fernando, pero que los reyes respetarían la vida de los que estaban en ella, que serían perdonados por sus majestades y que les restituirían sus bienes. Cuando los del castillo se retiraron, don Alfonso de Aragón y el condestable escribieron una carta a la reina, que estaba en Valladolid, para que acudiera a la ciudad a asentar partido y a recibir su fortaleza.

La esperada llegada de la reina a Burgos significaba el fin de aquel cerco que había causado tantas muertes y tanto sufrimiento a la población. El viaje de la monarca se alargó algunos días por las inclemencias del tiempo, pero eso no hizo más que exaltar los ánimos de la tropa y de los burgaleses que esperaban ansiosos su llegada. Juana no sabía cómo les afectaría a ellos aquella victoria, y la abrumaban un sinfín de preguntas. ¿Dónde se desplazarían las tropas ahora que el castillo había sido liberado? ¿Cuándo se acabaría aquella guerra? ¿Cuándo podría volver a su casa en Arintero?

Oliveros y Hugo acudieron a dar la bienvenida a la monarca, que fue recibida con gran solemnidad. La reina llegó a la ciudad en medio de un temporal de nieves y ventiscas. Y a pesar de ello, los burgaleses salieron a aclamarla en un auténtico delirio de entusiasmo, mientras las campanas de la catedral repicaban para darle la bienvenida y desde el castillo descargaban los cañones en señal de victoria. Las calles se llenaron por completo para verla entrar ataviada con ropajes reales, montada en un caballo blanco ricamente ornamentado y acompañada de su séquito hasta las Casas del Obispo, donde la esperaban los regidores con sus mejores galas, unos vestidos con seda morada y otros con seda azul.

Al día siguiente, y tras cuatro meses de asedio, fueron llamados a comparecer ante la presencia de doña Isabel, Íñigo de Zúñiga, alcaide del castillo, y su hijo Juan. La reina les perdonó la vida, tal como se había acordado, pero perdieron la tenencia del castillo. Se postraron ante ella y le besaron la mano en señal de obediencia y lealtad.

—Levantaos, los dos —dijo doña Isabel—. Os concedo el perdón que habéis solicitado en mi nombre y en el de mi esposo, el rey. Y celebro que a partir de ahora podamos contaros entre nuestros partidarios, sin duda es un motivo de alegría. Espero que la reconciliación con el linaje de los Zúñiga esté ahora mucho más cerca y queden atrás todas nuestras diferencias.

—¡Muchas gracias, majestad! —dijo Íñigo de Zúñiga.

—Esta tarde, todos los que hasta ahora han sido los moradores del castillo deberán abandonarlo, puesto que dicho perdón no comporta que podáis seguir ejerciendo el cargo de alcaide.

—Pero, señora, según las negociaciones, pactamos que nuestros bienes nos serían restituidos —añadió don Íñigo con una gran preocupación reflejada en su rostro.

—Lo sé, pero eso no incluye el cargo que hasta ahora estabais ocupando. Debéis entender que un desacato tan grande debe tener algunas consecuencias. A pesar de ello, seréis compensado con doscientos veinte mil maravedíes por los daños que habéis recibido, además de un millón y medio anual de maravedíes, que si lo deseáis podréis cambiar por una señoría y doscientos cincuenta vasallos.

La generosidad de la reina no resultó en absoluto del agrado del hermanastro de su esposo, que había llevado a cabo las negociaciones y la encontraba fuera de lugar, por lo que intentó hacerla recapacitar.

—Majestad, veo bien, y así fue pactado, que sea respetada la vida de aquellos que os fueron desleales. También que se les respeten sus bienes, pero compensarlos económicamente de forma tan generosa por las pérdidas que hayan podido sufrir, lo creo más que innecesario... —don Alfonso aún no había terminado su intervención cuando la reina le replicó.

—Gracias por vuestro consejo, pero la decisión está tomada —respondió doña Isabel con contundencia.

Aquella tarde, después de recuperar el castillo, la soberana recibió en la casa del obispo a Diego de Ribera, quien había sido ayo de su difunto hermano el príncipe don Alonso. La reina sentía por él un gran afecto y era desde siempre persona de su máxima confianza, por eso pensó que podía ser una buena elección nombrarlo nuevo alcaide del castillo de Burgos. Al mismo tiempo, dio orden de que la fortaleza fuera reparada de todos los daños sufridos durante el cerco y que la abastecieran convenientemente.

Cuando hubo resuelto todas las negociaciones que hacían referencia al castillo, la reina volvió a emprender el viaje hacia Valladolid, y de allí a Tordesillas, para estar más cerca de Zamora, ya que su esposo estaba próximo a esa ciudad, y de Toro, donde se hallaba el rey de Portugal.

Pronto haría un año que Juana García había abandonado Arintero en compañía de Hugo, su escudero, para convertirse en el caballero Diego Oliveros. Un año durante el cual se había hecho mujer, oculta bajo una apariencia de varón. Un año durante el cual había renunciado a la comodidad de su casa y al abrigo de su familia para vivir en una tienda de lona en pleno invierno. Un año durante el cual había conocido las dos caras de la moneda, la muerte y el amor. Un año de continuas contradicciones el cual había vivido las experiencias más dolorosas y las más preciosas que pueda brindar la vida.

Ya estaban a mediados de febrero, quedaba poco más de un mes para la primavera. Juana intentaba mantener aquel horizonte de luz en su vida para no rendirse. Quería pensar que el final de la guerra estaba más cerca. Sin embargo, la realidad era que habían ganado una batalla, pero la guerra no había terminado.

CUARTA PARTE

Febrero-marzo de 1476

29

El asedio de Zamora

Aquella tarde de invierno, Francisco Valdés, alcaide de las torres del puente de Zamora, se paseaba nervioso de un lado a otro de la fortaleza esperando la llegada de su mensajero. Hacía demasiado tiempo que la situación se había ido complicando para sus intereses. Él, que había sido uno de los primeros de la casa del rey de Castilla, enseguida se dio cuenta que, si ponía sus antiguos privilegios en uno de los platos de la balanza y las mercedes recibidas por el rey portugués en el otro, saldría perdiendo al posicionarse al lado de su tío, Juan Porras. Cuando Alfonso de Valencia, el que fuera Mariscal de Castilla, decidió entregar la fortaleza al rey portugués, su suegro, Juan Porras, trabajó afanosamente desde su cargo de regidor del Concejo y como uno de los hombres más poderosos de Zamora para rendirle asimismo la ciudad, arrastrándolo a él también en aquella aventura.

Valdés había pasado a la acción, haciendo cuanto estaba en su mano para que las aguas volvieran a su cauce. Desde hacía algunas semanas mantenía negociaciones con la reina Isabel, procurando esmerarse al máximo en llevarlas dentro del más absoluto secretismo. Conocía bien a su tío, Juan de Porras, y si llegaba a sus oídos lo que estaban tramando, haría lo imposible por desbaratar sus planes y pagaría cara su traición.

Aprovechando que muchos de los vecinos más influentes de Zamora habían expresado sus deseos de volver a su obediencia, la reina entró en tratos con él. Valdés enseguida se dio cuenta de que doña Isabel era una buena negociadora. Mientras el rey se encontraba en Burgos trabajando en el cerco, ella, desde Valladolid, había urdido el plan, y él había hecho todo lo posible por colaborar a fin de que su estrategia se completase con éxito, entregándole las torres del puente y que, de esta forma, las tropas castellanas pudieran entrar y hacerse con el dominio de la ciudad.

Uno de los criados compareció en la sala acompañado de un fraile, para comunicarle a Valdés la llegada del emisario que estaban esperando. Y acto seguido se retiró para que pudieran hablar en privado ,siguiendo las instrucciones de su señor:

—Adelante, hermano, no demore las noticias que aguardo ansiosamente de su majestad la reina —dijo Valdés.

—Las negociaciones avanzan a buen ritmo, doña Isabel ha solicitado a su esposo el rey que acuda a Zamora. Y por mi parte, he tomado cuantas precauciones he podido para que Juan de Porras no sospechara nada, pero, con gran pesar, debo comunicaros que, según creo, vuestro tío ha tenido conocimiento de ello —dijo el fraile a media voz, temiendo la reacción de Valdés.

El alcaide, furioso ante aquella revelación, dio un golpe con el puño en la mesa que tenía enfrente. Conocía bien a su tío, era un caballero poderoso, tenía muchos bienes e influencia entre los hidalgos de la ciudad y con el alcaide del castillo, que era su yerno. Había gozado de gran consideración durante el reinado de don Enrique. Pero, por encima de todo, lo movía su gran ambición y no dudaba nunca en arrimarse al árbol que le pudiera dar mejor cobijo. Por ese motivo, aunque en un principio, había hecho juramento al rey don Fernando y a la reina Isabel, cuando lo creyó conveniente no dudó en hacer lo posible para entregar la ciudad de Zamora al rey de Portugal.

—De la misma forma que mi tío, Juan de Porras, dio entrada a los portugueses en su momento, yo les puedo dar salida. —Valdés puso voz a aquel pensamiento para convencer a su interlocutor, pero también para convencerse él mismo.

—No lo dudo, señor —contestó el fraile.

—Tenemos que estar preparados y mandar un aviso a su majestad don Fernando para que sepa que es urgente que se presente si quiere recuperar la ciudad. Es imprescindible que acuda en auxilio de Zamora cuanto antes —dijo Valdés con contundencia, dando la reunión por terminada. Había sido informado de cuanto necesitaba y no le apetecía alargar la conversación con más cháchara, así que avisó al criado para que volviera a acompañar al fraile hasta la salida.

Unos días después, ya caída la noche, se presentó ante la

torre del Puente Nuevo una compañía dispuesta por el rey de Portugal pidiendo paso franco. Pero Francisco Valdés, alcaide del puente, que ya había sido alertado por su embajador de sus sospechas, intentó retenerlos para ganar tiempo, anunciándoles que tendrían que esperar a la mañana siguiente para dar cumplimiento a su voluntad. El oficial que dirigía la compañía insistía en que tenían órdenes del rey don Alfonso y que debían entrar sin demora. Pero el alcaide se mantuvo firme en su decisión, necesitaba una orden de un superior para poder abrirles el paso y él no había recibido ninguna. Mientras tanto, Valdés dio instrucciones a los del puente para que se pusieran a trabajar con gran afán en la defensa, construyendo un muro de piedras detrás de la puerta, y envió con gran urgencia a un emisario para que informase al rey don Fernando de la situación en la que se encontraban.

Por la mañana, Juan de Porras se presentó ante la entrada de la torre del puente con cien caballos y ordenó a su sobrino que abriera la puerta. Poco podía esperar la respuesta que recibió a gritos, y que no daba lugar a dudas: «!Castilla, Castilla, por el rey don Fernando y por la reina Isabel!». Fue entonces cuando los partidarios del rey de Portugal, ante tal provocación, decidieron prender fuego a la puerta. Se habían terminado las buenas palabras y daba comienzo un duro enfrentamiento. Los de dentro de la torre del puente respondieron atacando con espingardas y ballestas. Una auténtica lluvia de balas de hierro y de flechas se precipitó desde lo alto sobre aquellos que pretendían entrar en la fortificación. Uno tras otro, empezaron a caer muchos de aquellos sirvientes y caballeros abatidos por los hombres del alcaide de la torre. Los que luchaban por entrar en la ciudad, contemplaban impacientes cómo ardía la puerta, pero lejos de lo que ellos anhelaban, la madera seguía resistiendo, mientras los suyos, para su desesperación, iban sembrando la ribera sur del Duero de muertos y heridos sin que ni tan solo los pudieran socorrer. Entretanto, sus oficiales continuaban alentando a los asaltantes para que siguieran presentando batalla.

Y entonces llegó el momento que tanto esperaban los partidarios del rey de Portugal. La puerta se vino abajo. Pero la alegría les duro muy poco, cuando descubrieron que tras el portalón los de Valdés habían alzado un muro de piedra. La frustración y el desánimo fueron grandes para los asaltantes, que por un momento se habían creído vencedores. A pesar de ello, siguieron intentando que el muro cediera hasta las tres de la tarde, pero durante todo el tiempo continuaban perdiendo hombres, y la impotencia y la rabia iban creciendo. Entre los oficiales que capitaneaban el ataque al puente había un gran malestar y mucho nerviosismo.

—¡Seguid atacando, seguid! —gritaba un colérico Juan Porras.

—Señor, quizá sería mejor... —dijo uno de los caballeros que luchaba junto a él, sin que tuviera posibilidad de terminar la frase.

—¡Seguid! —repitió Porras gritando aún más fuerte.

Cerca de ellos se encontraban el arzobispo de Toledo y el rey don Alfonso.

—Majestad, si me lo permitís...

—¿Decid, Carrillo, qué es lo que os preocupa? —dijo el rey don Alfonso.

—Con el debido respeto, mucho me temo que esta resistencia tan férrea solo puede tener un motivo.

—Hablad de una vez por todas —le ordenó don Alfonso.

—Deben de estar muy convencidos que de un momento a otro les llegará la ayuda que tanto necesitan. Tengo la seguridad de que si en el mejor de los casos consiguiéramos entrar por la fuerza en las calles de la ciudad, sería para nosotros como meternos en la boca del lobo, porque allí tendríamos por enemigos a la mayoría de sus vecinos.

Ante aquellas declaraciones tan rotundas, Juan de Porras no encontró argumentos que pudieran contradecirlas. Él sabía bien que el arzobispo había dado en el clavo, aunque no quisiera admitirlo.

—Por este motivo, majestad, creo que lo más prudente sería una retirada, nuestra guarnición no es lo suficientemente numerosa para continuar con esta operación, ni para tener capacidad de defendernos si quedamos atrapados entre dos frentes —concluyó Carrillo.

Aquella noche los hombres del rey de Portugal alzaron el real, y con ellos partió doña Juana, esposa del rey don Alfonso, y don Juan de Porras, que abandonaron el alcázar por el lado derecho del Duero, dejando en la fortaleza a Alfonso de Valencia, su yerno, con una guarnición.

Desde el puente los gritos de victoria eran atronadores, se sentían eufóricos por haber castigado a sus adversarios con tantas bajas, hasta obligarlos a retirarse. Y desde aquel momento, Francisco Valdés empezó a darle vueltas a cuáles serían las gratificaciones que le otorgaría el rey don Fernando por haberle allanado el camino de su entrada en Zamora.

Al atardecer, cuando los soldados de los portugueses empezaban a emprender la retirada, llegó al puente el capitán Álvaro de Mendoza con un destacamento de hombres que habían salido en avanzada de la hueste del rey don Fernando. Todo fue tan precipitado, que una parte de los soldados del rey don Alfonso no tuvieron tiempo de salir de las murallas, y al verse sorprendidos se escondieron rápidamente en la catedral y allí les llegó la noche en medio de una gran incertidumbre.

Al día siguiente llegó el rey de Castilla y Valdés sintió que su alegría era completa, porque esta vez sí que había optado por el bando correcto. Había apostado fuerte, pero se había salido con la suya, y ya acariciaba la gloria con la punta de los dedos.

Cuando los de la catedral tuvieron conocimiento de la llegada del rey don Fernando, se dieron cuenta de que no tenían ninguna posibilidad de salvación, y ante tan desolador panorama decidieron rendirse. Después de aquel gesto, y desoyendo a aquellos que aconsejaban al monarca que pasara a los prisioneros a cuchillo, este decidió dejarlos libres. Por el contrario, Alfonso de Valencia se hizo fuerte en el alcázar, negándose a entregarlo, de manera que el rey don Fernando decidió embargar sus bienes y los de Juan de Porras.

El monarca de Castilla hizo construir una gran tapia para aislar el alcázar de la ciudad, levantando a su alrededor once estancias, fosos y artillería, y de esta forma puso cerco a la fortaleza.

Después de aquella vergonzosa retirada, el rey de Portugal se encontraba abatido, pues a la pérdida de Zamora también había que sumar la del castillo de Burgos, razón por la cual decidió avisar a su hijo, el príncipe Juan, que acudió a Toro con un poderosos ejército para relanzar su causa.

Era ya el mes de febrero y las tropas castellanas, que hasta entonces habían estado acampadas en Burgos, alzaron el real después de tantos meses de cerco al castillo y se dirigieron a Zamora para luchar contra el ejército del rey don Alfonso. Hugo y Juana llegaron a la ciudad después de varios días de pesado camino con las huestes, soportando las crudas temperaturas de aquel invierno.

La tropa se fue situando en las proximidades del castillo, unas tiendas en el interior de las murallas, en el núcleo antiguo de la ciudad, y las otras en la parte exterior, cerca de la puebla de Santiago y de la de los Olivares. Hugo y Juana se instalaron en la parte exterior, porque pensaron que allí podrían sentirse más libres, habida cuenta de que ya hacía muchos días que no habían tenido ni un momento de intimidad.

Estar acampados en las proximidades de la puebla de los Olivares hizo que Juana y Hugo se sintieran un poco más protegidos. En aquel arrabal había algunas adoberías y se concentraban muchos artesanos que trabajaban la piel, por eso desprendía un olor fuerte fácilmente reconocible. Situaron su tienda entre la orilla del arroyo de Valderrey y el Duero, donde los caballos podían pastar y tenían toda el agua necesitaran, pero el frío resultaba difícil de soportar, todos los días encendían una hoguera frente a la tienda donde pasaban bastantes horas y aproximaban sus animales a la lumbre para que entraran en calor. Por suerte, a pesar del frío y la niebla, no había nieve, y tampoco había llovido desde su llegada.

Las noches que pasaron allí fueron un auténtico bálsamo para sus cuerpos. El cerco mantenía una cierta letargia, y entretanto ellos pudieron disfrutar de aquella pasión que los consumía desde hacía tiempo. Se entregaron al amor sabiendo que no podían resistirse a él y que preferían arriesgarse a ser descubiertos que castigarse con la añoranza que los estaba enloqueciendo. Hacían el amor una noche tras otra, acurrucados bajo las mantas para compensar el frío tan intenso de aquellos días, creando su mundo particular ajeno a cuanto ocurría en el exterior. Hacía ya muchos meses que habían aprendido a vivir pensando tan solo en el presente. A Juana cada vez le resultaba más difícil hablar de Arintero, era demasiado doloroso. Pero a pesar de ello, soñaba con su regreso y con el rostro emocionado de su familia al verla llegar.

De buena mañana empezó a correr la voz entre la tropa de la llegada del príncipe Juan de Portugal con su ejército. Una de las piezas del tablero de ajedrez se había movido y la partida continuaba. Bien pronto pudieron divisar la llegada de los portugueses a las proximidades de la orilla izquierda del Duero, donde establecieron su real, mientras el hijo del rey don Alfonso se alojaba en el convento de san Francisco.

Juana y Hugo, desde las proximidades de las aceñas[20] de Olivares, pudieron ver cómo trabajaban para alzar trincheras en la cabeza del puente. No tardaron en colocar las piezas de artillería, y acto seguido empezaron a disparar hacia la ciudad. El príncipe Juan se sentía poderoso teniendo al rey don Fernando cercado en Zamora. Por este motivo, desde los aposentos del convento, decidió escribir al papa, al rey de Francia y a los principales señores del reino haciéndoles saber su posición de control.

Aquella noche, frente a la hoguera, Juana conversaba con Hugo aprovechando la pausa que les concedían los disparos de las armas de fuego.

—Se creen muy poderosos los de Portugal, aunque tan solo controlan la ribera izquierda del Duero. Pero cruzar el río no les va a resultar fácil, y mientras tanto, por el lado derecho nos continúan llegando provisiones —dijo Juana.

20. Molino de cereales situado en el cauce del río.

—Tienes toda la razón, aunque no debemos menospreciar la fuerza de su ejército —repuso Hugo.

—Sabes, no deja de ser curiosa la situación. El rey don Fernando ha puesto en cerco a los del castillo, y ahora, el príncipe don Juan pretende cercarlo a él. Vivimos en un melocotón, donde los del castillo son la semilla, nuestras tropas el hueso y las tropas portuguesas la carne del fruto.

De aquel modo estuvieron durante quince días, en el transcurso de los cuales se disparó mucha pólvora de un lado a otro. El frío resultaba insoportable para el campamento portugués situado a campo abierto, y, además, no recibían los mantenimientos desde que la reina había enviado alguno de sus hombres a la Fuente del Saúco y Alaejos. Y vivían bajo la amenaza de saber que el rey don Fernando había mandado construir portillos por aquella parte del río para que sus hombres pudieran salir a pelear con ellos.

Los de don Fernando intentaron distintas escaramuzas para salir de la plaza, pero las fuerzas eran demasiado similares a las de su oponente y fueron infructuosas. Ante semejante situación, la reina Isabel le rogó al cardenal de España que mandara refuerzos para hostigar a su oponente portugués.

Entretanto, los dos monarcas, Fernando y Alfonso, intentaron llegar a un acuerdo que los llevara a la concordia, citándose secretamente en una barca de noche en mitad del río Duero, cada uno de ellos acompañado tan solo de dos hombres, pero por extrañas circunstancias el encuentro no llegó a producirse y se rompieron los parlamentos.

Una noche, Juana y Hugo oyeron un ruido extraño en el río, y salieron de la tienda con mucha precaución, temiéndose un ataque de los portugueses. Pero, al poco, vieron que los que habían llegado en barca eran recibidos por gentes del rey de Castilla. Al anochecer del día siguiente, supieron por sus compañeros de las huestes que se trataba de unos embajadores del rey de Portugal intentando negociar unos días de tregua. El rey don Fernando se había reunido con sus consejeros, ante la duda de si debía o no aceptar dicha petición. Pero finalmente la rehusó, siguiendo el criterio del cardenal de España, que veía tras aquella negociación una argucia del rey luso para ganar tiempo y así poder desmontar el real tranquilamente.

La hoguera no podía calentar el frío que aquella noche sentía Juana. La muchacha temblaba de miedo, pero no era la batalla lo que la atemorizaba. Rogó mirando las estrellas para que aquella guerra terminara y pudiera volver a ser la mujer que era y no tener que vivir por más tiempo escondida dentro del caparazón del caballero Diego Oliveros.

Finalmente, el rey portugués levantó el real en la oscuridad de la madrugada, calladamente, intentado no ser visto por los guardias que los controlaban desde el puente. Y poco antes del alba ordenó la marcha de sus tropas hacia Toro.

30

Peleagonzalo

Aquel primer viernes de cuaresma, 1 de marzo de 1476, amaneció nublado, un manto de vapor lechoso lo envolvía todo, vistiendo el ambiente de un aire de tensión y misterio, talmente como si pretendiera advertir a los protagonistas de que se disponían a vivir la incipiente jornada, de que aquello era el preludio de lo inevitable. Los guardias de la torre del puente de Zamora, a pesar de la difícil visibilidad, no tardaron en darse cuenta de que las tropas del rey de Portugal se habían retirado de la zona próxima al convento de San Francisco, de manera que ya no había quien les privara la salida. Enseguida fueron a avisar al rey don Fernando. La tropa castellana, envalentonada al conocer la noticia, actuó a toda prisa y se armó antes incluso de recibir la orden de hacerlo.

Diego Oliveros y Hugo fueron de los primeros en enterarse de la partida de los portugueses y se aprestaron rápidamente para la marcha. La gente de armas parecía no tener freno, y sin que nadie los dirigiera, corrían con gran desorden, como si se movieran a merced del viento. Unos cruzaban el puente de piedra, que ya no estaba cortado al paso, pero que resultaba una salida muy estrecha por las cavas y baluartes que habían construido los portugueses, obligándolos a una salida mucho más lenta de lo que su ímpetu reclamaba; otros recurrían a los barcos para cruzar el Duero; y los más aguerridos se dirigían hasta la presa. Ante tal desbandada, el rey don Fernando actuó con autoridad para imponer un cierto control, destacando al capitán Diego de Cáceres y Ovando con doscientos hombres a caballo para que se pusiera al mando de todos aquellos que se habían adelantado a sus órdenes. Diego Oliveros y su escudero se incorporaron a este primer grupo. Al mismo tiempo, el monarca organizaba la disposición de sus tropas, dejando algunas estancias con una guarnición de hombres en la ciudad para que continuaran el cerco del castillo.

El rey de Castilla formó a sus hombres en tres flancos. El derecho, dividido en seis escuadras, cada una de ellas a cargo de un capitán: Álvaro de Mendoza, el obispo de Ávila, Pedro Guzmán, Bernal Francés, Pedro de Velasco y Vasco de Vivero. El del centro o real, del que formaría parte él mismo, acompañado de su mayordomo mayor Enrique Enríquez, además de otros hidalgos y caballeros del más alto linaje. También iban con ellos la gente de armas de Galicia, Salamanca, Zamora, Ciudad Rodrigo, Medina, Valladolid y Olmedo. Y en el de la izquierda, en la parte del río Duero, situó al cardenal de España, al duque de Alba, al almirante don Alonso Enríquez y al conde de Alba Liste con sus gentes. Y aún había una guarnición de reserva, en la que se encontraba don García Osorio, la gente del marqués de Astorga y la de Zamora.

Los distintos escuadrones castellanos emprendieron la marcha y pronto alcanzaron al destacamento de Diego de Ovando. La niebla continuaba bien presente, lo cual comportaba que no pudieran avanzar tan rápidamente como hubieran deseado. Pasadas las tres de la tarde, el rey de Portugal se encontraba ya a mitad de camino de Toro y los hombres de Álvaro de Mendoza lo seguían cada vez más de cerca. Diego Oliveros sentía la humedad en su rostro y cabalgaba entre la bruma con el corazón agitado y todos los músculos de su cuerpo en tensión, sin apartar la mirada de Hugo. Lo veía entre vaharina, como si se tratara de un sueño que fuera a desvanecerse de un momento a otro. Y en aquel instante, un impulso irrefrenable la condujo hasta él, aproximando tanto como pudo su caballo al de su escudero; sentía una necesidad imperiosa de hablar con él:

—Se acerca la batalla. Hace más de un año que partí de mi casa dejándolo todo, persiguiendo una fantasía. El tiempo me ha demostrado que nunca debí marcharme de Arintero.

—¡No digas eso!

—Y aunque en un primer momento me opuse al hecho de que me acompañaras y me indigné profundamente con mi padre por haber decidido que fueras mi escudero, quiero que sepas que doy gracias a Dios por haberme obligado a partir contigo.

—¡Yo también!

—Nunca antes había sentido tanto miedo. Me aplasta el peso de tantas muertes. Y una idea me horroriza: no quiero morir atrapada dentro del cuerpo del caballero Oliveros.

Justo había pronunciado aquellas palabras, cuando los caballeros que cabalgaban junto a ellos empezaron a cargar contra la retaguardia del ejército enemigo con armas de proyectil y arcos. Oliveros y Hugo, enfrascados en sus confesiones, no se habían dado cuenta de la orden de pasar al ataque. La ofensiva obligó a los portugueses a volverse de cara a los hombres de Mendoza para defenderse. Algunos espingarderos contraatacaron a la tropa castellana. En el terreno donde se encontraban, con el Duero a la izquierda y un espacioso campo completamente llano a la derecha, resguardarse era imposible. Alrededor de Oliveros y Hugo empezaron a desplomarse algunos soldados, abatidos por disparos. Pero los hombres de Mendoza respondieron rápido, abalanzándose primeramente con sus lanzas, y cuando se les quebraron las lanzas, tomaron las espadas. Incapaces de volver a cargar sus armas de fuego y viendo que el resto de su tropa había seguido adelante, los portugueses que habían sobrevivido a aquel primer enfrentamiento huyeron para reunirse con su ejército. Aquella refriega embraveció aún más a los castellanos, que volvieron a agruparse para continuar la persecución, conscientes de que aquel ataque había desgastado al enemigo y había debilitado su cohesión.

La niebla se había ido desvaneciendo, poco a poco, conforme avanzaba el día, y en su lugar empezó a caer una lluvia triste y persistente. Diego Oliveros observó a lo lejos cómo el cuerpo principal del ejército portugués, cuyo estandarte se podía distinguir, seguía avanzando ordenadamente como si nada. Después de los arroyos y las angosturas del río, algunos jinetes del grupo de Mendoza cargaron de nuevo contra el enemigo como fieros leones, entorpeciendo su marcha. Oliveros derribó a uno de los adversarios con la lanza. El impacto entre ambos fue tan fuerte que el caballo de su oponente retrocedió tres pasos y cayó de rodillas al suelo, mientras su jinete, que había sido alcanzado en el pecho por la lanza de Oliveros, se desplomaba entre gemidos con un golpe seco, sin que le hubiera dado tiempo a sacar los pies de los estribos. Oliveros observaba al hombre revolcándose de dolor en el fango, sin saber cómo reaccionar, pero entonces Hugo arremetió de nuevo contra el jinete caído y le clavó su lanza en el cuello, provocándole una gran sangría que le causó la muerte en el acto.

—¡Con fuerza, Oliveros, vamos!

A eso de las dos de la tarde, cerca del portillo que forman los collados del río, el rey de Castilla con todo su ejército consiguió dar alcance al cuerpo principal de la tropa portuguesa. Se abatieron sobre una compañía de caballería con un ímpetu feroz, empleando las lanzas y un variado surtido de armas de mano. Oliveros y Hugo se vieron envueltos en la batalla, como si de un vendaval se tratara. Fue un ataque rápido, en poco tiempo los jinetes del rey don Alfonso empezaron a caer de sus monturas uno tras otro, sin ninguna posibilidad de éxito, pues la mayor parte de su tropa continuaba avanzando sin detenerse hacia el puente de Toro. Jinetes y caballos se precipitaban en el fango, y algunos eran inevitablemente arrollados por toda aquella vorágine. Los gritos eran estremecedores. Las lanzas, las espadas, las dagas..., se clavaban en los cuerpos sin compasión. Miembros amputados. Heridas profundas. Estocadas mortales. La sangre dominaba aquella agitada refriega, en la que la mayor de los soldados de caballería acabaron muriendo, salvo unos pocos que pudieron escapar mientras los castellanos estaban ocupados recogiendo buena parte del fardaje de sus adversarios.

El rey portugués detuvo su caballo, observó el panorama que se extendía ante sus ojos, la lluvia diluía esa línea tan fina que existe entre la vida y la muerte. Y se dio cuenta de que, aunque estuviera a tan solo unas cinco millas de distancia de la ciudad de Toro, las murallas y la fortaleza alzadas en la colina ya eran visibles desde donde se encontraban, de modo que no podía continuar la marcha porque estaba perdiendo a muchos de sus hombres en la huida. Aquel no era un buen lugar para presentar batalla, por eso decidió pasar la estrechura de terreno que cruzaba el río, a fin de desplegar la caballería en el campo de Peleagonzalo, entre San Miguel de Gros y dicha ciudad. Allí se unieron a ellos los caballeros que se habían quedado en la ciudad de Toro protegiendo a doña Juana, la esposa del rey don Alfonso. Informados de cuanto pasaba, salieron de la fortaleza con todas sus gentes a caballo y a pie para tomar parte en el combate que se avecindaba.

El ejército portugués contaba con gran ventaja, había podido elegir la posición del campo de batalla y esperar desde allí la llegada de sus enemigos, bien dispuestos, poniendo en la delantera sus cerbatanas y espingardas. Además, los castellanos, al haber salido tan precipitadamente para dar alcance a sus enemigos no habían traído consigo la artillería, y en la persecución habían dejado rezagados a buena parte de su peonaje, y contaban con menos efectivos que los lusos.

Cuando el rey don Fernando se encontraba cerca del estrecho portillo que forman los collados del río, viendo que no podía pasar mucha gente a la vez y que eso comportaba un importante peligro con las tropas portuguesas al otro lado del Duero, reunió a los capitanes. La mayoría le aconsejaban retirarse, decían que ya había demostrado cuanto tenía que demostrar, que ya era entrada la tarde y que caía mucha lluvia, que no podrían alcanzar al enemigo si este se dirigía rápido hacia Toro... Pero el rey quiso escuchar al cardenal de España, pues confiaba en su sensatez y buen criterio.

—Señor, si me dais vuestro permiso, yo pasaré el portillo, y cuando vuelva os diré si debéis o no cruzarlo con la tropa.

Don Fernando le sostuvo la mirada unos instantes bajo aquella cortina de agua mientras tomaba una decisión, y al fin respondió:

—De acuerdo.

Entonces, bajo la atenta observación de toda la tropa, el cardenal, acompañado del capitán Pedro de Guzmán, cruzó el río. Allí pudieron ver a las tropas del rey de Portugal bien formadas aguardando batalla. No tardó en regresar y dar parte de ello a su majestad, animándolo a seguir, convencido de que les aguardaba una importante victoria.

El rey don Fernando mandó a sus capitanes que prepararan a sus hombres para cruzar el río y disponerse para el enfrentamiento. Las escuadras ocuparon el lugar que les había asignado su respectivo capitán. Cada ejército se componía de miles de soldados divididos en tres cuerpos. Y en pocos minutos las banderas enemigas quedaron unas frente a las otras.

Diego Oliveros observó la disposición de los soldados portugueses tras la cortina de lluvia, mientras su cabeza le decía que lo más sensato sería retirarse, pero su corazón quería zanjar aquella etapa cuanto antes, y para ello no había otra solución que llegar a la batalla.

Se oyó el avisó de las trompetas, ensordecido por la lluvia, llamando a la confrontación. Los portugueses gritaron «¡San Jorge!» y los castellanos los recibieron al grito de «¡Santiago!». Los ejércitos se abatieron unos contra los otros. Los seis capitanes castellanos y sus gentes, que estaban en el ala derecha del rey, entre los que se encontraban Oliveros y su escudero, se precipitaron contra los hombres de armas del príncipe de Portugal y del obispo de Évora blandiendo sus lanzas y un variado surtido de armas de mano con un ímpetu feroz, pero el flanco portugués estaba perfectamente ordenado y respondieron al ataque con un fuego intenso de artillería. Los caballos parecían haber enloquecido con semejante estruendo. Sultán levantaba las patas delanteras muy excitado y Oliveros tuvo trabajo para retener sus bridas y no caerse al suelo. Algunos jinetes habían sido derribados de su montura, más de uno había sido aplastado por su caballo, otros intentaban levantarse para no ser pisoteados, mientras se cuidaban de no ser ensartados por alguna lanza o espada. Ante aquel panorama, Álvaro de Mendoza retrocedió con sus hombres hasta el paso angosto sobre el río, replegó a sus jinetes y volvió a la batalla con más fuerza que antes, derribando a cuantos soldados se encontraron por delante. Entretanto, al otro lado, el rey de Castilla, junto con los caballeros de las escuadras del ala izquierda, arremetía contra el rey de Portugal y el arzobispo de Toledo y sus hombres, quebrando sus lanzas y pasando después al combate con las espadas.

Fueron tres horas de lucha encarnizada bajo la lluvia, revueltos unos contra los otros a vida o muerte. Oliveros veía a Hugo no muy lejos de donde él estaba. El estruendo de la artillería había dado paso al ruido metálico de las espadas que resonaba por todas partes mezclándose con los gritos de los hombres que luchaban bravamente, y con los gemidos de las demandas desesperadas de auxilio de aquellos que habían sido heridos y el aterrado relinchar de los caballos. A cada momento, más animales y soldados se desangraban tendidos en el barro, pisoteados impunemente por quienes intentaban salvar la vida.

Caía la noche sin un claro vencedor, hasta que el rey don Fernando avanzó con bravura junto a sus hombres más distinguidos hacia la batalla real, peleando directamente con el rey don Alfonso y con sus principales caballeros. Oliveros, al ver que su rey libraba tan fiero combate, no dudó un solo momento y avanzó hacia allí, cargando con fuerza contra sus enemigos. Presa de una furia desconocida, azuzó a Sultán y se abalanzó gritando contra el alférez, intentando quitarle el pendón de las armas reales, y en su ímpetu por alcanzarlo lo derribó con su lanza de una estocada mortal. Presa de un nuevo arrebato de ceguera, bajó del caballo para recoger su preciado tesoro, sin pararse a pensar un solo instante en el riesgo que corría. Cuando ya tenía el pendón en sus manos y se disponía a montar nuevamente en su cabalgadura y habiéndose visto obligado a dejar su lanza en el campo de batalla, ebrio de emoción, no reparó en los dos caballeros portugueses que se aproximaban hacia él con una rabia exacerbada, dispuestos a recuperar tan valerosa insignia militar. Por suerte, Hugo, que lo controlaba en todo momento, acudió en su ayuda rápidamente y consiguió librarlo de sus rivales. Justo en ese momento, cuando parecía estar a punto de acariciar la victoria con los dedos, en el preciso instante en que sus miradas se encontraron, Oliveros sintió que una espada cortaba las correas que sujetaban su pancera[21] y atravesaba su costado, y poco después caía al suelo y perdía el mundo de vista.

21. Pieza de la armadura que protege el vientre.

El rey don Alfonso, desesperado ante las muchas pérdidas acumulabas, y como ya era completamente de noche y no se podía distinguir a nadie en el campo de batalla, fue consciente de que no podían seguir resistiendo, más aún después de que muchos de sus soldados hubieran huido en desbandada. De nada servían los gritos desesperados de los capitanes intentando contener a sus hombres. A pesar del rostro desfigurado por la ira de algunos oficiales que amenazaban a su tropa, los soldados huían despavoridos campos a través mientras la caballería les pisaba los talones, del mismo modo que la liebre huye de los perros. Fue entonces cuando el rey portugués pensó que lo mejor era dar la orden de retirada.

Algunos cabalgaban camino a Toro, buscando refugio en la ciudad, pero antes de llegar a la puerta del puente los alcanzaron los castellanos y allí mismo hallaron la muerte o fueron presos; los que consiguieron llegar al río no corrieron mejor suerte, buscando frenéticamente un punto por donde vadearlo eran un blanco fácil para la caballería; otros se lanzaban al río para no ser capturados, eran arrastrados por la corriente y morían ahogados en las crecidas y gélidas aguas del Duero intentando esquivar las flechas.

El rey portugués, viendo que solo le quedaban tres o cuatro hombres de su guardia personal, decidió seguir el consejo de don Juan de Porras, que había luchado junto a él durante toda la batalla, y decidió partir hacia la fortaleza de Castronuño, donde fue recibido con los brazos abiertos.

Ni Hugo, ni Oliveros vieron nada de cuanto estaba pa-

sando. El escudero no había tardado ni un minuto en socorrer a Oliveros y llevarlo en brazos hasta su montura. Con
ayuda de otro soldado, lo subió a Sultán y apoyó su cuerpo
sobre el cuello de animal, él se montó detrás, sujetándolo con
los antebrazos al mismo tiempo que cogía las riendas. Una
bala pasó tan cerca de ellos que obligó a Hugo a inclinarse
sobre la espalda de Oliveros para esquivarla. Y por fin se
puso en marcha, a buen paso. Oliveros sentía que estaba
montado sobre su caballo, pero no sabía si lo estaba soñan-
do. Intentaba comprender qué estaba ocurriendo: «¿Estaba
muerto, o todo aquello era un sueño?». En eso andaba pensando mientras notaba el contacto caliente de la sangre con
su cuerpo bajo las ropas.

Hugo intentaba cabalgar tan rápido como podía, consciente de que su señor estaba perdiendo mucha sangre y era
urgente trasladarlo hasta una de las seis tiendas sanitarias que
había hecho instalar la reina Isabel cerca de allí para atender a
los soldados heridos. Era el primer hospital de campaña que
se instalaba en Castilla.

El rey don Fernando, con parte de la tropa, ya había
abandonado también el campo de batalla, temiendo que el rey
de Portugal pudiera atacar las estanzas que había dejado en
la ciudad de Zamora cercando la fortaleza.

El cardenal de España y el duque de Alba se quedaron con
sus gentes recogiendo a los heridos del campo de batalla, y
llevándose como trofeos de guerra un buen número de prisioneros, además del arnés del alférez portador del pendón

real y ocho banderas portuguesas, pero el pendón real no apareció entre el preciado botín. Aquella misma noche, un rico mercader zamorano, que tenía muy buen ojo para los negocios, hizo pregonar a los cuatro vientos que ofrecía una recompensa de cien mil maravedíes a quien le entregara la bandera desaparecida.

Dentro de las murallas se había creado una gran confusión al no aparecer el rey don Alfonso por ninguna parte. El duque de Guimarains, que había quedado al mando de la ciudad de Toro siguiendo las órdenes del rey luso, al ver llegar al arzobispo de Toledo y a los otros capitanes portugueses con sus gentes a la desbandada, temió que hubieran traicionado al monarca y les impidió la entrada en la ciudad, poniendo guardias en las puertas, los muros y el portalón del puente, y ordenando que no los dejasen entrar hasta que tuvieran noticias del rey de Portugal.

A la entrada de la ciudad de Toro se agolpaban aquellos que habían huido de la batalla. Había dejado de llover y las luces de las antorchas parecían luciérnagas sembradas en el manto de la noche. Nada se distinguía en la oscuridad, solamente se oían los gritos desesperados de los que querían cruzar las murallas, algunos de ellos heridos, suplicando clemencia mientras desde el interior de la fortificación los increpaban acaloradamente. Por fortuna, llegó hasta allí el príncipe Juan, que había estado replegando su ejército antes de entrar en las murallas, con algunos prisioneros, entre ellos don Enrique Enríquez, conde de Alba Liste y tío del rey don Fernando. También llevaba consigo a algunos heridos, aunque muchos quedaron abandonados a su suerte sobre el campo de batalla. Hizo saber a los de la ciudad que su padre había ido a refugiarse a Castronuño y mandó a Guimarains que abriese a toda aquella gente. La noche siguió siendo oscura y misteriosa, dentro de la ciudad seguían el paso de las horas intranquilos, sin conocer si el rey don Alfonso se encontraba vivo o muerto, como tantos que habían quedado tendidos en el campo de batalla.

Entre los castellanos, excitados por la victoria, el pendón real portugués se convirtió inmediatamente en el tema principal entre la tropa, sabiendo que ofrecían una buena recompensa por él. Y empezó a correr la voz de que aquel aguerrido caballero al que llamaban Diego Oliveros había sido quien había derribado al alférez portugués arrebatándole el pendón de las armas reales, pero que había resultado gravemente herido.

31

El secreto

Pasada la una de la madrugada, el rey don Fernando llegó a Zamora con la tropa. Había sido un día muy complicado, hacía mucho que había oscurecido y finalmente había dejado de llover. Los hombres que con él regresaron a la ciudad se sentían exhaustos; no habían comido nada en todo el día, y el hambre y la sed los devoraban; pero la victoria les había hecho olvidar todo el sufrimiento y el dolor acumulado después de tantas horas expuestos a la lluvia, al frío y al horror de la muerte. Eran jóvenes, se sentían eufóricos y querían celebrar la vida. Aquella noche, por las calles de la ciudad hubo música y corrieron el vino y las mujeres, y fueron muchos los que quisieron festejar que estaban vivos. Habían visto la muerte demasiado de cerca y se agarraban a la vida con uñas y dientes.

El rey don Fernando, sin embargo, prefirió retirarse al palacio donde se alojaba. Pensó que tiempo habría a la mañana siguiente para analizar cuanto había sucedido durante aquella larga jornada y dar gracias y para celebrar todo lo que hiciera falta. Pero, eso sí, aquella misma madrugada escribió una nota breve a su amada esposa la reina, que se encontraba en Tordesillas, informándole de la victoria conseguida, pues sabía que ella se alegraría tanto como él al recibir aquella noticia.

... Haced cuenta de que esta noche Nuestro Señor os ha dado toda Castilla...

Y le rogó que, como gran cristiana que era, mandara organizar públicas y devotas procesiones para agradecer a Nuestro Señor y a su bienaventurada madre aquella victoria.

Cuando pasada la medianoche su escudero tendió a Diego Oliveros en una de las literas de la tienda sanitaria, se hallaba en un estado de gran debilidad y no era consciente ni de dónde se encontraba, ni de qué le había ocurrido. Tuvieron la fortuna de no caer en manos de un cirujano barbero, sino en las de don Antonio, el médico que capitaneaba aquella tienda, un hombre que rondaba los cincuenta y que conocía tan bien la obra de Aristóteles, Hipócrates, Galeno y Avicena, como la de Rhazés, Maimónides y Averroes.

Aquella carpa grande y rectangular, pensada por la reina Isabel como hospital de campaña, estaba organizada en dos filas de camastros con un pasillo en el centro. La mayoría de las literas estaban ocupadas, de manera que Hugo colocó a Oliveros en una de las dos últimas, siguiendo las órdenes de aquel médico. Lo primero que hizo el facultativo al ver cómo sangraba Oliveros, fue quitarle el jubón para limpiarle la herida. Hugo no se negó a ello, ni hizo el mínimo comentario al respecto, pues en aquel momento su única preocupación era salvarle la vida, poco le importaba el hecho de que Juana fuera descubierta. La sorpresa de don Antonio fue mayúscula cuando descubrió que bajo las vestimentas de aquel caballero se ocultaba el cuerpo de una mujer. Hugo lo miró suplicante en la penumbra, buscando la complicidad de sus ojos tras aquellas gafas. El buen hombre continuó su trabajo cubriendo los pechos de la muchacha con una sábana, sin mediar palabra. Por suerte, los heridos que ocupaban las otras literas se encontraban en un estado similar al de la muchacha o peor, y no estaban pendientes de ellos. El médico le levantó ligeramente la cabeza y le dio a beber un calmante con un poco de vino, llevando mucho cuidado de que no se atragantara.

En una pequeña mesa junto al camastro había algunas herramientas: cuchilla, sonda, agujas..., además de una palangana metálica y algunos trapos. Don Antonio actuó tan rápido como pudo, se lavó las manos y le limpió bien la herida que tenía por debajo de las costillas, en el lado izquierdo, con unas gasas sumergidas en vino y consiguió frenarle la hemorragia con alguna cataplasma. Y después pasó a coser el corte, bajo la parpadeante luz de una antorcha de brea. Oliveros había perdido mucha sangre y estaba muy débil. El hombre pensó que por las pocas horas de vida que le quedaban a la muchacha no hacía falta dar parte a nadie, la tapó con una manta para que no tuviera frío y dejó que Dios hiciera el resto.

Hugo permaneció toda la noche sentado a su lado, mientras ella hablaba entre sueños, recordando su añorado Arintero, a sus padres y a sus hermanas. El muchacho le sujetaba la mano e intentaba tranquilizarla, susurrándole palabras dulces, mientras los gemidos de los otros heridos llenaban de dolor sus tinieblas.

Hugo no recordaba haber rezado nunca antes de aquel día, y apenas sabía ninguna oración. Pero pensó que si Dios era tan noble y generoso como decían, sabría apiadarse de él. Le suplicó que no se la llevara con él, que si Juana se salvaba, regresarían a casa dando por finalizada aquella aventura militar.

La mañana siguiente se levantó clara, sin niebla. Juana se despertó y abrió los ojos asombrada, mirando a un lado y al otro. No recordaba cómo había llegado hasta allí.

—¿Buenos días, cómo te encuentras? —le preguntó Hugo en un suave susurro.

Ella no decía nada, aún estaba medio dormida, se limitaba a observar aturdida cuanto había a su alrededor e intentaba unir las piezas de su memoria, sin demasiado éxito por el momento. Cuando se acercó hasta allí el médico, gratamente sorprendido al ver que había llegado la mañana y la muchacha aún seguía con vida, pensó que, por suerte, la herida debía de ser mucho más superficial de lo que en un principio parecía. Entonces el hombre se dirigió a Hugo sin vacilar, mirándolo por encima de las gafas que se apoyaban en la punta de su nariz:

—Entenderá que tengo que comunicar al capitán lo ocurrido, un hecho así no puedo dejarlo pasar.

Hugo se quedó mirando al médico sin responder, aunque su expresión daba a entender que lo comprendía. Habiéndole salvado la vida, nada de lo que sucediera a partir de entonces podía ser más importante. Juana se iba despertando, mientras descubría asombrada que se encontraba en una de las tiendas sanitarias y que la habían desnudado, lavado, vendado y vuelto a vestir.

Aquella misma mañana, desde la Casa del Obispo, el rey don Fernando decidió escribir una carta a las principales ciudades del reino informándoles de la victoria obtenida el día anterior sobre los portugueses, y a ese fin hizo avisar a su secretario, don Gaspar Dariño.

De pie en aquella sala, el monarca empezó a dictar la carta con voz solemne, orgulloso de rememorar aquellos hechos vividos hacía tan pocas horas y que tanta satisfacción le producían.

Don Fernando por la gracia de Dios rey de Castilla, etc . A vos el Concejo, justicia, regidores, caballeros, escuderos, oficiales y honres buenos de la ciudad de Baeza, salud e gracia. Bien creo habreis sabido como mi adversario de Portugal, despues que llegó su fijo á la cibdad de Toro con la mas gente de caballo e de pie que de Portugal pudo traer, conociendo que sin batalla non podia socorrer la fortaleza desta cibdad de Zamora que yo tengo cercada...

Justo en aquel instante, entró en la habitación un criado del rey para comunicarle que tenía una visita.

—Ahora no puedo atenderla, tendrá que ser más tarde.

—Majestad, el hombre insiste en que es muy importante —dijo el criado con un hilo de voz.

—¿De quién se trata?

—Es un mercader, majestad.

—¡Pues que espere!

—Dice que tiene en su poder el pendón del rey de Portugal.

Don Fernando se detuvo de golpe, gratamente sorprendido, y miró fijamente al criado.

—¿Por qué no has empezado por ahí? ¡Que pase ahora mismo!

Salomón era un rico mercader, un judío converso que vivía en el barrio nuevo de Zamora. Tenía una edad indefinida y un olfato innato para los negocios. Enseguida se dio cuenta de que aquel tema era importante. Después de pregonar la suculenta recompensa, el preciado pedazo de ropa no tardó demasiadas horas en aparecer y en que se hiciera con él, hacer entrega de tan valorado tesoro al rey, convencido de que sabría gratificarlo sobradamente por aquel botín.

Don Fernando estaba emocionado ante la inesperada visita. Poco después de entrar en la sala y saludar al rey, Salomón le hizo entrega de aquella preciada bandera con un gesto magnánimo, consciente de que tenía un importante valor simbólico para la Corona. Había cogido al monarca desprevenido, y con la emoción tardó un instante en reaccionar.

—Don Gaspar, podéis esperar fuera unos minutos, enseguida seguiremos con la carta.

—Por supuesto, majestad.

Don Fernando prefería estar a solas con aquel mercader para negociar tranquilamente una importante suma de dinero por aquel trozo de trapo. Salomón, como buen negociante, había dejado probar la miel al soberano, captando desde el primer momento su interés por aquella bandera, y y así poder sacarle el máximo rendimiento a la transacción, obteniendo un buen beneficio por la compra realizada. El monarca, movido por la impaciencia, no dudó en zanjar aquella misma mañana el trato y conseguir que el pendón ya no saliera de aquellas dependencias, convencido, además, de que había conseguido cerrar una buena negociación —esa era sin duda la mejor virtud de un buen mercader, hacer creer a quien había pactado un trato con él que se había beneficiado del mejor de los negocios—. Salomón ya se estaba despidiendo del monarca cuando este le lanzó una pregunta que alimentaba su curiosidad:

—Una última cosa, ¿sabéis quién consiguió arrebatar la bandera a nuestros enemigos?

—Por lo que me han contado, desde diversas fuentes y todas ellas de confianza, el caballero que consiguió arrancar la bandera de las manos del alférez portugués, después de darle muerte, es conocido con el nombre de Diego Oliveros.

—¿Fue él quien os la entregó?

—No, majestad, según dicen, poco después de hacerse con el pendón, cayó en el campo de batalla gravemente herido.

—¿Se sabe qué ha sido de él?

—No lo he comprobado, pero pudiera estar en las tiendas sanitarias, si no ha muerto ya.

—Muchísimas gracias, Salomón.

Entonces el rey avisó de nuevo a su criado para que se hiciera cargo de la visita.

—Pedro, acompaña al caballero hasta la salida y regresa después, tengo un encargo para ti.

—De acuerdo, majestad.

El criado del rey acompañó a Salomón hasta la puerta y este partió de la Casa del Obispo más que satisfecho del negocio que había hecho con el pendón. No tardó ni dos minutos en estar de regreso en la sala, y una vez allí, Pedro permaneció de pie esperando recibir las órdenes del rey.

—Ocúpate de investigar si fue ese tal Diego Oliveros quien consiguió la bandera y dónde se encuentra ahora.

—Sí, señor.

—Dicen que cayó herido en el campo de batalla. Busca quien te dé razón de él, entre la tropa, en las tiendas sanitarias, en las tabernas...

—Así lo haré, majestad.

—Quiero que lo encuentres, busca bajo las piedras si hace falta, pero no regreses hasta que des con él.

—De acuerdo, majestad.

Desde aquel mismo instante, don Fernando empezó a imaginar cómo sería la fiesta religiosa en la santa iglesia de Toledo para dar gracias a Dios por la victoria conseguida y poder ofrecer las armas y las banderas de sus adversarios, ya que a parte del pendón real habían podido hacerse con ocho banderas más de los portugueses. Y aquel tesoro requería una gran celebración.

Don Fernando hizo avisar de nuevo a su secretario para terminar la misiva que habían empezado a primera hora, pero en su cabeza solo le rondaba un nombre: Diego Oliveros.

—¿Disculpad, don Gaspar, podéis leer lo que habíais escrito hasta que nos han interrumpido?

Entonces el secretario cogió el papel con la mano derecha, dirigió la mirada al rey para ver si lo estaba escuchando y leyó con voz solemne las líneas que había escrito hasta aquel momento:

> ... conociendo que sin batalla no podía socorrer la fortaleza de esta ciudad de Zamora que yo tengo cercada...

Y el rey continuó dictando la carta:

> ... por la mucha e buena gente que conmigo está...

Dictaba lentamente, deteniéndose a menudo y pidiendo una y otra vez que su secretario le repitiera lo que habían escrito hasta el momento.

... estuvimos por espacio de tres horas recogiendo el campo, y así mismo volví con victoria y mucha alegría a esta ciudad de Zamora...

Estaba claro que tenía la cabeza en otra parte, aunque Gaspar Daryño no podía imaginar que eran tan solo dos palabras las que ocupaban todos los pensamientos de don Fernando: «Diego Oliveros». Desde que las había oído por primera vez, se habían convertido en una obsesión, se habían ido expandiendo dentro de su cabeza y ocupaban cada uno de sus rincones. Quería descubrir quién había detrás de aquel nombre, y esperaba que no fuera demasiado tarde para poder agradecerle tan valeroso gesto. Le torturaba la idea de que quizá nunca daría con aquel caballero, quien sabía si aún seguiría con vida...

32

Don Fernando

Tendida en aquel camastro de la tienda sanitaria, Juana veía amanecer y observaba cómo cada día quedaban más camas vacías. La luz del sol se colaba jugueteando traviesa por la obertura de la lona que servía de puerta. Aunque las noches aún eran frías, las temperaturas cada día resultaban más agradables, y eso era una clara señal de la llegada de la primavera. La muchacha no sabía cuánto tiempo llevaba allí exactamente, pero se encontraba mucho mejor y había podido descansar como hacía mucho tiempo que no conseguía hacerlo. Se habían dejado de oír los gemidos de aquellos que se peleaban con la muerte, porque, o bien los había vencido y ya no estaban allí, o bien ya se encontraban mejor. El aire parecía más limpio, ya que don Antonio, como responsable de aquel hospital improvisado de la reina, tenía buen cuidado de que así fuera.

Juana agradecía todas las atenciones recibidas por Hugo, que apenas se había movido de su lado durante todo aquel tiempo, y por el médico, que se había hecho cargo de ella desde el primer día, y que a aquellas alturas ya sabía que se llamaba don Antonio. Aquel médico no se parecía a los barberos que ella había conocido, que nada sabían de latín, ni de libros, y que tanto atendían a animales como sacaban muelas, o realizaban alguna sangría u otras curas menores. Juana veía en él un aura de saber que le recordaba, en cierto modo, la sabiduría de algunas mujeres que actuaban como sanadoras, recopilaban un conocimiento que habían ido transmitiendo de generación en generación, y que actuaban especialmente en el ámbito doméstico. Don Antonio vestía una túnica hasta los pies que lo distinguía como alguien importante que gozaba del reconocimiento de reyes y nobles, y que establecía una jerarquía con respecto a los demás sanitarios que trabajaban en la tienda. De muy joven había estudiado medicina en la universidad de Bolonia, un centro de investigación anatómica muy avanzado en aquella época, y después de trabajar durante años en Italia, al lado de prestigiosos médicos, había venido a Castilla reclamado por los reyes para ponerse al servicio de la corte, ejerciendo como «físico de sus altezas».

Don Antonio, desde el primer momento, la había tratado con gran respeto, procurando, en la medida de lo posible, preservar su privacidad; supervisando y curándole la herida personalmente, tantas veces como había creído oportuno; y ocupándose de que bebiera y comiera, además de tomarse los medicamentos que le había prescrito. Todas esas ocupaciones las había llevado a cabo sin que correspondieran a su cargo, ya que para esas tareas ya había enfermeros en la tienda. Aquel prestigioso médico había atendido a muchos enfermos a lo largo de su vida profesional y siempre había intentado hacer cuanto había podido por aliviarles el sufrimiento y procurar su recuperación, si era posible. Amaba su oficio y lo ejercía como una forma de vida, con total dedicación, intentando perseguir la excelencia en el más mínimo detalle. Pero la relación que había establecido con Juana era distinta, sentía por la muchacha una mezcla de emociones que hacían que su dedicación fuera más allá del trato profesional. Lo embargaba una gran admiración hacia ella y, a la vez, una inmensa ternura y una gran curiosidad por saber qué motivos la habían llevado a seguir a la tropa como un soldado más.

A medida que había ido tomando conciencia de todo cuanto había sucedido, Juana se fue haciendo a la idea de que su aventura militar se había terminado, y se sentía aliviada al pensar que también se había acabado el tiempo de las mentiras y de vivir escondida bajo las vestimentas de Diego Oliveros. Finalmente regresaría a su identidad y a su casa. Pero le resultaba frustrante no poder regresar a Arintero con algún reconocimiento que la consolara de tanta muerte vivida y de tanto dolor sufrido. Por más que Hugo insistía en que lo más importante era que estuviera viva, a ella, aquello no la consolaba lo más mínimo. Convencida de que viva ya lo estaba antes de partir de su aldea, y que no había vivido todo lo que le había tocado vivir solo para poder decir que seguía respirando, porque para eso no le hubiera hecho falta salir de su casa y pasar por todo lo que había pasado.

Aquella mañana el rey estaba exultante. Había recibido una carta de su esposa desde Tordesillas, informándole de que había ordenado juntar a la clerecía de la villa y hacer una procesión desde el palacio real, donde ella estaba alojada, hasta la iglesia de San Pablo, en los alrededores, en la que ella misma había participado caminando descalza en agradecimiento por la victoria conseguida por sus tropas en la batalla de Toro. Además, había tenido noticias del caballero Diego Oliveros. El almirante de Castilla le había comunicado que aquel aguerrido caballero en realidad era una mujer. El rey recibió aquella información antes de que su criado hubiera dado con el paradero del heroico soldado. Don Fernando estaba muy sorprendido con el descubrimiento. Y si antes ya tenía ganas de conocer a quien se hacía llamar Diego Oliveros, que se había ganado el respeto de los caballeros de la hueste por su gallardía, desde de que había sabido que se trataba de una mujer, su curiosidad se había multiplicado por mil, y por ese motivo quiso ir a su encuentro sin dejar pasar un día más. Temía que, si se demoraba, en la espera volviera a desaparecer.

Poco antes de la llegada del monarca a las dependencias sanitarias, uno de sus criados se presentó allí para comunicar su inminente llegada a don Antonio, como médico responsable del hospital de campaña. El facultativo conocía bien a don Fernando y enseguida comprendió el motivo de la visita y fue a prevenir a Juana para que estuviera preparada.

—Buenos días, Juana.

—Muy buenos días, don Antonio.

—Debo informaros de que, en breve, vendrá a visitarnos su majestad el rey don Fernando —dijo el médico mientras buscaba su reacción, observándola por encima de las gafas.

Aquella noticia cogió por sorpresa a Juana, que tenía la cabeza ocupada en sus preocupaciones y se atragantó con su propia saliva solo de imaginar el momento.

—Supongo que quiere conoceros.

Don Antonio le pidió a Hugo que esperara fuera mientras durara la visita. Y el muchacho no pudo evitar sentirse doblemente celoso, por no tener ocasión de conocer al rey y por el interés que este había mostrado por su amada.

Juana estaba hecha un manojo de nervios a la espera de tan ilustre visita, y le costaba comprender que el rey en persona acudiera a la tienda y quisiera conocerla. Había visto en varias ocasiones a don Fernando, pero siempre de lejos, y él nunca se había percatado de su presencia. Estaba tan trastornada que se había olvidado de Hugo, y ni cayó en la cuenta de que no estaba a su lado, ya que no había oído la petición que le había hecho don Antonio y daba por sentado que Hugo estaba siempre con ella.

Don Fernando llegó al hospital de campaña al mediodía, montado en su corcel y acompañado por una comitiva. Las seis tiendas sanitarias ocupaban un descampado entre Zamora y la ciudad de Toro. Estaban situadas formando un rectángulo, de dos tiendas en los lados largos y una en los cortos. Había también algunos carros que habían utilizado para llevar todos los fardajes necesarios para montar aquel punto asistencial, y un destacamento de soldados a cargo de su protección. La reina Isabel, que viajaba a menudo con las tropas, como buena conocedora que era de la realidad de las batallas, sabía a ciencia cierta que no bastaba con infundir ánimos a los soldados, era imprescindible ofrecer un servicio asistencial a aquellos que luchaban en su nombre y en el del rey. Por eso había hecho construir aquellas seis carpas grandes para convertirlas en hospitales improvisados que llevaban su nombre y las había dotado de médicos, enfermeros y cirujanos, además de medicinas, ropa limpia, y todo lo necesario para hacer frente a los estragos de la guerra.

Cuando don Fernando entró en la tienda sanitaria, dio la orden a sus hombres de que permanecieran junto a la entrada, y don Antonio acudió a recibirlo. Hugo, celoso, lo observaba todo desde una cierta distancia. Después de hacer una genuflexión ante el monarca, el médico le indicó que lo siguiera por el pasillo. Todos los que se encontraban dentro de la tienda, y que estaban en condiciones, se pusieron en pie como muestra de respeto para saludar al monarca, mientras él les iba indicando con la mano derecha que no hacía falta, que médicos y cirujanos y enfermeros podían continuar con su trabajo y los heridos volver a sus camas. El camastro de Juana se encontraba situado en un extremo de la tienda, separada de los demás heridos por una cortina.

Juana estaba impresionada ante aquella visita. Desde que

don Antonio la avisó, solo había tenido tiempo de asearse un poco con la ayuda de Hugo y de incorporarse en el camastro, hasta quedar reclinada gracias a unos cojines. Pero no había podido sacarse los nervios de encima.

Cuando Juana vio al rey de pie ante su cama, no podía dar crédito a lo que estaba viviendo. Lo primero que le vino a la cabeza al fijar la vista en don Fernando, fue que no era tan alto como imaginaba, la mayoría de las veces que lo había visto había sido de lejos o montado a caballo. Era de estatura normal, don Antonio le pasaba más de cuatro dedos. Pensó que tenía una figura bien proporcionada y las facciones de su rostro ultaban bien compuestas y agradables: ojos oscuros, casi negros, brillantes y sonrientes, y una buena mata de pelo liso.

—¿Sois vos quien respondéis al nombre de Diego Oliveros?

Aquella pregunta tan directa cogió por sorpresa a Juana, que se había quedado embobada contemplándolo. La muchacha dudaba de qué respuesta era la que más la podía favorecer, pero se decantó por hacer caso de su intuición, como hacía siempre, y de lo que su padre le había inculcado desde pequeña: «Debes afrontar los hechos, porque no van a resolverse por sí solos». Pero no hizo falta que dijera nada, el monarca comprendió perfectamente que aquel silencio era una clara señal de la conocida frase «quien calla otorga».

—Es un orgullo conoceros, valerosa dama. Don Antonio me ha informado sobre vuestro estado de salud. Me alegro de que os encontréis mejor. Sin duda estáis en las mejores manos.

Juana estaba tan perpleja que no osaba pronunciar palabra, tan solo alzaba la vista tímidamente hacia el monarca mientras con las dos manos sostenía la manta que le cubría la camisola, avergonzada, y daba gracias a estar recostada en la cama, pues de ese modo podía disimular el temblor de sus piernas y de sus manos.

—Perdonadme, majestad, por haber mentido, por haber fingido ser quien no soy... —dijo con un hilo de voz entre emocionada y avergonzada.

—Sé que habéis luchado con bravura como si fuerais varón. Pero permitidme que os lo pregunte: ¿por qué? —el rey le hizo aquella pregunta mientras con la vista intentaba analizarla, del mismo modo que un estudioso analiza un pergamino antiguo, buscando alguna pista que respondiera a su pregunta.

Entonces Juana hizo un esfuerzo por sobreponerse, irguió su pequeño cuerpo, quedándose sentada en el camastro y dejando al descubierto parte del tórax con la camisola. Y a continuación, con el debido respeto, pero con seguridad y templanza, le expuso sus motivos:

—Soy la hija del conde García de Arintero. La mediana de cinco muchachas. Mi padre es vasallo del señor de Aviados. Él había servido en la hueste en tiempos del rey Juan, pero ahora es demasiado mayor. Estaba muy trastornado por no poder asistir a servir a la Corona. Nuestra familia no había desoído la llamada real en siglos. De manera que le dije que vendría yo en su nombre.

La muchacha habló con sencillez, pero sin ocultar el orgullo que sentía al pronunciar el nombre de su linaje.

—Sois una mujer muy valerosa. Pero ahora mismo lo más urgente es que acabéis de recuperaros, de manera que, si no os importa, sabré esperar unos días hasta que estéis bien restablecida y podáis venir al Palacio, y así pueda homenajearos como os merecéis. ¿Os parece bien? —le dijo el monarca, fascinado ante relato y la muchacha.

—Por supuesto, majestad —dijo Juana, tan emocionada que apenas le salían las palabras. Comprendió al instante por qué todos los que trataban con don Fernando quedaban prendados de su persona: tenía una gracia singular y un trato amable cuando hablaba que conseguía agradar a todo el mundo.

Aquella misma tarde, la reina Isabel llegaba a Zamora para celebrar debidamente la victoria obtenida por su ejército en el campo de batalla sobre el rey don Alfonso.

Dos días después se celebraron fiestas en la ciudad y en la Corte en honor a la victoria obtenida en Toro. Doña Isabel y don Fernando se pasearon a caballo por la ciudad vestidos con ropajes reales; cuatro aguaciles llevaban las bridas de sus animales y algunos nobles de su séquito los precedían, también a caballo. Entre ellos el conde de Alba Liste, que como alférez mayor ostentaba el privilegio de ser el portador de la bandera de la ciudad. Llegaron a la plaza de la catedral, donde habían dispuesto un estrado con un trono reservado a los monarcas.

Desde aquella plaza, de pie y embargado por la emoción, don Fernando quiso ser agradecido con los zamoranos por su participación en la célebre batalla, concediéndoles una feria franca al estilo de las de Medina del Campo, que se celebraría durante los veintidós primeros días de Cuaresma. Y entonces se aproximó hasta el cadalso el conde de Alba Liste con la bandera de la ciudad, compuesta por ocho cintas rojas, según cuenta la leyenda una en memoria de cada una de las batallas ganadas por Viriato a los generales romanos. A continuación, don Fernando cogió una banda verde esmeralda que colgaba de su hombro y la ató encima de las otras bandas.

—A partir de ahora, vuestra bandera tendrá una seña verde coronando las bermejas, en reconocimiento a los auxilios prestados en la batalla de Toro. Y para que así sea recordado, he ordenado a nuestro cronista que escriba unos versos que lo inmortalicen.

Y entonces el heraldo comenzó a recitar, mientras en la plaza reinaba el silencio más absoluto y no se oía ni a los gatos maullar.

La noble seña sin falta
bermeja de nueve puntas
de esmeralda la más alta
que Viriato puso juntas,

en campo blanco se esmalta.
¿Quién es esa gran señora?
la numantina Zamora
donde el niño se despeña
por dejar libre la enseña
que siempre fue vencedora.

33

Los privilegios

Terminados los banquetes, danzas, momos y celebraciones diversas por la victoria conseguida en Toro, la reina doña Isabel había partido hacia Medina del Campo con la promesa por parte de su esposo de que se reuniría pronto con ella.

Entre tanto, Juana esperó un par de días hasta encontrarse mejor y poder levantarse y moverse sin ayuda antes de acudir a la Casa del Obispo. El rey don Fernando aprovechó aquel lapso para pedir referencias al almirante de Castilla sobre la dama que había luchado en la hueste con el nombre de Diego de Oliveros.

—Mi señor, dicho caballero respondió con lealtad a toda misión que se le encomendó desde su alistamiento ante el escribano en Benavente. En más de una ocasión se presentó voluntario para combatir en primera línea.

—Me cuesta creer que nadie hasta el día de hoy no se percatara de su verdadera identidad.

—A todos cuantos he preguntado, me han dicho que siempre luchó como un caballero valiente y esforzado. Participó activamente en la refriega de Arévalo, estuvo colaborando valerosamente en la toma de Burgos, según me han informado, rescató a varias personas en el incendio de la calle de las Armas, y no dudó en exponer su vida para conseguir el pendón real de Portugal.

—Me dejáis impresionado, pero por más que lo pienso, no comprendo cómo en todo este tiempo nadie se dio cuenta de que se trataba de una mujer.

—Según cuentan aquellos con los que ha convivido más de cerca, siempre ha sido muy cauta de su privacidad, apenas se ha relacionado con la tropa, tan solo lo justo y necesario. Casi nunca se la veía con nadie, salvo con su escudero, que no la desamparaba ni a sol ni a sombra. Hacía tiempo que las malas lenguas habían hecho correr entre la mesnada que entre ellos había algo más que una relación de vasallaje, ya me entendéis...

Con lo que le contaron unos y otros, poco a poco el rey pudo ir conociendo cómo se había mostrado ante el ejército el caballero Diego Oliveros, que, a pesar de ser joven e inexperto, se había ido ganando el respeto de cuantos lo conocían, y que había conseguido ser valorado por su determinación en el campo de batalla.

A mediados de marzo, el día había ido ganando horas a la noche y las tardes eran considerablemente más largas. Pronto las campanas de la catedral anunciarían vísperas y los zamoranos irían concluyendo la jornada laboral, dejando talleres y comercios para regresar a su hogar a descansar.

Don Fernando se encontraba cómodamente sentado en

una silla frente al cardenal de España, Pedro González de Mendoza, en una noble sala de la Casa del Obispo decorada con ricos tapices y pinturas, despachando el asunto de la fortaleza de Zamora y los rebeldes que en ella se encontraban. Cogió la copa de cristal, la alzó, la miró a contraluz y bebió un sorbo, degustando calmosamente aquella mezcla de vino, miel y especias. Tenía ganas de zanjar el tema, pero en aquel momento ya no le resultaba ni tan solo incomodo, porque se sabía vencedor.

El cardenal era uno de sus principales consejeros y don Fernando confiaba en su buen criterio a la hora de tomar decisiones; había estado a su lado desde el principio, cuando fue jurado como rey en Segovia; lo había acompañado con sus mesnadas en varias ocasiones, y sin duda su participación en la batalla de Toro había sido decisiva. Por este motivo, el mariscal Alfonso de Valencia, como máximo responsable de la resistencia en la fortaleza de Zamora, había solicitado su ayuda para que actuara de mediador con el rey.

—Según mi opinión, Alfonso de Valencia ha pecado de inocente, dejándose arrastrar por la maldad de su suegro, Juan de Porras.

—No lo dudo, pero ha cometido una grave deslealtad contra la Corona, y aun siendo un mozo, tiene uso de razón para poder responder por sus actos —dijo don Fernando.

—Majestad, Valencia suplica vuestro perdón, para él y para todos los que con él están, y la restitución de sus bienes. Y creo sinceramente que más os conviene tenerlo de aliado que como enemigo —dijo Mendoza, intentando que su voz resultase lo más convincente posible.

—Han pasado ya más de diez días desde la batalla, y si Valencia solicita piedad para él y sus hombres, una vez más haré caso de vuestro buen criterio. Trabajemos, pues, para vencer y no para vengar, como acostumbráis a aconsejar.

—Creo honestamente que obraréis bien, majestad, pues ya sabéis qué dicen: vencer es de varones fuertes, y vengar, de mujeres flacas.

Y después de pronunciar aquellas palabras, la boca pequeña y de labios carnosos del cardenal esbozó una sonrisa irónica, consciente de que se había vuelto a salir con la suya, y el rey don Fernando se sumó a él con una solemne carcajada.

En aquel preciso instante entró en el salón uno de los criados anunciando la llegada de Diego Oliveros. El cardenal de España no pudo disimular su interés e intentó demorar al máximo su partida, a pesar de haber terminado ya las negociaciones con el rey.

—Pasad, por favor, pasad.

Tocaban a vísperas cuando Juana entró en la sala vestida con ropa de varón, pues era la única que tenía allí, y no le pareció adecuado presentarse de otro modo, puesto que aquel era su papel en el ejército, y con aquella apariencia era como la habían conocido. Aunque, ahora que se había desvelado su identidad, ya no llevaba enfajado el pecho, y el jubón marcaba claramente la forma de sus senos. El pelo también la delataba, hacía bastantes días que no se lo había cortado, y aquellos mechones castaños moviéndose en libertad le daban un aire de coquetería femenina que ya no intentaba disimular.

Don Fernando se acercó a la muchacha para darle la bienvenida, sin poder disimular la fascinación que le producía.

—¿Puedo llamaros Juana García?

—Por supuesto, majestad.

Juana bajó la mirada, sin saber cómo afrontar aquel momento. Don Fernando estaba muy cerca de ella y la observaba detenidamente, y aquello le resultaba muy intimidante. Por un instante, se preguntó si el rey se hubiera comportado de la misma forma en caso de que Diego Oliveros hubiera sido un varón. Era conocida la fama de que al rey le gustaban mucho las mujeres, y de que le costaba resistirse a sus encantos. Se rumoreaba que tenía un hijo ilegítimo, fruto de una relación con una noble catalana.

Entonces don Fernando reaccionó y se acordó de que el cardenal aún se encontraba en la sala sin perder detalle de cuanto estaba sucediendo. Le lanzó una mirada y le dijo:

—Bueno, don Pedro, ha sido un placer como siempre escuchar vuestros sabios consejos. Podéis pues, visitar a Alfonso de Valencia y decirle que acepto su rendición, que tiene mi palabra de que respetaré las condiciones que él plantea. Solo cabe esperar que a partir de hoy podamos reconstruir los antiguos lazos de servitud y de lealtad que en otro tiempo le unieron a mi santa esposa y a mí.

—Así se lo haré saber de vuestra parte, muchísimas gracias. Acabad de pasar un buen día. Quede Dios con vos, majestad.

—Y que él os guarde.

El cardenal se retiró lentamente, resistiéndose a alejarse de allí y poder enterarse de la interesante conversación que preveía que vendría a continuación.

Juana era conocedora de que la gravedad de los hechos en que había incurrido podía comportarle penas de excomunión, e incluso conducirla al patíbulo por haberse saltado las leyes civiles y religiosas del reino. El ejército era un lugar reservado a los hombres, pero quería pensar que la actitud que había mostrado don Fernando en su visita a la tienda sanitaria había ahuyentado aquel fantasma. Recordaba perfectamente sus palabras —sois una mujer muy valiente, homenajearos como os merecéis—. Quería confiar en que aquellas bonitas palabras irían acompañadas de alguna cosa más, pero en aquel momento tan solo eran meras palabras, y a saber si con el paso de los días el rey no había cambiado de opinión.

Una vez se hubieron quedado a solas, don Fernando la invitó a sentarse y le pidió que le relatara de nuevo los motivos que la habían llevado a disfrazarse de varón y a incurrir en tal engaño, atribuyéndose una falsa identidad.

Cuando el rey hubo escuchado nuevamente los hechos relatados en boca de Juana, quedó rendido ante su valentía.

—Es sin duda una historia increíble. No hace falta que os diga que despertáis en mí una gran fascinación. Vuestro comportamiento, lejos de ser reprobado, merece mi más sincero reconocimiento y gratitud.

—Muchísimas gracias, majestad.

—Ojalá muchos hombres tuvieran la mitad de vuestro valor y coraje. Quiero agradeceros cuanto habéis hecho por la Corona. Decid cómo podría corresponder a vuestros servicios.

—Señor...

—¡Decidme, Juana!

—No toméis a mal mis palabras, nada quiero para mí. Pero si algo amo en la vida es mi familia y mi aldea, y nada me haría más feliz que poder regresar con algún privilegio para ellos —Juana había pronunciado aquellas palabras sin demasiada seguridad, preocupada por si el rey se las tomaba como un atrevimiento.

—¿Cómo podría tomarme mal una muestra tan grande de generosidad? Vuestra actitud os honra aún más.

En aquel mismo instante hizo avisar a su secretario, que no tardó en presentarse ante ellos.

—Don Gaspar, haced el favor de tomar nota. Quiero dejar constancia de una carta de privilegios para su familia y su pueblo, y la licencia del ejército.

Y Juana escuchó cómo don Fernando dictaba al secretario aquellas prerrogativas gracias a las cuales, a partir de aquel momento, todos los vecinos del pueblo y de veinte leguas a la redonda obtendrían la hidalguía, librándose de la contribución de sangre, es decir, de la obligación de ir a la guerra, y asimismo quedaban exentos de tributos. Además, se les concedía el permiso para organizar una feria anual, que era una regalía de gran relevancia económica.

Finalizado el documento, don Fernando lo firmó, el secretario esperó unos segundos a que se secara la tinta, dobló el papel y estampó el sello de cera roja con el escudo cuarteado con las armas de Castilla y Aragón cerrándolo. A continuación le pidió al secretario que los dejara solos de nuevo y mandó al mayordomo que sirvieran la cena.

Antes de que Juana hubiera tenido tiempo de declinar la invitación, el maestresala ya había dado las órdenes pertinentes para estuviera todo dispuesto. Como si de una danza perfectamente ensayada se tratara, dos sirvientes desplegaron un lujoso mantel con franjas de brocado sobre la mesa de la sala, colocaron la cristalería, las cucharas y los cuchillos, las servilletas, la sal y las especias, además de un par de recipientes con agua de rosas para que los comensales pudieran lavarse las manos cuando gustasen. Poco después, un criado entró con el potaje, después de pasar un riguroso control para asegurar que el rey no fuera envenenado.

Entonces entró en la sala un nuevo personaje, el copero, un criado que transportaba expresamente la copa del rey y que llegaba escoltado desde la cocina. Cuando el rey tuvo en sus manos la copa de vino y le hubieron servido una copa a su invitada, don Fernando insistió en brindar:

—¡Por las mujeres valientes que luchan por la corona de Castilla!

—Por nuestro rey, que Dios os bendiga —contestó Juana.

Les sirvieron un poco de potaje en una escudilla, primero al rey y después a ella. El rey bendijo la mesa. Juana se sentía incomoda, no sabía cómo actuar y esperó a que don Fernando tomara la iniciativa. Este cogió la cuchara y empezó a comer, y a continuación lo hizo ella también. En aquel momento entraron dos sirvientes en la sala; uno llevaba una plata con perdices y el otro, una de cordero asado, ambas con una bella ornamentación floral y de frutas. Juana pensaba en el momento en que le pudiera explicar todo aquel espectáculo a Hugo, le habría gustado mucho compartir con él aquel banquete. De pie, cerca de uno de los laterales de la mesa, el repostero servía los platos de plata al trinchante para que este, después de cortar la carne, la sirviera en ellos sobre rebanadas de pan.

El primer plato fue para el rey, pero antes de servírselo el trinchante lo probó ante la mirada atenta del monarca y de Juana. Después sirvió el plato de Juana. Don Fernando se llevó el primer bocado de pan acompañado de carne a la boca con dos dedos y ella copió su gesto.

—¿Está a vuestro gusto? —dijo don Fernando.

—Hacía mucho que no probaba un asado tan delicioso. En casa tenemos una cocinera excelente —respondió la muchacha.

El rey ya se había bebido el vino y pidió que le trajeran otra copa. Juana lo tenía suficientemente cerca como para poder captar el brillo de sus ojos, que desde hacía rato se perdían sin remedio buscando la forma de sus pechos tras el jubón. La muchacha comprendió en aquel instante que don Fernando había dejado de comportarse como un rey y lo hacía como el hombre que era. Y que aquellas ropas que mantenían sus pechos absolutamente cubiertos resultaban aún más excitantes para don Fernando que un generoso escote, acostumbrado como estaba a tener a su disposición cuanto gustaba. Juana hacía tiempo que había descubierto que la fantasía era el mayor de los excitantes.

—Decidme, ¿cómo vive una mujer tanto tiempo escondida tras una identidad masculina? —don Fernando pronunció aquellas palabras con un destacado barniz de deseo.

—Intentando olvidar quién eres.

—Estoy seguro de que anhelabais sentiros de nuevo mujer —respondió clavando en ella su mirada.

Durante todo aquel tiempo que había vivido entre hombres, había aprendido a leer sus impulsos en las pupilas, y eso sin duda la había ayudado a protegerse de ellos. Sabía bien cuándo tenían sed de venganza, aquella sed que tan solo se colma con sangre, porque sus ojos eran lacerantes como la hoja de una espada. Sabía cuándo mentían porque su mirada se volvía esquiva y rehuía coincidir con la de su interlocutor, no decía lo mismo que su boca, y era fácil descubrirlos. Del mismo modo, había aprendido que el apetito sexual se hacía visible en las pupilas con el brillo del fuego que las abrasa, y cuando eso ocurría era difícil contenerlos, ya que eran pocos los que respetaban los deseos de la mujer que tenían delante. Querían sexo y se servían con un instinto primario, del mismo modo que lo hacían cuando querían pan, cogiéndolo siempre que lo tenían a mano. Aquel aprendizaje del alma masculina la había ayudado a sobrevivir, del mismo modo que las liebres aprenden a protegerse de los lobos.

Finalmente llegaron los postres, algunos dulces, pasteles y frutos secos, servidos con un vino especiado.

—¿A quién no le apetece terminar una buena cena con una apetitosa golosina?

En aquel momento sonó el toque de queda de las campanas de la catedral, que indicaba que las puertas de la ciudad cerrarían en breve y que se restringía la circulación por las calles y plazas a partir de aquella hora.

—Se ha hecho muy tarde, majestad. Es mejor que me vaya.

—Prueba antes algún dulce.

—Mi agradecimiento más sincero, majestad, pero no estoy acostumbrada a cenas tan especiales. Hasta aquí ha sido excelente, pero ahora mismo no me apetece ningún dulce.

Con aquellas educadas y sutiles palabras, Juana le quejó claro a don Fernando que declinaba cualquier tipo de invitación amorosa. La muchacha se levantó de la silla temiendo que ante aquella actitud el rey cambiara de idea y no le ofreciera el valioso documento que había hecho redactar a su secretario y que estaba encima de una caja de madera. Pero el rey mantuvo su palabra y respetó la decisión de la muchacha, aunque no estaba acostumbrado a ser rechazado. Se levantó, la miró a los ojos y le dijo:

—Muchas gracias por tan agradable visita y por los servicios prestados, valerosa dama. Dichoso será quien pueda agasajaros con los duces que en este momento no os apetecen.

Entonces Juana se sintió avergonzada e insignificante, aunque más segura que nunca del paso que acababa de dar. Pensó que quizá acababa de perder los privilegios, pero había ganado su honra.

—No os olvidéis el documento, Juana. Guardadlo bien y guardad también estas monedas en agradecimiento por el tiempo que habéis estado sirviendo a la corona de Castilla.

—Muchas gracias, majestad, que Dios os tenga en su gloria por muchos años.

Juana respondió al monarca con los ojos inundados de lágrimas, no cabía en la piel de pura satisfacción imaginando el momento de poder ofrecerle aquellos privilegios a su padre.

—Una última cosa, Juana. Concededme un último favor...

La muchacha sintió que se le encogía el corazón y le faltaba el aire.

—Sí, majestad, vos diréis —respondió temiéndose que finamente había llegado el momento en que la magia se rompía.

—No quiero que os marchéis sin que os haya armado caballero, creo que Diego Oliveros se ha ganado este justo reconocimiento.

Y tomando una espada de las que tenía colgadas en la

pared de la sala, se aproximó a ella con toda solemnidad, le acercó la mano para que se la besara y a continuación le tocó el hombro con ella, en medio de un silencio de respeto y gratitud.

—No perdáis nunca la osadía de ser fiel a los mandatos de vuestro corazón, caballero Oliveros. Él es el único capaz de que podamos alcanzar grandes sueños.

34

La reina

El manto de la noche cubría el cielo, hacía frío y se iban apagando los distintos sonidos, ya casi nadie circulaba por las calles y las plazas de la ciudad. Juana salió del palacio acompañada por uno de los criados, y enseguida notó el cambio de temperatura. Se cruzó con un caminante apresurado que se movía con la luz en la mano para dar cuenta de quién era y poder alumbrar el camio. Estaba terriblemente excitada, y eso la distraía del ambiente gélido, se sentía una heroína por los privilegios que había conseguido para los suyos y porque, contrariamente a lo que muchos pensaban, los había conseguido sin que el rey hubiera mancillado su honor.

Hugo la aguardaba no demasiado lejos, en la calle, apoyado en una pared, nervioso y sumergido en la penumbra. Cuando la distinguió entre la oscuridad se lanzó a sus brazos y la besó.

—Hugo, lo he conseguido, el rey me ha dado una carta de privilegios para Arintero.

—Celebro que el rey te haya concedido estos privilegios,

pero me hace mucho más feliz que no te hayas quedado a pasar la noche con él.

Entonces ella lo volvió a besar. Un aguacil que pasaba cerca les llamó la atención, en apariencia eran dos varones, y aquellas muestras de afecto entre personas del mismo sexo no estaban bien vistas, eran consideradas contra natura. Se marcharon medio corriendo, intentando disimular las risas que no podían contener. No se atrevieron a cogerse de la mano, a pesar de que la impaciencia los devoraba, no fuera a ser que terminaran detenidos y tuviera que desnudarse para identificarse como mujer.

—Ya no formamos parte de la tropa, es mejor que pasemos la noche en una posada —dijo Juana

Hugo no respondió, pensó que a la mañana siguiente ya irían a recoger sus pocas pertinencias y a Sultán en el campamento. No podían sentirse más dichosos, la guerra se había terminado para ellos, después de haber cumplido con las obligaciones familiares y servido a sus reyes, ya podían preparar la vuelta.

Pasaron frente a una taberna. Aún había luz, pero el bullicio interior quedaba ahogado por el silencio de la oscuridad, tan potente a esas horas, quebrado tan solo por los aullidos de una gata en celo.

Juana se había guardado el documento y el dinero que le había dado el rey entre la ropa antes de salir del palacio. Andaba por la calle con desconfianza, creía oír personas sospechosas por todas partes, temiendo que le robaran tan preciado tesoro. Finalmente llegaron a la puerta de una posada. Llamaron a la puerta y salió a abrir un hombre ya entrado en años, entre bostezos, renegando porque lo hubieran despertado. Les dio la llave de una habitación sin casi pronunciar palabra.

Juana y Hugo subieron las escaleras jugueteando como dos chiquillos entre achuchones, susurros, besos y risas. Y una vez en la habitación, pudieron disfrutar del amor como hacía mucho que no lo habían podido hacer, sin preocuparse de si serían sorprendidos por alguien. Hugo quiso dejar encendida una pequeña luz sobre una caja, quería ver su cuerpo en la penumbra. Fue quitándole la ropa con impaciencia y dejándola caer en el suelo. De pie ante ella, besó su piel suave empezando por la nuca y la orejas, bajando por el cuello, para entretenerse con la lengua en sus pequeños pechos, después ir bajando por su lisa barriga, hasta su sexo, y conseguir que enloqueciera de placer. Hugo cubrió su boca con la mano, entre risas, y ella respondió besándolo para silenciarlo.

Después, él se la llevó hasta la cama, suficientemente grande para los dos, y se tendieron. Hugo se montó delicadamente encima de ella y empezó a cabalgarla con un ritmo suave para ir ganando intensidad, del paso al trote y del trote al galope, hasta fundirse en el éxtasi total y quedar rendido en sus brazos. Y dejaron que fuera transcurriendo la que hasta entonces había sido la noche más maravillosa de sus vidas entre besos y promesas.

Por la mañana, mientras se vestía, Juana pensó que ya tan

solo quedaban aquellas prendas del recuerdo de Diego Oliveros, y que en aquel momento ya no le producían aquel sentimiento de opresión que sentía en el pasado. Había conseguido liberarse, y la hacía absolutamente feliz.

Cuando por la mañana los dos amantes fueron a pasar cuentas con el posadero, el hombre, mucho más despierto, fijó la vista en Juana.

—No lo toméis a mal si me confundo, pero vos no sois un caballero ¿verdad?

—No, no lo soy.

—Y perdonad mi indiscreción. ¿No seréis acaso aquel valeroso Diego Oliveros del que todo el mundo habla?

Ni Juana ni Hugo podían dar crédito a lo que acababan de oír. ¿Cómo era posible que su nombre ya circulara de boca en boca?

—Vuestra historia circula por toda Zamora, hablan de vos como de una auténtica heroína que ha luchado con valor y coraje con las tropas castellanas. Cuentan que habéis destacado por vuestra valentía por encima de muchos hombres.

Juana se quedó absolutamente turbada, no imaginaba que se hubiera levantado todo aquel revuelo en la ciudad. Y a pesar del agradecimiento, le resultaba terriblemente apabullante y le costaba de reaccionar ante tantos halagos.

—Muchas gracias, buen hombre.

Por más que ella insistió, una y otra vez, el hombre, más tozudo que una mula, se negó a cobrar la estancia de aquella noche.

—De ningún modo, es un pequeño regalo, realmente insignificante al lado de vuestro sacrificio.

—Decidme cuánto os debo, os lo ruego.

—Si realmente me queréis hacer feliz, concededme el honor de poder contar que en esta humilde pensión pasó una noche la Doncella de la Guerra.

—De acuerdo, pero dejad que yo también os pida un favor.

—¿Cuál?

—Debéis esperar a pregonarlo una semana.

—¡Hecho!

Juana tenía serias dudas de si aguantaría una semana guardando el silencio. Pero pensó que debía intentarlo. Entonces, tanto ella como Hugo tuvieron la certeza de que no podían demorar más la partida.

Aquel mismo día el rey se reunía con doña Isabel en Medina del Campo, y sabiendo que la noticia trascendería por su importancia, pensó que era mejor comunicársela él mismo.

—Querida esposa, debo contaros algo... Porque a estas alturas ya he comprendido que las paredes tienen ojos y oídos.

Doña Isabel se puso en alerta ante aquel comienzo, e irguió el cuello como un animal en alerta. Entendió que era lo mismo que si le hubiera dicho «no tenía intención de que lo supierais, pero como que seguro que alguien os informará, porque —y debo reconocer que no sé cómo os lo hacéis—

tenéis quien me vigile y controle cuando no estoy con vos».
Y clavó los ojos en su esposo sin contestarle, esperando que
dijera aquello que iba a decirle, más por obligación que por
voluntad.

—¿Habéis oído hablar del caballero Diego Oliveros?

—Amado mío, pronto no habrá nadie en Castilla que no
haya oído hablar de él ¿O debería decir de ella?

Don Fernando no respondió a su apreciación, porque sabía bien cuán celosa era Isabel, y el tono de su voz reflejaba
claramente el sentimiento que en ella provocaba el solo hecho de oír pronunciar aquel nombre.

—No sé si tenéis noticia de que ha luchado valerosamente
en nuestro ejército desde que empezó la guerra... —Fernando
hizo una pausa mientras sopesaba la reacción de su esposa.

—Sin duda una actitud deplorable, ha incumplido la ley.
Las mujeres no deben formar parte de las mesnadas —dijo
Isabel con un tono de rabia que no hacía ningún esfuerzo por
disimular—. Sin duda merece un buen castigo.

—Cómo podéis decir tal cosa cuando vos, siendo mujer,
habéis acudido en repetidas ocasiones a caballo colaborando
en cuestiones políticas.

—¡Sí, pero nunca he luchado en la guerra!

—Amada esposa, todos los informes que me han hecho
llegar los capitanes de la tropa halagan su valor y su coraje.
Por todo eso, y por haber conseguido arrebatarle la bandera
real al alférez portugués en la batalla de Toro, merece mi reconocimiento. Ayer mismo me reuní con ella en Zamora y

premié su gallardía con una carta de privilegios para su aldea y sus gentes.

Isabel había montado en cólera, los celos la consumían solo de imaginar a su marido con aquella mujerzuela. Tenía la seguridad de que también debía de haber tenido tratos amatorios con ella, como con tantas otras. Y por más que intentaba consolarse pensando que su marido era tan brioso que no podía contenerse, que tan solo era el poder de la carne y que eso nada tenía que ver con el amor que ambos compartían, no podía evitar sentir los celos que la consumían en aquel momento.

De nada sirvieron las explicaciones del almirante de Castilla, como tampoco las del rey jurándole una y otra vez que no había tenido ningún asunto amoroso con aquella dama. Aunque tanto él como Juana García sabían bien que no había sido por falta de ganas del monarca. Pero Isabel conocía sobradamente a su esposo, sabía de su fama de conquistador con las mujeres y estaba convencida de que Juana García se había servido de sus encantos para librarse del castigo merecido. Pero Isabel era la reina, y no estaba dispuesta a que aquella impostora se burlara de ella y de las leyes humanas y divinas. Ella se encargaría de que recibiera el castigo merecido.

QUINTA PARTE

Marzo de 1476

35

El camino de regreso

El sol estaba llegando a su cénit y las campanas pronto tocarían a sexta, anunciando el mediodía en la catedral de Zamora. Juana y Hugo se encontraban en el campamento de los Olivares, donde ya se habían alzado muchas tiendas: una vez recuperado el castillo las tropas ya no tenían ninguna función allí.

Hugo fue al encuentro de uno de los capitanes, a quien había pedido que se hiciera cargo de sus pertinencias mientras Juana se encontraba en la tienda sanitaria. Su caballo se había quedado en el campo de batalla cuando él partió precipitadamente con ella malherida, en busca de algún médico. De manera que poco había por recoger, aparte de Sultán: los arneses, la biblia...

Cuando Juana vio de nuevo a Sultán, después de tantos días, no pudo contener las lágrimas. El caballo, que estaba atado a un árbol, reaccionó encabritándose, alzando las patas delanteras, pataleando y rascando el suelo.

—¡Estoy aquí Sultán, estoy aquí! —Juana no dejaba de pronunciar aquellas palabras mientras lo acariciaba con ternura.

Sultán relinchaba, irguiendo la cabeza hacia ella, agradeciendo sus muestras de afecto. Estaba visiblemente contento, pues Juana lo conocía muy bien y sabía interpretar su comportamiento.

—No te preocupes, pequeñín, pronto volvemos a casa —le dijo con un susurro muy cerca de una de sus orejas, mientras seguía acariciándolo, como si realmente el animal pudiera entenderla. Y Sultán le respondió con un suave resoplido.

Y entonces Hugo apareció en escena, acompañado del oficial que se había hecho cargo del caballo y del resto de las cosas. El hombre tenía muchas ganas de poder hablar con ella y darle las gracias por todo, ahora que su aventura militar ya había llegado a su fin.

—¿Cómo debo llamaros, Diego Oliveros?

—Mis disculpas, señor. Mi intención no fue otra que servir a los reyes y a la Corona.

—No lo dudo, y muy bien que los servisteis. Pero sigo sin saber cómo dirigirme a vos, doncella de la hueste.

—Me llamo Juana García y soy hija del conde García de Arintero.

—Es un placer haberos conocido, Juana, aunque ahora ya os vayáis de regreso. Antes de vuestra partida, debo avisar al capitán Mendoza y al almirante de Castilla, pues no me perdonarían que no los informara para poder despedirse de vos y daros las gracias por todo.

El capitán llamó a uno de los criados que pasaba por allí

para que fuera a avisarlos. Antes de cumplir el encargo, el muchacho miró a Juana con una mezcla de sentimientos, entre la sorpresa y la admiración, comprendiendo al instante de quién se trataba. Y salió presto a darles la noticia, pero por el camino fue proclamando que la doncella de la guerra se hallaba en el campamento, y en un santiamén empezaron a congregarse caballeros y criados a su alrededor, deseosos de verla un poco más de cerca. Habían compartido con Diego Oliveros algún tiempo, a pesar de no haber tenido mucha relación, porque ella bien se cuidaba de que así fuera. Aquellos hombres que unos días antes la trataban como a uno más, comentando ante ella las bromas más groseras, ahora la miraban sorprendidos, como si estuvieran viendo nevar en pleno verano. Y se sentían incómodos, en parte por no haber detectado el rastro de una hembra entre la mesnada, como si les hubiera fallado su instinto animal, pensando en cómo hubieran actuado si hubieran sabido que era una mujer. Alguno la repasaba descaradamente de arriba abajo, con una mirada lujuriosa, porque eran muchos los que no estaban con una mujer tan a menudo como les gustaría, andaban bastante atrasados de favores carnales, y aunque se procuraban placeres solitarios, la sola idea de pensar que tras aquellas vestiduras de caballero había una muchacha les encendía la pasión. Y ella, que no necesitaba palabras para comprender según qué miradas, les devolvía la respuesta con la vista, y sin articular palabra les decía: «Si hubierais sabido que era una muchacha, habría sido más duro estar en el campamento que en el campo de batalla». Pero por encima de todos aquellos sentimientos contradictorios, todos aquellos hombres sentían por ella una gran admiración.

En un periquete, el mozo que había ido a avisar al capitán Mendoza y el almirante de Castilla estaba de nuevo de regreso ante ellos. Respiraba agitadamente, porque había ido y vuelto corriendo.

—Tranquilo, coge aire, que te vas a ahogar. Te he pedido que fueras a avisarlos, no que se estuviera prendiendo fuego —le dijo el oficial.

—Están... Dicen... —el muchacho trataba de explicarse, pero le faltaba aire para poder hablar y tan solo escupía alguna que otra palabra entrecortada.

—A ver, chico, primero piensa y luego habla, que no entendemos nada —contestó el oficial.

—Están en el castillo..., dicen que Oliveros y su escudero..., se presenten allí.

Finalmente el criado había sido capaz de comunicarles lo que tenía que decirles, aunque lo tuvo que hacer de forma entrecortada porque aún le costaba respirar.

A Juana y a Hugo se les hizo muy extraño cruzar las murallas y entrar en la fortaleza, pues la última vez que habían estado acampados cerca de allí, el castillo seguía en manos de los rebeldes y las tropas castellanas continuaban dedicadas al cerco.

En el castillo había muchos hombres trabajando, reparando los desperfectos que había comportado el asedio. A su paso, carpinteros y maestros de obras paraban sus faenas y fijaban la mirada en Juana y en Hugo, pues la visita de la dama de la guerra era ya un secreto a voces. Tanto, que Juana ya empezaba a sentirse más incómoda que alagada.

El capitán Álvaro de Mendoza y don Alonso Enríquez, almirante de Castilla, los aguardaban en una de las salas. Un criado anunció su llegada y les dio entrada en aquella noble estancia. Ni Juana ni Hugo estaban acostumbrados a moverse en ambientes como aquel y se sentían como peces fuera del agua, esperando que aquella recepción terminara cuanto antes.

—Pasad, pasad y tomad asiento, no os quedéis aquí plantados —les dijo Mendoza, indicándoles unas sillas plegables de montantes entrecruzados con talla en los pequeños respaldos.

—Muchas gracias, señor —respondió Juana, y los dos se sentaron esperando que iniciaran la conversación sus interlocutores.

—Ante todo, hacerle saber que nos place enormemente que esté hoy aquí entre nosotros, no hace falta que le diga que como al resto de la tropa, a nosotros también nos corroe la curiosidad por conocer un poco mejor a la doncella de la guerra —continuó el almirante de Castilla.

—Supongo que comprenderéis que nos resulte cuando menos sorprendente descubrir que vos sois una dama, después de tanto tiempo conviviendo entre la mesnada —dijo Mendoza.

—Sí señor, lo comprendo perfectamente y les pido a los

dos que perdonen mi farsa y el hecho de haber actuado con engaños, pero en ningún momento hubo tras mis actuaciones un afán de faltarles al respeto, ni saltarme la ley, simplemente el deseo fervoroso de servirlos con la máxima lealtad y entrega —contestó Juana, mientras Hugo se limitaba a escuchar la conversación, como le correspondía a su papel de escudero.

—Todas las referencias que los oficiales nos han hecho llegar de vuestros servicios durante la batalla son sin duda alguna dignos de loar, aunque, para ser sincero, he de deciros que si hubiera tenido conocimiento de que erais una mujer me hubiera visto obligado a negaros vuestra participación en ella. Por eso, aunque me duela no haberme percatado de vuestro engaño, por esta vez, y sin que sirva de precedente, he de decir que agradezco a Dios no haberos descubierto de antemano —dijo Mendoza sin poder disimular una mezcla de sentimiento de orgullo dolido y de admiración.

—Me sumo a las palabras de don Álvaro, creo que no puedo añadir nada más. Conozco los motivos que os llevaron a alistaros, porque en estos momentos son ya del dominio público, pero, sin que salga de estos muros, y con total sinceridad, me gustaría conocer qué opinión le merece la guerra a una dama que ha vivido entre la hueste —dijo el almirante, clavando sus pupilas en Juana, impaciente por conocer la respuesta.

Aquella era la pregunta más comprometida que le habían

hecho hasta el momento, y Juana se quedó absolutamente pasmada, pues no se la esperaba. Tenía una idea clara sobre la guerra, pero no sabía hasta qué punto exponerla con sinceridad resultaría comprometedor para ella y los suyos.

—Soy consciente de que mi pregunta os puede resultar embarazosa, pero os pido sinceridad, y os aseguro que cuanto digáis al respecto quedará entre estas cuatro paredes, os doy mi palabra —añadió el almirante.

—Y yo la mía —añadió Mendoza, que también esperaba con ansia la respuesta.

Las miradas de los tres hombres que se encontraban en la estancia estaban clavadas en ellas y esperaban impacientes una respuesta, pero Juana no se decidía a hablar. Hasta que finalmente arrancó su discurso:

—La mía es tan solo la opinión de una joven inexperta, que nada sabía de la vida y se marchó de su casa por orgullo, y que, gracias a Dios, dentro de poco podrá regresar entre los suyos.

Hizo una pausa y cogió aire por la nariz, necesitaba un tiempo para poder poner palabras a sus sentimientos, aunque no estaba segura de las consecuencias que aquella confesión podría acarrearle.

—Partí de Arintero después de un duro entrenamiento al que me sometió mi padre, y que en ese momento no llegué a comprender, aunque después lo he agradecido. Me marché ilusionada, a la vez que triste por abandonar a los míos, pensando que me iba a vivir una vida como la de las novelas de caballerías que había leído, que yo también podía ser como Juana de Arco o como Pentesilea, la reina de las guerreras amazonas.[22] Me creía especial, y miraba a mis hermanas y a mi madre con un cierto asomo de superioridad, pensando que yo tenía un valor y un coraje que ellas desconocían; aunque me duela profundamente decirlo, creía que mi padre había confiado en mí porque estaba llamada a vivir grandes hazañas.

Hizo una nueva pausa y cogió aire de nuevo. Aquella confesión era mucho más dura de lo que había imaginado, porque en realidad estaba transformando en palabras los sentimientos que habían ido creciendo en ella a lo largo de todo aquel tiempo.

Mientras duró la pausa, nadie se atrevió a decir nada, aunque todos morían de impaciencia porque terminara de sincerarse.

—Durante todos estos meses he comprendido que la guerra no se vive tan solo en el campo de batalla; que aunque la mayoría de las mujeres no participen con las huestes, han de luchar como el soldado más aguerrido para proteger a los suyos y sus viviendas; que a menudo los soldados, de uno y otro bando, saquean sus casas buscando comida o se aprovechan de sus cuerpos, sin importarles siquiera que sus hijos estén delante, y si les viene en gana también se aprovechan de sus hijas, aunque no sean más que unas niñas; que mien-

22. Según la mitología griega, fue la famosa amazona que condujo un ejército de mujeres guerreras que lucharon a favor de los troyanos, contra los griegos.

tras los hombres se marchan a combatir a las batallas en nombre de Dios y de la Corona, ellas luchan con todas sus fuerzas para encontrar alguna cosa con que poder llenar el plato a su familia; que mientras ellos huyen tras sus enemigos, ellas se quedan a proteger a sus mayores que ya no pueden huir, ni esconderse, aunque dejen la vida en el intento. He visto casas arder, y ellas, como lobas, se negaban a abandonar a los suyos, exponiéndose a ser devoradas por las llamas, hasta el punto de tener que arrastrarlas con todas nuestras fuerzas porque se negaban a abandonar a su camada. Las he visto construir baluartes por las noches; cavar fosas; curar heridos; apedrear a los enemigos; esconder a fugitivos; empuñar armas... Todo eso lo he aprendido en la guerra, he aprendido que las mujeres son la fuerza de la vida porque la llevan dentro de ellas y luchan con todas sus energías por preservarla. Por más que ahora muchos hombres estén sorprendidos al ver que una mujer se ha atrevido a actuar como ellos y crean que este hecho es digno de grandes loanzas, yo he aprendido a valorar la fuerza de todas ellas, que es también la fuerza de mi madre y de mis hermanas, que nunca han salido de nuestra aldea, pero que cuidan de nuestra casa y de los nuestros para que yo los pueda volver a encontrar a mi regreso. Y he aprendido también que muchos hombres luchan movidos principalmente por el afán de poder y riqueza, que demasiado a menudo, por desgracia, aquello que ellos llaman honor es una forma sutil de enmascarar lo que en realidad es una lucha a muerte por sus propios intereses. Y he comprendido, que ninguna guerra, ninguna, merece una sola muerte. Que no me siento más poderosa por haber luchado y dado muerte a todos aquellos que se cruzaron conmigo en el campo de batalla, que voy a necesitar toda una vida, y no creo que ni así me alcance, para borrar tanta sangre y destrucción de mis ojos. Que me siento agradecida de poder regresar a Arintero con los privilegios que el rey ha otorgado a nuestra aldea, porque con este gesto podré contribuir de alguna forma a mejorar la vida de toda mi gente.

Y habiendo terminado de vaciar tanto dolor y sufrimiento acumulado, Juana se quedó en silencio, preparada para lo que pudiera venir. Nadie se atrevía a romper el clima de tensión que se había creado.

—En primer lugar, debo daros las gracias por vuestra sinceridad, ya que es un don escaso, y la mayoría prefieren decir aquellas palabras que saben que quienes los escuchan esperan oír. Tristemente, se cultiva con demasiada frecuencia la hipocresía por la propia comodidad. Y ser consecuente con lo que uno piensa y expresarlo públicamente es sin duda un acto de valentía, aunque yo discrepe de algunos de los planteamientos que vos habéis expuesto sobre el sentido de las guerras. Estoy profundamente convencido de que la mujer cristiana debe hallar su camino en la búsqueda de la virginidad, el ascetismo, la penitencia y el conocimiento de Dios sin pretender ocupar el lugar que no le corresponde —de esa forma tan educada y formal Mendoza expresó su disentimiento con todas las ideas que Juana les había planteado—.

No hace tantos años que Juana de Arco fue juzgada por haber violado la ley divina al vestirse de hombre e ir armada a la guerra, después de engañar al pueblo haciéndoles creer que Dios la enviaba.

Después de escuchar las palabras del capitán, Hugo temía que Juana pagara un alto precio por tanta franqueza. Pero entonces se pronunció el almirante:

—No dejáis de sorprenderme, no os achicáis ante nada, dispuesta a defender vuestro criterio ante quien sea, y esto sin duda os otorga una autoridad moral de la que muchos, hombres y mujeres, carecen. Hace ya un tiempo tuve la fortuna de que cayera en mis manos el *Libro de las virtuosas e claras mujeres*, de don Álvaro de Luna, en el que hablaba de la noble condición de las mujeres a través de cien historias de damas virtuosas del mundo bíblico, clásico y cristiano. Y he de deciros que disfruté de la lectura y me hizo plantearme cuestiones que nunca antes habían pasado por mi mente. Con este libro el autor rescató la vida de todas esas mujeres para que no cayeran en el olvido. Quién sabe si algún día alguien también inmortalizará vuestra historia.

—No he tenido ocasión de leer este libro que citáis, seguro que debe de ser muy interesante, aunque estoy segura de que hay muchas mujeres desconocidas la vida de las cuales bien merecería ser recordada, pero las mujeres no acostumbramos a llenar demasiadas páginas de los libros —dijo Juana.

—Ha sido un placer haber tenido la oportunidad de conoceros, ahora que vuestro nombre y vuestras gestas circulan ya de boca en boca. Estoy seguro que bien pronto os habréis convertido en una leyenda —añadió el almirante.

—Lo mismo os digo, doncella de la guerra, ha sido un placer conoceros. Pero si me permitís un consejo, no olvidéis que la fama y la envidia acostumbran a llegar de la mano —dijo Mendoza.

A Juana aquellas últimas palabras del capitán Mendoza le produjeron un cierto desasosiego, por eso prefirió levantarse y no alargar más la conversación. Hugo la siguió, y entre agradecimientos y saludos dieron por finalizada la visita, pues tenían prisa por emprender el viaje de regreso. Antes de desaparecer de la sala, Mendoza, no pudo evitar un último comentario:

—Habéis tenido suerte de no haber coincidido con la reina, no soporta que ninguna mujer se gane los favores de su esposo.

Aquel comentario incomodó a Juana, pero pensó que no merecía la pena entrar a justificarse porque tampoco serviría de gran cosa su palabra.

—Una última cosa, he dispuesto que preparen un caballo para vuestro escudero, ya que según me han hecho saber perdió el suyo en el campo de batalla. Es una muy buena yegua —y entonces Mendoza, dirigiéndose a Hugo, añadió—. Como buen escudero, bien merecéis también algún reconocimiento.

—Muchas gracias, señor —dijo Hugo agradecido.

—Os aconsejo que hagáis buen uso de vuestra inteligencia para domarla, en animales tan briosos, intentar que obedezcan por la fuerza es sin duda un mal planeamiento que no acostumbra a dar buenos resultados. Pero seguro que, si conseguís domesticarla, podréis consideraros afortunado —añadió el almirante.

—Muchas gracias señor, estoy convencido de ello. Haré lo posible para que se sienta a gusto conmigo y podamos formar un buen equipo. Os estoy muy agradecido —Hugo entendió sobradamente que las palabras del almirante tenían un doble sentido, pero prefirió no seguirle el juego, conocía bien a Juana y sabía que según qué comentarios le desagradaban.

Después de la visita al castillo, no quisieron emprender la marcha sin antes pasar por la tienda sanitaria y agradecer al médico que había atendido a Juana que la hubiera salvado de morir desangrada. Y habiéndose despedido de él, emprendieron el regreso montados en sus cabalgaduras.

Juana se veía por fin liberada del yugo de vivir en un cuerpo que no era el suyo. Había conocido el amor y ahora, además, podía regresar a Arintero con una recompensa que la hacía realmente feliz. Hugo también se sentía dichoso, tenía la seguridad de que a su llegada el conde le concedería la recompensa que realmente deseaba: poder casarse con su hija.

Tenían varias jornadas de viaje hasta su aldea y los caminos no eran un lugar seguro en tiempos de guerra. Don Fernando había insistido en entregarle una suma suficiente de maravedíes para que pudieran hacer noche en alguna posada. Los llevaban a buen recaudo entre la ropa, al igual que el documento de los privilegios que le había entregado.

36

Montemarta

Era ya entrada la tarde y aunque hacia sol, el tiempo era fresco. Comieron un poco de pan y queso y emprendieron el camino. A aquella hora ya no podían seguir los planes que habían proyectado. Hugo repasó el mapa y se dio cuenta de que les sería imposible llegar hasta la hospedería del monasterio de Santa María de Moreruela, pero a mitad de camino tenían el de Montemarta, así que podían hacer noche allí y seguir el viaje por la mañana.

Pero eran tantas las ganas de pasar la noche juntos que les resultó mucho más atractiva la idea de buscar algún lugar donde hospedarse en la aldea de Montemarta, ya que el monasterio no era precisamente el lugar más indicado para el desenfreno.

El invierno aún no había llegado a su fin, y conforme avanzaban las horas se acusaba la bajada de temperaturas. Después de pasar un día montada a caballo, Juana tuvo que reconocer que aún no se encontraba lo suficientemente recuperada como para cabalgar tantas horas seguidas. Parados en el camino polvoriento de tonos rojizos pudieron contemplar una iglesia anclada en una roca frente a la aldea.

—Si no ando equivocado, esta iglesia podría ser Santa María del Castillo, por tanto, la aldea más cercana es Montemarta, haremos parada y buscaremos una posada —dijo Hugo.

Cuando llegaron apenas había luz. Preguntaron a un vecino que hallaron en la calle y que se mostró amable con ellos.

—Buenas tardes tengáis, buen hombre, buscamos un lugar donde pasar la noche —dijo Hugo.

—Aquí cerca de la plaza mayor se encuentra la iglesia de san Miguel, y junto a ella el monasterio de san Jerónimo. Allí seguro que os acogen.

—Disculpad, pero, preferimos alojarnos en alguna posada, ¿podéis indicarnos si hay alguna cerca? —añadió Hugo.

El hombre alzó el cabeza extrañado, ¿quién prefería pagar por pasar la noche en una casucha pudiendo beneficiarse de la hospitalidad del monasterio? Observó con detenimiento a Hugo y a Juana; con la poca luz que había, pensó que se trataba de un muchacho y que aquella afirmación no podía sino comportar que tenían algo a esconder. Pero no sería él quien entrara a juzgarlo. Les indicó dónde se encontraba la casa de la viuda Elicia, que alquilaba habitaciones, mientras pensaba que él no se alojaría en casa de aquella vieja ni que se lo pagaran bien. Después de agradecerle la información y despedirse educadamente, siguieron las indicaciones que les había dado el hombre hasta llegar a su destino, cosa que no era tan fácil con la poca luz que había a aquellas horas. Llamaron a la casa que según les había dicho pertenecía a la viuda Elicia. Se abrió una pequeña rendija y de allí salió una voz cavernosa y una tajada de la que debía de ser la anciana con un candil en la mano. Por lo poco que se distinguía de ella, tan solo pudieron vislumbrar una pequeña porción de su vestimenta oscura y el asomo de su aspecto huraño, que quedaba más que probado con aquella muestra.

—Buena mujer, buscamos alojamiento —dijo Hugo.

—Tengo tan solo una habitación disponible —respondió la mujer, escudriñándolos con desconfianza de arriba abajo mientras movía la luz para poder estudiarlos mejor.

—Será suficiente —contestó Hugo.

—Pero deberéis pagar por adelantado.

—¡De acuerdo!

Entonces la anciana los dejó entrar, y una vez dentro de la casa, con un poco más de luz, fijó sus ojos en Juana y pudo darse cuenta de que, a pesar de su vestimenta masculina, su pelo dejaba claro que se trataba de una mujer.

—Esta es una casa humilde, pero decente. Para el vicio ya hay otros lugares —dijo la anciana.

Entonces Hugo hizo sonar una bolsa de monedas para persuadirla, y respondió con la seguridad de haber convencido a la vieja.

—No tengo ninguna duda de que se trata de una casa decente, por este motivo deseamos hospedarnos en ella —contestó Hugo.

Al escuchar el tintineo de las monedas, la cara de la anciana cambió por completo, mudando su rostro en una expresión que intentaba parecer amable, aunque más bien parecía una mueca tétrica.

—Necesitaremos también un lugar donde guardar los caballos esta noche —dijo Juana.

—Los podréis dejar atados en el patio que encontraréis aquí al lado, pero deberéis pagar aparte por ello.

La mujer había entrado en su juego y estaba dispuesta a sacar una buena contrapartida de aquella noche.

—Y alguna cosa para comer —dijo Hugo.

—No preparo comida, pero si queréis una hogaza de pan y una jarra de vino os la puedo vender.

De buena gana se habrían marchado de allí mandando a la vieja a paseo, pero ya había oscurecido, Juana no se encontraba en condiciones de continuar el camino y a aquellas horas era peligroso. De manera que tuvieron que conformarse con una habitación pequeña y un camastro estrecho para pasar la noche.

—La puerta no cierra con llave —dijo Hugo tan pronto como hubo entrado en aquella reducida estancia que olía a espacio poco ventilado, pensando en la falta de intimidad y en lo arriesgado que podía resultar confiarse demasiado.

—A grandes males, grandes remedios, ayúdame —le contestó Juana.

Y pusieron el jergón en el suelo tras la puerta, de manera que esta quedaba trabada, y así aquel amasijo de paja parecía que ganaba en amplitud.

Aquella noche en que compartieron lecho en la casa de

la viuda Elicia, cenaron pan y vino que habían pagado al precio de manjar de reyes, pero poco les importó, porque ellos degustaron aquella hogaza medio seca como si realmente se tratara de una cena exquisita, y aquel vino barato como el mejor que nunca hubieran probado.

Hicieron el amor tumbados sobre el jergón, mirándose y regalándose una y mil caricias y mil besos. Jugando y riéndose a media voz como si no existiera el mundo fuera de aquellas cuatro paredes. Ya de madrugada, cuando reposaban extasiados sin dejar de acariciarse y besarse, a Juana le pareció oír un ruido sospechoso tras la puerta. Sujetó fuerte a Hugo del brazo, alertándolo. Y en aquel momento alguien intentó abrirla, cosa que resultó del todo imposible porque los dos jóvenes se encontraban tras ella, pero quien fuera que se encontraba al otro lado volvió a intentarlo sin conseguir su objetivo.

Hugo se puso los calzones, abrió la puerta precipitadamente y salió en busca de quien había intentado entrar. Justo entonces Juana escuchó relinchar a Sultán. Se dirigió en silencio hacia la pequeña ventana, apartó disimuladamente los trapos que la cubrían y pudo ver a un chiquillo en el patio que intentaba llevarse los caballos. Sin pensarlo dos veces cogió un pequeño jarrón que había en el cuarto y lo lanzó con todas sus fuerzas hacia el objetivo, con tanto acierto que lo golpeó en una pierna con tal fuerza que lo hizo caer entre gritos.

—¡Ladrón, maldito ladrón, lárgate de aquí si no quieres

que baje con la espada! —gritó Juana al mocoso que intentaba llevarse sus animales.

Cuando Juana quiso darse cuenta, Hugo ya se encontraba en el patio vestido tan solo con las calzas y tenía cogido por una oreja al ladronzuelo, que no dejaba de quejarse de la pierna.

—¿Dónde pensabas que ibas, maldito ratero?

—Lo siento señor, no me haga daño...

—Te mereces una buena paliza.

—¡Señor, no, por favor!

Era tan solo un chiquillo, y Hugo entendió enseguida que cumplía órdenes de alguien.

—Si me dices quién te envía, te dejaré marchar —le dijo Hugo cuando vio que lo había atemorizado lo suficiente con sus gritos y zarandeándolo de un lado a otro cogido por la ropa.

—La vieja.

—¿Y dónde está?

—En la casa.

—Si vigilas bien los caballos, yo te daré una buena recompensa.

Hugo recorrió cada rincón de la pequeña casa hasta dar con la vieja, medio oculta tras una cortina. La cogió de la ropa y se la acercó casi hasta estar pegado a ella:

—Maldita usurera, ¿no te bastaba con lo que te habíamos pagado, que encima tenías que robarnos?

—Soy una pobre viuda...

—¡Basta! ¿Me creéis imbécil?

—Piedad, piedad...

La vieja era capaz de interpretar todos los papeles, y ahora fingía ser una pobre desvalida.

—Sois el mismo demonio. Quedaos aquí quieta y no os mováis, u os juro que os muelo a palos hasta quebraros el último hueso.

Hugo miró hacia lo alto de la escalera y llamó a Juana, que no tardó en asomar la cabeza.

—Recoge todo, nos vamos. Esta generosa mujer nos preparará algo de comida para el camino.

Y así partieron de la aldea poco antes de que saliera el sol, después de recoger los caballos y darle unas monedas al chiquillo.

37

Monasterio de Santa María de Moreruela

Después de la desafortunada experiencia de Montemarta, tanto Hugo con Juana tuvieron claro que tendrían que temperar un poco su ímpetu, y lo mejor sería que su próxima parada fuera en el monasterio de Santa María de Moreruela. Habían partido de la casa de la viuda Elicia antes del alba, por lo que que durante la mañana pudieran recorrer el camino que los separaba del monasterio de la Moreruela. Cuando aún estaban a cierta distancia, Juana le pidió a Hugo que le volviera a cortar el pelo, pues no quería tener problemas. Aquella medida y una capucha bastarían para pasar desapercibida.

Después de haberse apartado un poco del camino, Hugo pasaba la mano por el pelo de Juana mientras iba rapándoselo cuidadosamente con una navaja, sin poder evitar acariciar su nuca y sembrar un rosario de ardorosos besos en su cuello. De repente los sorprendió el ruido de unos cascos al galope.

—Hugo, será mejor que prosigamos nuestro camino, porque si continúas besándome no creo que pueda contenerme por mucho tiempo, y aunque mi corazón suplica que dé rienda suelta a mis deseos, necesitamos un lugar seguro donde atiendan bien a los caballos y podamos descansar.

Y continuaron el viaje hasta detenerse en las inmediaciones del monasterio cisterciense. Tanto Hugo como Juana quedaron asombrados de la majestuosidad de aquel edificio santo que se alzaba a orillas del río Esla. Desde la distancia se podía apreciar bien cómo a su alrededor se extendía toda una zona vinculada al monasterio: molinos, pesqueras, granjas, campos de cultivo... Aunque a medida que se iban acercando se podía ver que el conjunto presentaba un cierto aire de dejadez, como un traje lujoso que con el paso de los años había perdido su prestancia. Talmente como si su pasado glorioso fuera su mayor carga, y en aquel momento a los monjes que formaban la comunidad, que eran muchos menos que en otro tiempo, les costara trabajo mantenerlo y hubiera ido languideciendo y cayendo en un cierto abandono.

Cuando llegaron a la portería del monasterio, el repicar de una campana señalaba la hora de oficio a sexta. El portero era un hombre ya mayor. Juana pensó que quizá se debiera a la vestimenta, pero con aquel hábito blanquecino y el escapulario negro con capucha era difícil discernir que edad podría tener. El hermano Tomás, que así era como se llamaba el portero, esperó respetuosamente a que terminara de tañir la campana para atenderlos. Tenía los ojos azules y la mirada bondadosa, la barba de un gris casi blanco y tan solo cuatro pelos rebeldes se salvaban de la tonsura obligada por la orden. El portero era elegido directamente por el abad, y uno de los requisitos, entre los muchos méritos que comportaba un cargo de tanta responsabilidad, era que contara con una edad en que la fogosidad del deseo ya no fuera para él una tentación que pudiera conducirlo a realizar escapadas furtivas fuera de los muros, ya que por su ocupación era el único monje que tenía conexión con el exterior, los demás vivían encerrados en aquel microcosmos, aislados del tráfago mundano.

Mientras esperaban que cesara el repicar que convocaba a los monjes a la salmodia divina, un par de hombres pasaron cerca de la entrada con un carro de provisiones tirado por un caballo en dirección a la cilla.[23] El hermano Tomás les dio la entrada alzando la mano derecha con parsimonia. Juana y Hugo enseguida se dieron cuenta, por su hábito de color marrón más corto, de que se trataba de conversos, hermanos laicos que en todos los monasterios se encargaban de los trabajos que comportaban una actividad manual: granjeros, zapateros, herreros, sastres, molineros... Gracias a su contribución, los monjes quedaban libres de todas esas cargas y se podían dedicar a las funciones litúrgicas y a la lectura de la Biblia o de diversos autores monásticos.

—Vosotros diréis que se os ofrece —dijo de pronto el hermano Tomás con una expresión que irradiaba bondad.

—Buenos días, hermano, si no andamos mal informados,

23. Almacén donde se guardaba el grano y otros productos para la manutención del monasterio.

en el monasterio contáis con una hospedería, ¿verdad? —dijo Hugo.

—Ciertamente, muchacho, uno de los preceptos de nuestra Regla es dar albergue a viajeros, visitantes y pobres que acudan a nuestra casa —respondió el hermano Tomás con amabilidad—. Y aunque nuestra hacienda monástica ha ido menguando de forma importante los últimos años, en el monasterio siempre habrá cobijo para aquel que lo necesite.

—Muchas gracias, hermano —contestó Hugo.

—Por suerte, el prior hace una buena gestión del monasterio, procurando que toda la comunidad se haga cargo de las tareas pertinentes, porque nuestro abad no reside entre nosotros, ya que ocupa el cargo de embajador de la Corona de Castilla en la corte romana. Sin embargo, el hecho de estar al amparo de los condes de Benavente ha supuesto una importante protección —dijo el hermano Tomás.

Juana lo miraba asombrada, sin duda aquel portero debía de tener grandes virtudes e innegablemente era un hombre santo, solo hacía falta mirarlo a los ojos para saberlo. Y a buen seguro que con la edad que tenía el menor interés interés en hacer escapadas a escondidas para saltarse el juramento de castidad. Pero el voto de silencio, obligado dentro del monasterio, no lo cumplía ni por asomo. Más bien se diría que, por el contrario, solo callaba cuando lo obligaban las campanas que hacían imposible escuchar su voz. Aunque Juana estaba segura de que, con el tono de voz tan bajo que empleaba, el monje debía de creer que ya cumplía la regla.

Mientras el hermano Tomás seguía hablando sin freno, pasó por allí otro de los hombres que vestían hábito marrón y lo llamó alzando el brazo sin pronunciar palabra. Y Juana tuvo que contener la risa al ver que el hombre, simplemente por ahorrase aquel grito, se sintiera con el derecho a tenerla para seguir platicando sin ningún remordimiento.

—¿Cuántos días tenéis pensado quedaros? —les preguntó el portero prosiguiendo la charla con total tranquilidad, aunque manteniendo, eso sí, aquel tono de voz tan extremadamente bajo.

—Partiremos mañana por la mañana —dijo Hugo.

Entretanto, el laico que se había acercado al hermano Tomás atendiendo su requerimiento, esperaba sus órdenes sin pronunciar palabra.

—Llévate los animales de los caballeros a las cuadras y ocúpate de que sean bien atendidos. Y que estén listos para partir a primera hora —le ordenó el hermano Tomás.

Hugo y Juana le dieron las gracias mientras el otro se llevaba los caballos en silencio.

—Seguidme, os acompañaré a la hospedería y os enseñaré dónde está el refectorio —dijo el hermano Tomás—. Pero permitidme que antes os muestre nuestra magnífica iglesia, aunque solo la podáis contemplar desde la portalada de la feligresía. En este momento los monjes se encuentran en el templo cantando la oración.

En la entrada del templo, una reja separaba aquel espacio público del reservado a la comunidad monástica. Los monjes de rango superior ocupaban el presbiterio, alrededor del altar mayor; los demás estaban situados frente a ellos, alineados de pie en la nave. La voz solemne del coro resonaba en la majestuosidad de aquellos grandes sillares. Juana pensó en aquellos hombres de origen noble que habían tenido el privilegio de recibir una instrucción y que vivían allí encerrados, tan lejos de la vida exterior, de la guerra que castigaba al pueblo, que los dejaba sin casas y sembraba la muerte. Y pensó que había tantas realidades distintas en el mundo como vidas. Quizá en algún momento ellos también se habían sentido prisioneros de un destino que no siempre habían elegido voluntariamente, sino inducidos por la familia. ¿Acaso no tenemos todos nuestras propias prisiones que nos hacen esclavos de una forma de vivir? ¿Debía de ser feliz el hermano Tomás ocupándose de la portería, o tal vez le hubiera gustado ser un rico mercader y cruzar los mares para conocer gente de muy distintos lugares? Mientras dejaba deambular su mente por aquellos pensamientos la vista de Juana quedó atrapada en las numerosas y variadas marcas que había en los muros.

—¿Qué significan todas estas marcas? —le preguntó entre susurros, moviendo levemente la cabeza, cautivada ante la multitud de señales distintas que podían distinguirse en algunos sillares.

El hermano Tomás bajó la voz un poco más de lo que ya era habitual en él.

—Son las marcas del cantero que ha trabajado los sillares.

Juana agradeció la respuesta con un gesto de cabeza, mientras los cantos seguían llenando todos los espacios de aquel grandioso templo de cruz latina, esparciéndose por las tres naves, el transeptoy el presbiterio, con forma de cabezón.

—Bien, si me seguís os acompañaré hasta la hospedería —dijo el hermano Tomás, con su voz tan característica, devolviéndolos a la realidad.

Juana y Hugo siguieron los pasos del monje, que calzaba sandalias sobre las medias, ya que las noches aún eran frías y a su edad acusaba las bajas temperaturas. La entrada de la hospedería estaba en una de las zonas más apartadas del monasterio, junto a la enfermería. Eran dependencias que no comunicaban con los espacios reservados a los monjes.

—Este es el dormitorio de la hospedería, podéis ocupar cualquiera de las camas que esté libre. Todas están provistas de sábanas, mantas y almohada —dijo el hermano Tomás—. Como podéis ver, acostumbramos a recibir un importante número de visitantes, no es de extrañar, pues forma parte de la ruta de la Plata y si a eso le sumáis viajeros, caballeros, pobres y enfermos...

Juana miró los lechos alineados a lo largo de los muros dispuestos perpendicularmente; no había ningún tipo de compartimento que separara cada uno de otros. Según les dijo el monje, aquella disposición era idéntica en los dormitorios de los conversos y de los monjes, una medida para disuadir de cualquier comportamiento impúdico. Juana no pudo evitar mirar de reojo a Hugo con picardía, dejándole claro que aquella sería una noche de abstinencia.

—Si me seguís, podéis dejar vuestras cosas aquí y os acompañaré hasta el refectorio,[24] ya debe de estar servido el almuerzo, pero no os preocupéis, avisaré de que pongan dos platos más para vosotros.

Hugo y Juana movieron la cabeza en señal afirmativa, pues sus estómagos ya hacía rato que se quejaban. No dejaba de sorprenderles facilidad con que se saltaba la regla de silencio sin inmutarse lo más mínimo, totalmente convencido de que con su tono de voz tan bajo ya hacia honor al cumplimiento.

El hermano Tomás iba delante mostrándoles el camino, y Hugo aprovechó aquel instante para aproximarse a Juana, que estaba ante él y acercar la mano hasta una de sus nalgas. La muchacha sintió cómo se le aceleraba el pulso solo de pensar que los podían sorprender y giró levemente la cabeza, reprobándolo con la mirada, pero no pudo reprimir una leve sonrisa que confirmaba cuán placentero le resultaba aquel fugaz contacto.

Antes de entrar en el refectorio, el hermano Tomás les indicó que debían lavarse las manos en la pila. En el interior, las mesas estaban dispuestas en forma de U, y los hospederos se sentaban en el lado exterior. Todos tenían enfrente un

24. Comedor

plato con una ración de garbanzos cocidos, una generosa porción de pan y una naranja, además de una jarra de vino que apenas superaba el cuarto de litro. Pero aún no habían iniciado el almuerzo. Entonces el hermano Tomás descubrió el pan y todos empezaron a comer. Tanto a Hugo como a Juana se les hizo la boca agua viendo a todos los comensales disfrutar de aquella comida. El hermano Tomás no tardó en darse cuenta de ello y con un solo gesto avisó a uno de los criados que atendía el comedor y le indicó que preparara dos cubiertos más para para los recién llegados. Y el sirviente obedeció con prontitud y diligencia.

Al cabo de nada, Juana y Hugo ya se encontraban sentados a la mesa consolando sus estómagos y el hermano Tomás se despedía de ellos con una suave palmada en la espalda de Juana y un pausado gesto de su mano derecha.

A diferencia del refectorio de los monjes, allí no había nadie encargado de leer párrafos selectos de la Vulgata,[25] pero intentaban respetar al máximo el silencio que dominaba todo el monasterio.

En aquel ambiente de recogimiento, Juana pudo centrarse en observar a todos los que allí se encontraban, una abigarrada reunión de gente que nada compartía entre sí, salvo el hecho de estar comiendo en la misma dependencia. Algunos comían con prisas, como si hiciera días que no se llevaban nada a la boca, en un acto tan desenfrenado que lle-

25. Versión latina de la Biblia de principios del siglo IV.

gaba a resultar impúdico posar la vista en ellos y profanar aquel ímpetu que los tenía tan extasiados. Otros, claramente enfermos, comían con desgana, esforzándose en tragar aquel bendito alimento, con la esperanza de que este les proporcionase la curación deseada. Y aun había un tercer grupo, dentro del cual se encontraban ellos, formado por una amalgama de personajes variopintos que agradecían aquel almuerzo, pero que tenían el privilegio de haber comido los últimos días y que podían hacerlo con una cierta tranquilidad, mientras se entretenían en observar al resto de comensales.

Juana cruzó la mirada con la de uno de los hombres que comía a una cierta distancia, y enseguida se percató de que no le quitaba los ojos de encima. Empezó a inquietarse, aquella mirada la incomodaba, pero no sabía bien por qué, pensó que quizá tuviera que ver con que era bizco y aquellos ojos estrábicos la desconcertaban. Se ajustó la capucha, como si aquel gesto la pudiera proteger del desconocido. Buscó a Hugo con la mirada, pero el muchacho estaba absorto y relajado gozando de aquella sabrosa comida, y parecía que tenía la mente lejos de allí. Intentó desviar la vista y no molestar a Hugo, quizá solo fuera una manía suya. Siempre pensado que todo el mundo desconfiaba de ella. Pero, por mucho que lo intentara, sus ojos volvían a aquel desconocido sin que los pudiera controlar y él seguía mirándola, ahora con la naranja en una mano y una navaja en la otra, a punto de mondarla. Juana se estremeció, le pareció ver en aquel gesto una expresión de malicia. Llegó a pensar que se estaba volviendo loca. La muchacha se concentró en la tarea de sacarle la piel a la naranja, aunque ella lo hizo con las manos, y en saborear aquella fruta que hacía tanto tiempo que no tenía ocasión de probar.

Después del almuerzo volvieron a coincidir con el hermano Tomás, y este insistió en que visitaran algunas dependencias anexas al monasterio. Hacía un tiempo soleado y podía ser un buen momento para pasear un poco e intentar despejar la cabeza, quizá de ese modo lograra relajarse un poco.

Durante el paseo por las orillas del Esla entre fresnos y álamos, los campos de cereales y las granjas, Hugo logró distraer a Juana con alguna caricia y algún beso furtivo, consiguiendo que dejara de pensar en aquella mirada estrábica que tanto la había perturbado. Regresaron al monasterio poco después de que sonara la campana avisando a vísperas.[26] Saludaron al hermano Tomás que aprovechó para conversar un poco con ellos.

—Espero que hayáis disfrutado del paseo de esta tarde. Este sin duda es un buen lugar para la meditación y la oración. No es de extrañar que sea uno de los monasterios cistercienses más antiguos de Castilla.

El portero presumía de aquel centro monacal como si de un hijo se tratara.

—... Pero no quiero distraeros más, pronto será la hora

26. Hora del oficio divino, situada hacia el anochecer.

de la cena y os espera un plato a cada uno en la mesa. Que tengáis buen provecho, jóvenes.

Entonces Juana empezó a temerse que quizá coincidiría de nuevo con el bizco en el refectorio y solo de pensarlo se le cerró la boca del estómago. Pero Hugo solo pensaba en comer y en retirarse a descansar.

Cuando entraron en la sala, la comida estaba servida como de costumbre y poco a poco iban llegando los comensales que aguardaban con más o menos impaciencia la señal para empezar a comer. Juana barrió con la mirada el refectorio, a un lado y al otro, pero no vio a aquel hombre por ninguna parte, y poco a poco se fue relajando. Centró sus sentidos en la sopa de ajo que tenía enfrente, procurando relajarse y dejar atrás todos los miedos que la torturaban. Pronto llegarían a Arintero y la pesadilla habría terminado.

Poco después de cenar, fueron a despedirse del hermano Tomás, ya que tenían intención de emprender la marcha tan pronto como saliera el sol. Y se fueron a descansar. Llevaban ya muchas horas despiertos y anhelaban el momento de poder tumbarse en una almohada a descansar.

En el centro de la hospedería había una luz que tintineaba, aunque aún reinaba cierta claridad, pero según les había explicado el hermano Tomás estaría encendida hasta la salida del sol. Juana y Hugo fueron de los primeros en acudir al dormitorio. Su cama estaba entre las últimas, y Juana repasó con la vista todos los lechos, esperando no encontrarse con aquella mirada estrábica.

—Te ocurre algo, Juana. Llevas todo el día muy extraña —le dijo Hugo.

—Estoy bien, no te preocupes.

Hugo no se quedó muy convencido, la conocía demasiado bien. Pero se sacaron las botas, se tendieron a descansar y el muchacho no tardó nada en quedarse dormido, pues había sido una jornada realmente larga. Juana, medio vestida, estuvo dando vueltas en la cama durante mucho rato, pendiente de cada ruido: unos pasos, una puerta, un gato... Finalmente cogió la biblia y se la puso cerca del pecho. Abrazada a aquel pequeño libro que le había regalado su madre, se sintió reconfortada. Rezó a la Virgen tal como le había dicho ella que también haría y le dedicó su último pensamiento: «No se preocupe, madre. Ya estoy de regreso. Bien pronto estaré en casa». Lo poco que durmió lo hizo entre pesadillas que la fueron despertando a lo largo de la noche, una y otra vez, entrecortándole el sueño.

38

Regreso a Benavente

De buena mañana emprendieron el regreso. Se levantaron a primera hora y prosiguieron el camino. Ya era por la tarde cuando llegaron a Benavente. Aquel territorio recogido entre los brazos del Esla y el Órbigo ya los había impresionado la primera vez, un año atrás. Juana detuvo la marcha, y mientras contemplaba la villa amurallada que tenía enfrente, pensó que en aquel momento empezaba a cerrar un círculo. En aquella tierra se había alistado a la mesnada; allí había entrado a formar parte de un campamento militar; cerca de aquellos ríos había dormido por primera vez en una tienda... El prado donde habían estado emplazadas las tropas reverdecía y se cubría de flores, en el ciclo interminable y maravilloso de la vida.

Entraron por el sur, por el arrabal de la Ventosa, después de cruzar el puente de piedra, y se dirigieron hacia la puerta del puente, una de las seis que daban entrada a la villa, además de algunos portillos. Y después de que el guardia les diera paso, se adentraron en las murallas por la calle Mayor. Recorrer los caminos con la armadura a cuestas era más seguro, pero sin duda alguna mucho más pesado. Juana llevaba rato con la sola idea en la cabeza de librarse de aquella rémora en cuanto pudiera. Volvió ligeramente la vista a la izquierda, hacia donde se alzaba imponente la fortaleza de Rodrigo Pimentel sobre la cima del montículo. La sólida muralla y el foso que la protegían le daban un aspecto claramente defensivo. Era cuadrada, y estaba flanqueada en sus cuatro ángulos por una robusta torre almenada.

—Sin duda es uno de los castillos más bellos del reino —dijo Juana mientras lo contemplaba.

Para ella, Benavente no era comparable con las ciudades castellanas de Medina del Campo, Valladolid o Salamanca, pero era una villa importante. Andaba tan ensimismada en sus pensamientos que ni se había dado cuenta de que se acercaban unas nubes preñadas de lluvia, mientras el sol se había ido escondiendo tras la fortaleza. De pronto empezaron a caer unas gotas de lluvia tan grandes que en un momento las calles empezaron a desprender un fuerte olor a tierra mojada y se convirtieron en un lodazal.

Todos los vecinos se habían resguardado en un cerrar y abrir de ojos, mientras ellos, empapados, buscaban alguna señal de vida. Entonces vieron a un chiquillo que pasaba corriendo con un perro. Alzando la voz para que lo oyera, Hugo le preguntó apresuradamente si les podía indicar una posada donde poder hospedarse. Por suerte, el muchacho fue rápido en orientarlos hacia la iglesia de Santa María del Azogue y les dijo que cerca encontrarían una, que había un cartel colgado en la entrada. Y el pequeño desapareció sin dejar rastro como si lo hubiera arrastrado la lluvia. No les costó dar con la posada. Se trataba de una construcción sencilla, de adobe y tapial,[27] con una techumbre de madera que sostenía el tejado.

Hugo bajó del caballo y llamó a la puerta. La buena mujer que abrió les dijo de corrido para que no perdieran más tiempo:

—Podéis dejar los caballos en la parte trasera de la casa, allí hay un espacio para los animales. También encontraréis comida para las bestias. Y no tardéis, que está cayendo una buena.

Cuando hubieron dejado los caballos, Hugo y Juana volvieron a la entrada de la posada, donde los aguardaba la mujer. Era joven y muy delgada, y en su rostro se podía leer que estaba colmada de preocupaciones.

—Subiendo las escaleras encontraréis la habitación, es la primera puerta.

—Muchas gracias —respondió Juana sin apartar los ojos de ella, intentando saber qué ocultaba bajo aquella máscara de pena.

—Allí podéis dejar las armaduras y secaros un poco, si lo deseáis os puedo dejar algo de ropa seca.

Agradecieron el trato amable que les dispensaba la mujer y aceptaron su ofrecimiento. Aquella acogida y el olor a limpio que se respiraba en aquella casa provocaron en Juana la

27. Pared construida con tierra apisonada.

sensación de que aquella posada era lo más parecido a sentirse en casa desde que partió de Arintero un año atrás. Y se dejó acariciar por aquel ambiente de agradable ternura. Antes de que subieran las escaleras, la posadera les hizo un nuevo ofrecimiento:

—Si deseáis que os prepare alguna cosa para comer, no tengo grandes manjares, pero un plato caliente os lo puedo servir.

Hugo y Juana se miraron sin dar crédito a la suerte que habían tenido.

—¡Sería perfecto! —dijo Juana.

En el tiempo que invirtieron en ir a la habitación, se quitarse la armadura y la ropa mojada y ponerse una vestimenta de varón que les entregó la mujer, la casa ya olía a comida. No tardaron en bajar. Cerca de la mesa había un pequeño hogar encendido.

La posadera los esperaba de pie ante el plato humeante que había sobre la mesa. Juana y ella se miraron a los ojos. Y los recién llegados se sentaron frente a una sopa caliente recién servida.

—No vayáis a quemaros —los alertó la mujer, que se quedó allí plantada observándolos.

Juana también la miraba, pensó que sería aproximadamente de su edad, quizá por eso y por su mirada limpia se decidió a entablar conversación con ella, cosa que no hacía nunca por precaución.

—Está muy buena la sopa.

—Muchas gracias.

—¿Es vuestra la posada? —preguntó Juana.

—Era de mi esposo, pero él murió hace unos meses.

—Lo siento —respondieron a la vez Hugo y Juana.

—¿Cómo os llamáis? —le preguntó Juana, que sin saber el motivo tenía una gran necesidad de poner nombre a aquella mirada.

—María. ¿Y vosotros?

—Hugo y... —Juana guardó silencio de golpe, y antes de que respondiera, lo hizo la otra.

—No hace falta que finjáis, enseguida me di cuenta de que erais una mujer.

Los dos se quedaron perplejos ante aquella respuesta. Y Juana pensó que no había tomado ninguna precaución con ella, sin capucha ni armadura, tan de cerca, hablándole abiertamente...

—Las mujeres andamos distinto, nos movemos de otra forma, miramos de otra manera... Quizá hayáis podido engañar a algunos hombres, o a muchos, si no habéis tenido demasiado trato con ellos, pero a una mujer es muy difícil que la podáis engañar.

María se sentó frente a ellos en la mesa y la miró a los ojos mientras esperaba la respuesta.

—Me llamo Juana.

—No padezcáis, no conozco el motivo por el que escondéis vuestra identidad, pero no entraré a juzgaros. Mi vida ya es suficientemente complicada, tengo un chiquillo pequeño que depende tan solo de mí —al pronunciar aquellas palabras los ojos se le humedecieron—. Es todo muy difícil, no tengo padres, debo criarlo sola. Por suerte he podido mantener la posada porque mi hijo aún es pequeño y yo soy su tutora y usufructuaria de la casa. La posada no es un trabajo fácil, a menudo tengo que ir sacándome de encima a los hombres, alguno me ha propuesto matrimonio, otros solo se acercan a mí para pasar el rato. No quiero a nadie a mi lado, y eso me ha comportado serios problemas en más de una ocasión, sería mucho más fácil si me volviera a casar, pero no quiero. Ya me casé una vez por obligación con alguien mucho mayor que yo, y lo único bueno que me trajo aquel matrimonio es mi hijo.

—Eres valiente, saldrás adelante —le dijo Hugo.

—Me aterra la idea de ponerme enferma o de morir yo también. ¿Qué pasará con mi pequeño si yo falto?

—No pienses en ello —le dijo Juana.

—Debo pensarlo, solo me tiene a mí.

—Eres joven... —dijo Juana.

—Mi esposo no era viejo y enfermó y murió en muy pocos días. Estoy ahorrando cuanto puedo por si algún día tengo que dejarlo en un monasterio o en un hospicio.

—Ya verás como esto no ocurrirá —le dijo Juana, intentando animarla.

—No sé por qué os he explicado todo esto, nunca antes me había sincerado de este modo con nadie.

Entonces Juana sintió que se lo debía, que María se había

ganado su sinceridad, y le explicó quién era en realidad y por qué se ocultaba detrás de aquellas ropas de varón. Juana se adentró en su historia repasándola detalladamente, como si se tratara de un rosario, reviviendo cada uno de sus pasajes a lo largo de aquel tiempo. A ella misma le resultó sorprendente darse cuenta de que lo que habían significado para ella las experiencias vividas no guardaba relación con el tiempo que había trascurrido desde su partida. Cada una de las cicatrices que había acumulado en el alma había dejado un rastro en ella que ya no desaparecería; por tiempo que viviera, ya nunca volvería a ser la misma.

Aquella no fue una noche para la pasión, Juana solo necesitaba que la abrazaran y la arroparan, como hacía su madre cuando era una niña. Hugo se pasó la noche abrazándola y susurrándole al oído palabras dulces, en un intento de apartar todos los fantasmas que la acechaban y no la dejaban dormir.

39

Toral de los Guzmanes

Por la mañana se despidió de María con un emotivo abrazo, como si realmente se conocieran de hacía mucho tiempo, con la melancolía de saber que no volverían a verse nunca más, y de que, a pesar de haber compartido tan poco tiempo, se sentía más unida a ella que a muchas de las personas que conocía desde la infancia. No había palabras que pudieran llenar aquella pena, aquel sentimiento lúgubre de abandono que la invadía. Se fueron separando poco a poco, primero sus cuerpos, luego sus brazos, después las yemas de sus dedos, hasta que sus miradas ya no se alcanzaron y pasaron a ser doloroso pasado para el resto de sus días.

Juana continuó el camino en silencio, refugiada en su armadura como un caracol en su concha. Sumida en la tristeza de saber que se estaba dirigiendo hacia un pasado que ya no existía, convencida, después de tan largo viaje y de tanto sufrimiento, de que no podemos regresar a un tiempo que ya pasó. Ensimismada en el pensamiento de saber que añoraba un momento que ya no volvería, y que se dirigía a un futuro desconocido.

—Juana, apenas queda nada para llegar. Hoy haremos noche en Toral de los Guzmanes, tal como habíamos planeado, y quizá tengamos suerte y don Ramiro Núñez de Guzmán se encuentre en su casa-fuerte.

Juana siguió cabalgando sin pronunciar palabra. Había soñado tanto con el regreso a casa que ahora, de repente, la embargaba la emoción sin saber bien el motivo. Durante la ruta de aquel día habían coincidido con algunos viajeros, pero intercambiaron con ellos un parco saludo, no tenían ganas, ni querían dedicarle más tiempo a nadie.

Hugo respetó su silencio, consciente de que, aunque los dos habían partido juntos de Arintero, habían compartido estancia con la mesnada y habían guerreado codo con codo, cada cual había vivido todo aquel tiempo de distinta forma. Él no se había sentido exiliado de su persona durante más de un año, no había tenido que esconderse de ser quien era, ni había vivido el horror de un intento de violación del que se había librado con un asesinato... Aunque habían convivido todo aquel tiempo, no habían vivido la misma guerra y por eso, la melancolía que comportaba el acto de deshacer el camino tampoco era la misma. Aunque él también ansiara llegar a Arintero y abrazar a su señor.

La villa de Toral se encontraba en la fértil vega del río Esla. Ya era primavera, y el paisaje lucía verdor y vida. Hacía ya muchos años que Juana había estado allí, en una ocasión, en compañía de su padre, pero apenas recordaba aquel lugar.

De lejos distinguieron la que sin duda tenía que ser la casa de su señor. Se trataba de un sólido fortín en medio de la llanura. El palacio de don Ramiro estaba circundado por un foso que le daba un aspecto inexpugnable. Juana y Hugo detuvieron los caballos y se quedaron observando la construcción. Tenía cuatro torreones, en cada esquina del cuadrado que formaba el recinto.

—Parece un gigante de barro —dijo Juana.

—Eso es porque la mayor parte de la construcción es de tapial —contestó Hugo.

Continuaron avanzando lentamente hasta la entrada principal con la esperanza de que su señor se encontrara en la casa-fuerte que era de su propiedad y visitaba de vez en cuando. Don Ramiro Núñez de Guzmán era leonés y vivía en la ciudad, pero por herencia familiar también era señor de las villas de Toral, Vegas del Condado y Aviados, y de los condados de Porma y Valdoré. Quería darle la noticia ella misma. Se quitó el casco y se hizo anunciar por el criado que encontraron en la entrada como la hija de su vasallo, el conde García de Arintero. El criado se la tuvo que mirar dos veces, pensando que no la había entendido bien.

—Sí, sí, lo ha comprendido bien, soy la hija del conde García de Arintero.

—Aguarde un momento, por favor.

El criado desapareció de su vista dejándolos en la puerta, pero en un santiamén ya volvía a estar ante ellos.

—Mi señora dice que os haga pasar.

Hugo y Juana lo siguieron. Tras la entrada había un pajar

y las cuadras, y allí otro miembro del servicio les recogió los animales mientras ellos continuaban hasta un patio central columnado que daba un aspecto majestuoso al palacio.

—¡Bienvenidos a nuestra casa!

Juana alzó la vista y pudo observar que aquella voz femenina que se acababa de dirigir a ellos procedía de una segunda galería de madera situada sobre el patio. Poco después la mujer ya había bajado las escaleras.

—Permitid que me presente, soy María Juana de Quiñones, esposa de don Rodrigo Núñez de Guzmán. El criado os ha anunciado como la hija del conde de Arintero. ¿Lo he comprendido bien? —dijo la mujer, observándola con una mirada fría de arriba abajo sin dejar entrever ninguno de sus pensamientos.

—Sí, señora, lo habéis entendido bien —respondió Juana tímidamente—. Y este es mi escudero, Hugo.

—Mi marido, don Rodrigo, no se encuentra en este momento aquí. Espero su llegada para la cena, si no hay ningún contratiempo. Pero yo misma puedo atenderos si tenéis algún menester —la señora de Toral pronunció aquellas palabras como una auténtica declaración de intenciones, dejando claro que, en ausencia de su esposo, ella era la señora de la casa y quien estaba al cargo de la administración de la misma y del mandato de sus vasallos.

A Juana le sorprendió la determinación de aquella mujer y al acto le vino a la cabeza la reina doña Isabel, quizá las mujeres de la nobleza ejercían un papel distinto del que había conocido ella en su casa con su madre y sus hermanas, siempre a la sombra de su padre.

—Señora, vengo a presentaros mis respetos —Juana bajó la cabeza ante ella como muestra de obediencia.

Hugo aguardaba a una cierta distancia. Doña María Juana de Quiñones era algo mayor que Juana, vestía un traje elegante y hablaba con autoridad sin apartar los ojos de ella.

—No recuerdo haberos visto nunca antes. Vos diréis a qué debemos vuestra visita. ¿No se encuentra bien de salud vuestro padre? ¿Y cómo es que venís vestida de este modo?

Juana estaba nerviosa, por un momento pensó que le resultaba más cómodo el campo de batalla que aquella situación. Pero sin pensarlo mucho, empezó a relatar cómo habían acontecido los hechos desde que a principios del año anterior decidió partir a la guerra convertida en Diego Oliveros, por el deber que obligaba a su familia y por lealtad a los reyes Isabel y Fernando. La señora del Toral la escuchaba casi sin respirar, sin apartar las pupilas de Juana, totalmente abducida por la narración de los hechos.

En aquel momento, doña María se dio cuenta que, para su sorpresa, ni tan solo había invitado a los recién llegados a entrar en alguna de los aposentos y sentarse.

—Disculpad que no os haya acogido en una de las salas, acompañadme por favor —dijo la señora del Toral, abriendo camino hasta una de las dependencias y extendiendo la mano para señalarles dónde podían sentarse.

—Muchas gracias, señora —dijo Juana.

—Muchas gracias —repitió Hugo.

—Vuestro amado padre debe de estar orgulloso de vos. Habéis defendido su nombre mejor que muchos varones. Nunca he estado en la guerra, pero en más de una ocasión he tenido que ponerme al frente de este palacio para defenderlo y sé bien lo que significa ser una mujer en estos casos.

La señora del Toral insistió en que aquella noche se quedaran en el palacio y que cenaran con ella y su esposo, y así podría explicarle los hechos ella misma en primera persona y acabar de descubrir los pormenores de cómo se habían desarrollado las batallas, ya que don Rodrigo no había participado en todas ellas.

—Me alegro de que el rey don Fernando haya sabido valorar vuestra gallardía y os haya premiado con una carta de privilegios, os la habéis bien ganado. Pero si me permitís un consejo...

—¡Por supuesto, señora! —dijo Juana.

—Creo que lo mejor sería que nuestro secretario os hiciera una copia del pergamino. Esta noche podéis descansar en nuestra casa y mañana lo tendréis listo. Convendréis conmigo en que se trata de un documento muy relevante, por lo que se hace imprescindible que dispongáis al menos de una copia.

Doña María mandó a sus criados que prepararan cena para homenajear a sus invitados como merecían y entretanto o dispuso que les acomodaran en unas habitaciones para poder lavarse y arreglarse un poco.

Para la sorpresa de Juana los criados habían reservado una habitación destinada a ella y otra para su escudero, tal como les había ordenado su señora. Ella no se atrevió a rectificarla, haciéndole saber que no eran necesarios tanto miramientos, pues aunque llevasen tanto tiempo compartiendo cama, concluyó que aquel hecho formaba parte de su vuelta a la realidad, y puesto que habría de asumir de nuevo el papel que le correspondía como dama, era importante cuidar su honorabilidad.

Juana se quedó en la habitación después de dirigirle una mirada picara a Hugo mientras la criada le indicaba a él que la siguiera hasta la estancia que le habían asignado.

—Nos vemos en la cena, Hugo —dijo Juana.

Él se limitó a devolverle una mirada furtiva, como la que un lobo dedicaría a una liebre después de que esta se le acaba de escurrir de entre las garras, totalmente encendido de pasión.

La habitación de Hugo no estaba muy apartada de la de ella, así que, antes de perderse dentro de su madriguera, volvió a mirarla desde el pasillo, devorándola a distancia. Juana se sintió abrasada por el deseo, pero al mismo tiempo vivía el hecho de que los hubieran separado de habitación después de tanto tiempo, como un juego amoroso que avivaba aún más su pasión.

Juana dio una ojeada rápida a la habitación. A través del cristal de la ventana entraban las últimas luces del día, pronto habría oscurecido. Encima de una caja alta había un candelero de bronce encendido, y el olor a cera y a ropa limpia la hicieron sentir como en casa. Justo al lado, en la misma caja había un espejo, un peine, una vasija y una toalla. Juana se emocionó solo de pensar en la de tiempo que llevaba sin utilizar ninguno de aquellos utensilios. Unos suaves golpes en la puerta la hicieron volver al presente. Cuando abrió, tras la puerta se encontraba doña María.

—Espero que estéis cómoda en esta habitación, es la más noble que os podemos ofrecer. Como seguramente habréis visto, en ella encontraréis lo necesario para asearos, y en una de las cajas hay ropa de mujer a fin de que podáis cambiaros para la cena, si lo deseáis.

—Muchas gracias, señora.

Juana estaba absolutamente aturdida, no fue capaz de responderle nada más a doña María, aunque de todos modos tampoco hizo falta, porque su señora, en cuanto le hubo dicho lo que tenía que decirle, se marchó sin más, despidiéndose con un simple:

—Nos vemos en la cena.

Después de tanto tiempo, todos aquellos pequeños lujos le resultaban apabullantes y no sabía ni cómo reaccionar, era como si los descubriera por primera vez. Abrió la caja de madera que contenía los vestidos y volvió a emocionarse solo contemplándolos. La cerró al instante y se sentó en la ancha cama. La sola idea de volver a vestirse de mujer le producía vértigo. No sabía qué debía hacer. Bajó la mirada, aún llevaba puesto el arnés, aquel escudo que la había protegido durante todo aquel tiempo, marcando distancia entre ella y el mundo. Se sentía terriblemente confundida, como si tuviera que andar por una cuerda floja de una montaña a otra por encima de un enorme precipicio. Estuvo allí sentada durante rato, esperando a que la efervescencia de sus pensamientos se fuera relajando y estos se aquietaran como los sedimentos que transportaba su añorado Villarías, el riachuelo que bañaba la tierra de su amado Arintero.

Finalmente tomó una decisión, en algún momento había de enfrentarse a la nueva realidad, y cuanto antes lo hiciera, mejor. Además, todos aquellos complementos podían hacer mucho más interesante el juego de flirteo que se traía con Hugo. Y a todo ello había que sumar el tema de la sorpresa. «¿Cómo reaccionaría Hugo?». Tenía ganas de sorprenderlo y de estar mucho más atractiva ante sus ojos de lo que la había visto nunca.

Se despojó de la armadura y de sus vestimentas de varón lentamente como si hubiera entrado en una metamorfosis y la crisálida que había sido hasta entonces se fuera despojando con gran dificultad de su antigua vida para entrar en una nueva. Desnuda frente al pequeño espejo, contemplaba aquel cuerpo que le resultaba desconocido. No reconocía sus propios pechos, siempre vendados, y se pasó las yemas de los dedos por los senos como si con aquella caricia pretendiera comprobar que eran suyos. Estaba mucho más delgada y fuerte que antes de partir. Llevaba mucho tiempo sin menstruar, había oído que les sucedía muchas mujeres cuando estaban mal alimentadas y en situaciones de mucha tensión, lo cual le facilitó mucho las cosas en el campamento. Notó su sexo humedecido, y al pasar sus dedos por encima, se dio cuenta de que sangraba. Hasta entonces no había necesitado los trapos que le había preparado su madre y que la habían acompañado durante todo el viaje.

Se lavó todo el cuerpo concienzudamente con aquella agua que olía a rosas y la toalla, intentando borrar los malos recuerdos que se habían colado por todos los pliegues de su piel. Dedicó, un buen rato al pelo, y aunque aún estaba muy corto, después de mucho esmero sus sensuales mechones oscuros lucían más vistosos. Después se puso unas bragas y uno de los trapos para no mancharse. Encima se puso una camisa y estuvo dudando entre un vistoso brial o un gonete y una falda; al final se decidió por la segunda opción. No pretendía rivalizar con su señora y el brial le pareció excesivo. En el pelo se puso tan solo una diadema de flores, llevaba demasiado tiempo con la cabeza cubierta.

Cuando estuvo arreglada se sentó en una silla plegable frente al espejo y estuvo reconciliándose consigo misma durante unos cuantos minutos, hasta que decidió que era capaz de bajar a la sala noble. Se calzó unos chapines, y después de caminar unos pasos, decidió que aún no estaba preparada para lucir aquel calzado y se puso unas botas; por suerte la falda era lo suficientemente larga como para permitirle aquella pequeña licencia.

Juana se presentó en la sala donde los señores del Toral y Hugo ya la estaban aguardando. Entró terriblemente excitada, con el pulso acelerado, impaciente por lucir sus alas de mariposa recién estrenadas, y a la vez que muy nerviosa, pues dudando de si sus preciosos apéndices ya habrían adquirido la rigidez necesaria para volar o aún no estaban preparados.

Al verla, Hugo se quedó completamente fascinado, como si la hubiera vuelto a descubrir, como si de nuevo hubiera vuelto a enamorarse de ella. Juana lo miró y supo que estaba preparada para volar.

La mesa era un auténtico abanico de comida y decoración. Don Rodrigo se aproximó a ella y la saludó:

—Bienvenida a nuestra casa, doña Juana de Arintero, ahora ya puedo llamaros por vuestro nombre, ¿verdad? Me siento muy honrado de teneros hoy aquí.

—Muchas gracias, señor —dijo Juana un poco abrumada ante todas aquellas atenciones, moviendo la cabeza a modo de saludo, y a la vez como afirmación a la pregunta de don Rodrigo.

—Sabía de vos, Diego Oliveros, por algunos capitanes. Tenía conocimiento de que habíais venido a servirme en nombre del conde García de Arintero. En más de una ocasión oí hablar de vuestros actos heroicos. El destino hizo que no hayamos coincidido en el campo de batalla. Cada vez que os busqué se me habíais vuelto a escurrir de entre las manos. Finalmente, después de la batalla de Toro, muchos decían que habíais sido vos quien arrebatasteis con gran osadía y bravura la bandera al alférez enemigo, pero que desgraciadamente os habían dado muerte. Había llegado a creer que era cierto, que os habían abatido luchando con gran honor. Pero su majestad el rey me envió un mensaje que he recibido esta misma mañana en el que me explicaba los hechos que vos habéis relatado a mi esposa. Y no tengo palabras para agradeceros vuestra lealtad y servicio para con nosotros, con nuestros reyes y con la corona de Castilla. Es un auténtico honor teneros hoy en nuestra mesa comiendo. Doy gracias a Dios Padre por haber cuidado de vos y de vuestro escudero y que podáis regresar con todos los honores a vuestra casa en Arintero.

Juana estaba tan emocionada ante aquellas palabras que le había dedicado su señor, que se sentía gratamente superada por el momento. Pero buscaba de reojo la mirada de Hugo, sentía una necesidad irrefrenable de ver cómo la miraba.

—Podemos sentarnos a la mesa —dijo doña María.

Entonces don Rodrigo quiso que le detallara cómo habían acontecido los hechos desde el principio con todo detalle, ya que él había coincidido en alguna de las batallas con Diego Oliveros y su escudero, y en ningún momento habían llegado a presentarse.

La cena se alargó durante más de una hora, y poco a poco Juana fue ganando seguridad en el relato. Primero empezó a narrarlo un poco atropelladamente, pero poco a poco fue sintiéndose cómoda en su nueva piel de mariposa y fue dominando el ritmo como una experta *trobairitz*, modelando la cadencia de su historia y haciéndose dueña de la voluntad de quienes la escuchaban. Y como una auténtica poeta, los fue envolviendo con la atmosfera de la musicalidad de sus versos, a tal punto que los señores del Toral y Hugo quedaron absolutamente subyugados con su narración, de manera. Tan cómoda se sentía Juana en su papel de seductora, que no se limitó a hablar de los hechos vividos por ella en primera persona, sino que desgranó la desazón, la ansiedad, la felicidad, el dolor... que todas aquellas vicisitudes le provocaron, acompañando el relato con el adecuado movimiento de sus manos, el juego de su mirada y el tono de su voz.

Don Ramiro escuchaba fascinado a aquella muchacha de cuerpo menudo y belleza singular, con la sensación de que la guerra que ella había vivido era una guerra distinta de la que había vivido él.

Al terminar la cena, anfitriones e invitados se felicitaron mutuamente por la agradable velada compartida y se despidieron para ir a descansar. Juana y Hugo se dirigieron a sus habitaciones, que estaban bien próximas la una de la otra. Se detuvieron frente a la de Juana y ella, después de haber experimentado el poder de la seducción durante toda la velada, continuó jugando a ese juego con el que había descubierto que se sentía tan cómoda.

—Muy buenas noches, escudero —le dijo a Hugo acercándose lentamente hasta estar tan cerca de él que entre ellos no pasaba ni el aire.

Hugo, que se sentía absolutamente abrasado, se acercó

un poco más a ella, hasta que sus labios se rozaron. Entonces Juana retrocedió levemente hasta que apenas los separaba un suspiro, en una autentica danza de sensualidad. Y a continuación él volvió a ganar el terreno perdido, pero esta vez ella no se movió. Estuvieron unos minutos rozando sus labios, sin llegar a besarse, respirándose, oliéndose y sintiendo cómo sus cuerpos eran auténtico fuego. Entonces Juana desplegó levemente los labios, en un movimiento que de tan suave era prácticamente imperceptible, pero que Hugo captó al instante como una invitación a seguir avanzando, y la besó con un beso lento, armonioso como la brisa cuando acaricia las flores. Ella correspondió a su beso mirándolo directamente a los ojos, con esa mirada que solo tiene una persona enamorada cuando ve a su amado como no lo sabe ver nadie más. Estuvieron largo rato absortos en una danza que se reducía a ellos dos y a la leve capa de aire que los rodeaba.

—Descansa, amor mío, mañana tenemos que continuar el viaje.

De esta forma Juana se despidió en la puerta de su amado, en la noche más excitante que había vivido hasta entonces. Sin haber pasado de los besos, los susurros y las caricias, con el cuerpo encendido como una brasa.

40

León

Cuando Juana se despertó, lo primero que vieron sus ojos fue el dosel que tenía encima. Hacía mucho que no dormía en una cama tan cómoda y limpia como aquella. Hubiera sido especial compartirla con Hugo, pero tenía claro que volver a su papel de Juana García exigía ciertas reglas. Debía cuidar las formas ante sus señores, y más aún, después de que la trataran como si fuera de su mismo rango.

Aquella mañana Juana se vistió de nuevo con sus ropas de varón, aunque ya limpias, a pesar de que su señora le había ofrecido la posibilidad de regalarle alguna de sus prendas por si quería continuar el viaje vestida de mujer. Pero después de valorarlo durante un rato, llegó a la conclusión de que había empezado aquella aventura vestida de Diego Oliveros y así debía terminarla. Además, estaba convencida de que sería más seguro.

Partieron de la casa de Ramiro Núñez de Guzmán habiendo conquistado su admiración y con una copia del documento de los privilegios, además de otro documento que les franquearía entrada para ser bien acogidos la siguiente noche en una de sus casas de León.

Emprendieron el camino después de que don Ramiro les hiciera preparar algo de comida para el viaje y de darle muchos recuerdos para su padre.

Se entretuvieron más de la cuenta en despedidas y parlamentos, y cuando se marcharon de Toral de los Guzmanes ya era cerca del mediodía. El trayecto fue frío, pues el día estaba nublado y ventoso, y se echaba en falta el sol. Llegaron a León cuando ya había anochecido, y como la primera vez, se dirigieron a la ciudad por el arrabal meridional, el de Santa Ana y entraron por la puerta Moneda. Los guardias empezaron a buscar mil y un impedimentos para su entrada en la ciudad, pues, a aquellas horas no era tan fácil cruzar las murallas. Hasta que finalmente hicieron uso del documento que les había firmado don Rodrigo y que no pensaban que iban a necesitar. A partir de entonces todo fueron facilidades: aquella era la ciudad de los Guzmán y los Quiñones, y lo que ellos dispusieran era ley.

Hugo conocía bien la ciudad, estaban a solo ocho leguas y media de Arintero. Tanto a Hugo como a Juana les hubiera gustado buscar una posada donde poder retozar tranquilos, pero comprendieron, muy a su pesar, que no podían rechazar el ofrecimiento de su señor de acogerlos en una de sus casas. Buscaron la dirección, según les había indicado don Ramiro, y llamaron a la puerta. El criado que los atendió, al leer la carta de recomendación que había escrito su señor para que fueran atendidos como si se tratara de alguien de su familia, los acogió con todos los honores, dejó los animales en manos de otro de los sirvientes, y los condujo hasta dos de las habitaciones más lujosas de la casa, que estaban pared con pared. Juana entró en la habitación, dio una ojeada y volvió a salir al pasillo, donde la aguardaban Hugo y el criado.

—Mientras se instalan con tranquilidad, bajaré a disponer que les prepararen la cena. Si necesitan alguna cosa solo tienen que avisarme.

—Nos vemos —le dijo Juana con una mirada picara.

Pero tan pronto como Juana y Hugo cerraron la puerta de sus habitaciones, el muchacho se dio cuenta de que entre las dos estancias había una puerta interior que las comunicaba. Y se sintió el hombre más dichoso del mundo. Sin esperar, dio un par de golpes con los nudillos, imperceptibles para alguien que no los hubiera estado esperando. Y la puerta se abrió con suavidad invitándolo a entrar.

Juana lo aguardaba de pie con el corazón alborotado, como si fuera su primer encuentro. Hugo no dijo nada. Avanzó hasta ella, la besó apasionadamente y la cogió de la mano para conducirla hasta el lecho, pero ella lo detuvo susurrándole las siguientes palabras:

—No es buena cosa comer los dulces antes de la cena —mientras mientras le lanzaba una mirada de encendida pasión.

En el palacio de Toral de los Guzmanes había empezado su transformación de crisálida a mariposa y aquel cambio ya no tenía vuelta atrás, y aunque por razones de seguridad se hubiera tenido que vestir de nuevo con ropa de varón, su esencia ya había cambiado para siempre. Hugo la tenía abrazada por la cintura y le devolvió una sonrisa de complicidad, pues él también disfrutaba de aquel juego amoroso en el que se habían iniciado. Los dos tenían claro que la sensualidad y el deseo contenido no hacían más que aumentar la pasión que los devoraba.

—Estaré esperando con ansia que llegue el momento de probar tan excelentes dulces.

Y después de pronunciar aquellas palabras, Hugo la volvió a besar, pero esta vez con gran delicadeza, y se retiró a su habitación, ansioso y excitado, esperando que llegara el momento de rendirse a la pasión.

La mesa estaba servida para ellos dos, pero había tal cantidad de comida que cualquiera hubiera pensado que esperaban muchos más invitados. Hugo aguardaba impaciente a Juana desde hacía rato, de pie en la sala, mientras se le hacía la boca agua observando tan deliciosos manjares. No muy lejos de él también esperaban dos criados, uno de ellos sosteniendo el aguamanil.

Juana entró en la sala sorprendiendo a los que allí se encontraban, vestida con ropa de mujer que había encontrado en la alcoba. Don Ramiro había sido muy claro en sus indicaciones: «Mientras os alojéis en mi casa, servíos de cuanto necesitéis como si estuvierais en vuestra propia casa». Y lo que más necesitaba aquella noche era sentirse una mujer.

—Señora —dijo uno de los criados indicándole con la mano la silla que le había sido reservada.

Juana se dirigió hacia su asiento con la espalda erguida, y tras lanzarle una mirada insinuante a Hugo, le dirigió las siguientes palabras:

—Hugo, veo que ya estáis preparado para tan apetecible cena.

—¡A la mesa llaman, santa palabra!

El criado acercó el aguamanil primero a Juana para que se lavara las manos y luego a Hugo, tras lo cual ambos sirvientes se retiraron, quedándose de pie a un lado para lo que pudieran necesitar. La mesa era un auténtico escaparate de carne de pollo y cerdo, cocinados con hortalizas. Había también buenos panes y fruta. Los criados se acercaron para servir el vino.

—¿Queréis vino señora?

—Sí, es suficiente, gracias —dijo Juana—. Ya sabéis lo que dicen: a mucho vino poco tino. Y esbozó una sonrisa pensando en su incidente en la anterior visita a la ciudad.

Hugo supo captar la indirecta y también sonrió recordando aquella primera noche en León.

Juana empezó a comer guardando la compostura y los buenos modales, como le había enseñado su madre. Ahora que estaba tan cerca de casa, sus frases resonaban aún con más fuerza en su cabeza —«no apoyes los codos en la mesa», «coge los alimentos tan solo con tres dedos, así el pedazo que coges es menor», «quien tiene templanza con la comida y la bebida también la tiene en otros ámbitos de la vida»—...

Fue una cena tranquila, en la que ambos se degustaron con la mirada, más que emplear muchas palabras. Los dos sabían bien qué pensaban y qué querían, y se recreaban en la espera del deseo, que es uno de los mayores placeres de la vida, porque a menudo está por encima de lo que después acontece realmente.

Cuando terminaron de cenar se dirigieron a los aposentos que les habían reservado y se despidieron con un rosario de besos frente en la puerta de la estancia de Juana, como habían hecho el día antes. Hugo se moría de impaciencia por desabrochar la cordonera de su brial,[28] pero a la vez no quería hacer nada que pudiera estropear la magia de aquel momento. Juana, por su parte, estaba esperando que él tomara la iniciativa y entrara en su habitación.

En aquel momento uno de los criados pasó con una vela por el final del pasillo.

—Que tengan muy buenas noches, señores.

—Muy buenas noches —respondieron los dos.

—Será mejor que nos retiremos a nuestras habitaciones —dijo Juana.

Hugo, como un chiquillo a quien le retiran una golosina, la besó una última vez y la dejó marchar. Juana desapareció lentamente tras la puerta, esperando que Hugo la retuviera, pero eso no sucedió.

Una vez dentro de la habitación, Juana se acercó a la puerta que separaba las dos estancias y se quedó detrás esperando, sin saber que Hugo estaba al otro lado, indeciso. En-

---

28. Vestido semiinterior que llevaban las mujeres entre la camisa y la ropa exterior.

tonces, él tuvo la sensación de haberla oído tras la puerta y sin pensarlo dio un pequeño golpe, por ver si ella respondía. Y Juana respondió al momento, dando otro leve golpe con los nudillos de la mano derecha. Entonces Hugo estuvo seguro de que ella estaba aguardándolo tras aquella madera y abrió suavemente la puerta que los distanciaba para no asustarla ni hacer ruido.

La besó apasionadamente rodeándola con sus brazos y empezó a sacarle la ropa con la máxima delicadeza, mientras ella lo iba desvistiendo a él también.

Se amaron entre sabanas perfumadas, en una cama ancha y cómoda, entre cojines, acompañados por la luz de la luna que les daba su bendición desde la ventana, mostrándoles sus cuerpos jóvenes que se buscaban una y otra vez, sin saciarse de caricias y de besos. Hugo recorrió su cuerpo desde su boca hasta los pies, cubriéndolo de delicados besos y de excitantes caricias. Mientras hacían el amor, le iba repitiendo una y mil veces entre susurros: «Te amo, te amo, te amo...». Extasiados de placer se durmieron uno en brazos del otro, después que Juana le dijera:

—Te amo más que a mi vida.

SEXTA PARTE

41

La Cándana

Partieron por la mañana, cuando ya hacía rato que había despuntado el alba. A pesar de que las ganas de llegar a casa eran muchas, aquella noche habían descansado poco y les costó despegarse las sábanas. Juana guardó con esmero el vestido de mujer que había utilizado aquella noche y volvió a ponerse la ropa de Diego Oliveros que la había acompañado durante el último año, pues algo le decía que debía volver de la misma forma que se marchó.

Entrar en el valle del río Curueño fue como regresar al vientre materno, como adentrarse en lo más íntimo para renacer. El útero la aguardaba para dispensarle con calidez todas las atenciones que pudiera necesitar. Con la llegada de la primavera un fino césped salpicado de las más vistosas y variadas flores silvestres alfombraba los prados. Los cerezos, melocotoneros y guindos se preparaban para florecer y los chopos de la vera de los caminos se vestían de gala, orgullosos.

Faltaba apenas una legua cuando se detuvieron cerca de una fuente a fin de reunir las fuerzas necesarias para encarar el último tramo del viaje. Juana y Hugo bajaron de sus cabalgaduras y se aproximaron al pilón[29] para tomarse un respiro, tanto ellos como sus corceles. La muchacha dejó vagar su pensamiento mientras comía un poco de pan y un pedazo de cecina y miraba las vacas que pastaban cerca.

—Tengo ganas de llegar a casa y volver a ser Juana García, pero al mismo tiempo me resulta doloroso pensar que para nosotros va a suponer una separación.

—Será por poco tiempo, Juana, porque una de las primeras cosas que haré cuando vea a tu padre será pedirte en matrimonio, y estoy seguro de que él aceptará.

—Últimamente hay un sueño que se repite en mis noches de manera recurrente. Sueño que me voy acercando a mi destino, pero nunca puedo llegar a alcanzarlo. Intento correr y mis piernas no responden a mi voluntad, vivo el dolor y la desesperación de ver a mi familia que me aguarda, pero por más que lo intento mis piernas son de piedra y no se mueven. Me despierto sudada, con una angustia que no me deja ni respirar y permanezco un rato sentada en la cama, de convenciéndome de que todo era un sueño que nada de aquello era real. Y finalmente consigo dormirme otra vez, pero llega otra noche y vuelve el mismo sueño.

—No sufras, Juana, pronto todo habrá terminado, po-

29. Cavidad de piedra construida en las fuentes para que sirva de abrevadero, de lavadero o para otros usos.

drás abrazar a los tuyos y volverás a sentirte libre como esta águila que nos sobrevuela.

Poco después volvieron a montar en los caballos, no sin que antes ella hubiera acariciado a Sultán y le hubiera susurrado al oído «ya casi estamos en casa». Habían previsto pasar la última noche en La Cándana. En aquella aldea de tierra roja, donde crecían viñas de vino amargo y espigas de cereales para amasar buen pan, vivían unos tíos y unas primas de Juana.

La tía de Juana estaba en el corral recogiendo los huevos de las gallinas cuando vio llegar dos caballos. Salió fuera haciendo visera con la mano para intentar distinguir de quien se trataba. De buenas a primeras no los reconoció. Hasta que la muchacha saltó de la silla del caballo y corrió a abrazarla. La pilló tan por sorpresa que la pobre mujer estuvo a punto de que le diera un pasmo. Hasta que Juana se quitó el casco y su tía la reconoció y dejó escapar un grito:

—¿Dios bendito, de dónde apareces tu vestida con estos ropajes, hija mía?

—Es una historia un poco larga, tía.

—¿Y quién te acompaña? ¿No es Hugo?

—Sí, señora, soy Hugo.

—No os quedéis aquí, por favor, dejad los caballos en la cuadra y entrad en la casa.

En la cuadra encontraron al tío de Juana, que se quedó tan asombrado como su esposa. Pero después de aquella primera reacción no tardó en darles la más cálida bienvenida. El hombre daba tales voces, que sus dos hijas acudieron enseguida a ver qué sucedía.

En un instante pasaron de la sorpresa inicial a sentarse alrededor de una mesa para escuchar lo que Juana les tuviera que explicar. Se llevaron una gran alegría al verla, hacía mucho que no sabían nada de ella; de hecho, ni tan solo sabían que había estado en la guerra.

—Comprendo que todo cuanto veis os resulte extraño e inconcebible. De hecho, hay momentos en que incluso a mí me resulta tan sorprendente que tengo que pararme a pensar si no lo he soñado.

—No te demores más chiquilla, que nos tienes en vilo —le dijo su tía.

Juana empezó a relatar toda la historia desde el principio, cuando su padre parecía haberse vuelto loco y no hacía más que beber todo el día, ofuscado con la idea de que por primera vez en siglos ningún señor de Arintero acudiría a la llamada de la Corte, porque él ya no estaba en condiciones de retornar a la vida castrense. Sentía que al no poder enviar a ningún hijo varón a defender el nombre de su familia, su honor quedaría mancillado, y estaba convencido de que su linaje perdería poder y el señor de Aviados ya no tendría la misma deferencia con él. Le resultaba humillante que los vástagos de otros hidalgos se prepararan para la marcha y que incluso algunos vecinos se dispusieran a unirse al ejército como peones.

—Yo insistí que dejara que fuera yo a defender el honor

de nuestra familia. Él estaba aturdido, confuso. Hugo, que es su más leal servidor, también le pidió que lo dejara ir a él en su nombre. Finalmente me propuso un trato: si quería ir a la guerra debía superar un duro entrenamiento. Y yo acepté el reto.

Les explicó con todo detalle cómo habían acontecido aquellas difíciles semanas de preparación y cuál había sido la decisión final del conde.

—Para sorpresa de los dos —ya sabéis como es mi padre, nunca deja un cabo suelto— accedió a que yo fuera a la guerra dando cumplimiento a su promesa, pero no como su hijo, ya que me podrían descubrir si coincidía con algún conocido, y entonces aun resultaría más humillante, sino como uno de sus vasallos, el caballero Diego Oliveros de Arintero. Y puso la condición de que Hugo partiera conmigo como mi escudero.

Les contó cómo al principio aquella decisión no satisfacía a ninguno de los dos, pero que no tardaron en darse cuenta que había sido el acierto.

—Dios mío, no quiero ni pensar en todo lo que has tenido que vivir, hija mía —dijo su tía, haciéndose la señal de la cruz en el rostro.

—Ha sido, sin ninguna duda, un año muy duro, he visto y he sufrido muchas cosas que no voy a poder olvidar por mucho que viva.

—No alcanzo a comprender cómo tu padre dejó que partieras a la guerra, sin duda siempre ha sido un hombre extravagante y orgulloso, pero si una de mis hijas pretendiera tal disparate la ataría a la mesa, antes que dejarla marchar...

Juana sabía que su tío no había pronunciado aquellas palabras al tuntún, pues para la mayoría de los padres aquella hubiera sido la reacción más normal. Se quedó en silencio, mientras su tío seguía hablando, escandalizado por una decisión que él consideraba una auténtica locura. Y en aquel momento a ella le vino a la cabeza una reflexión que no se había hecho hasta entonces, y se quedó sumida en sus pensamientos. En realidad, su padre le había permitido que siguiera adelante con su voluntad a pesar de ser una mujer, cosa impensable en la mayoría de las familias. Había respetado su elección, había procurado que tuviera un buen entrenamiento y había puesto a su servicio al mejor acompañante. Y en aquel momento tuvo una visión completamente distinta de su padre respecto a la que había tenido los últimos meses.

—¿Te encuentras bien Juana? —le preguntó su tía al verla totalmente fuera de la realidad.

—Sí, sí.

Y comprendió que no valía la pena decirle a su tío que ir a la guerra había sido al mismo tiempo la experiencia más intensa que había vivido jamás, que la había ayudado comprender mucho mejor cómo era ella y cómo era el mundo. Y que a pesar del dolor acumulado no renegaba de su decisión.

—Imagino que estás muy cansada, te hemos bombardeado con a preguntas y ni tan solo has podido quitarte la armadura. Tus primas os acompañarán arriba. Tú puedes instalarte en una habitación con ellas y así quedará la otra libre para Hugo —dijo la tía—. Ve a ponerte cómoda y durante la cena ya tendremos tiempo de hablar.

Hugo y Juana dejaron sus armaduras en las habitaciones. Pero en esta ocasión Juana no quiso ponerse ninguno de los vestidos que le ofrecieron sus primas, que la miraban absolutamente pasmadas ante su negativa, como si no la conocieran. Cuando bajaron de las habitaciones vieron a unos vecinos cerca de la cuadra que se disponían a empezar una partida de bolos leoneses y se aproximaron hasta allí.

Los bolos de madera de chopo estaban dispuestos sobre una superficie cuadrada marcada en la arena y los dos jugadores aguardaban su turno para lanzar, el primero ya dispuesto desde la línea. Hugo, Juana y sus tíos y primas se quedaron a un lado como espectadores, a pesar de que los habían invitado a participar.

Todo se sucedió de forma muy rápida, la bola semiesférica salió proyectada de la mano del primer jugador, y antes de que pudieran reaccionar se vieron rodeados por una patrulla de jinetes que había llegado a galope, atizando los caballos. Los pillaron por sorpresa, ninguno de ellos iba armado. Y los asaltantes no parecían simples ladrones de camino, más bien sicarios enviados con una clara misión. Llevaban la cara cubierta y sabían muy bien a quién buscaban y qué buscaban.

Fueron directos a Juana, no era difícil de distinguir por sus vestimentas, y además llevaba la cabeza desubierta. Dos de ellos echaron pie a tierra y la sujetaron de malas maneras, preguntando por el pergamino real.

Sus familiares no daban crédito a lo que estaba sucediendo, no sabían ni a qué pergamino hacían referencia. Hubo gritos, forcejeos, amenazas...

—De buen grado o por la fuerza nos diréis dónde está la carta de los privilegios —dijo uno de los hombres que tenía cogida a Juana, acercándole una daga al cuello.

—Pues habrá de ser por la fuerza —respondió ella, que no se achicaba fácilmente después de todo lo que había vivido.

Los hechos acontecieron a tal velocidad que nadie tuvo tiempo de reaccionar. Los dos jugadores de bolos, a pesar de ser jóvenes, estaban desarmados y fueron los primeros a los que inmovilizaron. La tía y las primas tenían tanto miedo que parecían esculturas de piedra, absolutamente incapaces de mover un dedo al sentirse amenazadas por aquellos hombres armados. Su tío, que ya estaba mayor, cuando opuso la mínima resistencia, fue golpeado en la mejilla por uno de los maleantes con la empuñadura de la espada, con tal fuerza que le hizo saltar cuatro muelas envueltas en una espuma sangrienta. En medio de aquel desconcierto, Juana le asestó un certero codazo en la cara al que le tenía la daga puesta en el cuello y le nubló la vista al instante gracias a la fuerza del impacto. Con aquel brusco movimiento la muchacha consiguió deshacerse de los dos hombres que la tenían agarrada. Mientras uno estaba en el suelo recuperándose del golpe, el otro había sacado la espada para enfrentarse a ella. Por suerte, Juana siempre llevaba una daga en el cinto y la desenvainó, dispuesta a defenderse. Pero los atacantes eran más numerosos, y los habían pillado desprevenidos. Aunque Juana intentó resistirse, enseguida se dio cuenta que no tenían ninguna posibilidad de salir vencedores. Y cuando vio que uno de los hombres apuntaba a Hugo con una espada y su vida corría peligro, no tardó en decirles dónde podían encontrar lo que buscaban.

—No le hagáis nada a mi escudero. En el establo, en una de las alforjas de mi caballo encontraréis una bolsa de cuero, dentro está el pergamino del rey —dijo a gritos.

Entonces, uno de los asaltantes, que parecía ser quien los capitaneaba, se encaminó a la cuadra, mientras los demás los mantenían bien vigilados. Poco después, el sicario salía de la cuadra con el documento en la mano y, dirigiéndose a los dos hombres que retenían a Juana, la sentenciaba sin la menor misericordia:

—Hay que cumplir la misión ¡Terminad la faena!

Hugo trató de zafarse de sus captores, en un desesperado intento de evitar lo inevitable, pero fue inútil. Lo tenían agarrado entre dos, y uno de ellos le propinó una patada en la barriga que lo dejó doblado en el suelo. Juana, sobrepasada por la situación, gritó y forcejeó tratando de acercarse a él para ayudarlo y, justo entonces, sintió cómo el acero se adentraba en sus carnes y un líquido caliente empezaba a empapar sus ropas.

En aquel momento Juana se desvaneció y ya no pudo oír el ruido de los cascos alejándose tan rápido como habían llegado.

42

El vacío

A veces, cuando uno cree que está a punto de acariciar el cielo con las puntas de los dedos, no se da cuenta de que camina sobre un suelo de hielo. Y la fina capa que lo sostiene se quiebra en un respiro y nada importa ya, y la vida queda colgando de un instante. Todo cuanto habían soñado se borró de un soplo y, de repente, lo únicamente importante era que Juana siguiera con vida, y eso era algo que entonces parecía prácticamente imposible.

Hugo reaccionó rápidamente, si aquellos hombres habían sido contratados para eliminar a Juana, era necesario que creyeran que realmente lo habían conseguido. Llevaron a la muchacha en volandas hasta la casa sin perder un segundo. Los dos vecinos que habían vivido los hechos estaban tan acobardados que antes de que la familia quisiera pensar en ellos, ya habían desaparecido.

Con la complicidad de sus tíos, pusieron a Juana a buen recaudo en el piso de arriba de la casa, en el granero. Allí no tenía por qué subir nadie. Una vez estuvo tendida sobre unos sacos de cereales, su tía le pidió a Hugo que saliera de la estancia, y él se abstuvo de comentar que no había parte de su cuero que le fuera desconocida, pues quería preservar su honor. La tía le sacó el jubón y la camisa, completamente empandados de sangre. Mandó a sus hijas que le trajeran trapos limpios y una palangana con agua de rosas y aguardiente. Una vez limpia la herida y cortada la hemorragia, la mujer, con ayuda de sus hijas, acabó de limpiarla y le vendó la herida. Entonces le pusieron una camisa de lino limpia y le dieron permiso a Hugo para que volviera a entrar.

Juana seguía inconsciente entre gemidos de dolor, con un pie más cerca del más allá que de este mundo. Entonces también entró su tío, y entre todos decidieron que para proteger a Juana lo mejor sería hacer creer a todo el mundo que aquellos desconocidos habían conseguido su propósito, pues solo de ese modo podría estar a salvo. Pero, por desgracia, todos temían que aquella macabra noticia pudiera hacerse realidad en pocas horas. Y rezaban a Dios y a la Virgen para que obrara el milagro y salvara a Juana.

Pero para fingir la supuesta muerte, necesitaban un cadáver al que velar, y no tenían ninguno. De manera que mientras la tía y Hugo tenían buen cuidado de la muchacha, sus primas improvisaron una mortaja envolviendo unas piezas de vellón que simulaban la forma de la muchacha, para que todos los que desconocieran el contenido mortuorio no pudieran sospechar nada. Y su tío fue con el carro y la mula a comprar un ataúd a un carpintero, pues con los tiempos que corrían siempre tenía alguno de preparado.

Entretanto, subieron un colchón al granero, y con unas maderas improvisaron un camastro para que Juana estuviera lo más cómoda posible. Había perdido mucha sangre, la herida era muy profunda.

—La noticia se extenderá rápidamente, Arintero no está lejos de aquí, lo mejor es que vayas hasta allí y hables con sus padres —dijo la tía.

Hugo pensaba que no sería capaz, no se veía con fuerzas de separarse de Juana, quería estar a su lado las veinticuatro horas del día, todos sus minutos y segundos. Quería estar allí cuando abriera los ojos, no podía barajar ninguna otra posibilidad. «Juana no podía morir». De pronto, una pena profunda se apoderó de él. Sentía un abatimiento tan hondo que pensaba que no de podría cumplir con el encargo de aquella mujer.

—Es mejor que vayas tú, Hugo. Cuidaré de ella en todo momento como si de una de mis hijas se tratara —le dijo mirándolo a los ojos, pues comprendía el dolor del muchacho.

—Iré, no se preocupe, pero antes de partir, le pido que me deje unos minutos a solas con ella —dijo con los ojos empañados en lágrimas.

La mujer salió silenciosamente, respetando su deseo, consciente de la importancia del momento. Él, se aproximó a Juana, y de rodillas junto a su lecho la cogió de la mano y empezó a hablarle con tanta dulzura, como si sus palabras fueran una caricia:

—Juana, mi amor, no sé si podrás escuchar cuanto voy a decirte, necesito pensar que me puedes oír y que mis palabras te darán la fuerza necesaria para seguir luchando por la vida. Cuando creía que la amenaza de la guerra ya quedaba atrás, faltaba aún esta última y dura prueba, pero tú eres fuerte y estoy seguro que la superaras, como la superaste en Zamora. Debes seguir viviendo, porque la vida se me hace imposible sin ti, tanto que, si tú no respiras, yo estoy seguro de que también dejaré de hacerlo. Nada tiene sentido si me abandonas, yo moriré con todos nuestros sueños. No sé quién desea tu muerte, pero me he dado cuenta de que desafiar el orden establecido comporta un precio muy alto. Alguien ha querido sacarte del medio, no sabemos quién, si aquellos que te atacaron actuaban en nombre de la reina Isabel o de algún otro noble, corroído por la envidia. Sea quien sea, te quiere muerta porque te has entrometido en su camino. Debemos hacer que crean que lo han conseguido, si no queremos que lo vuelvan a intentar.

Tengo que partir durante unas horas, regresaré a Arintero solo, después de haber soñado tantas veces con este momento. La pesadilla que te tenía preocupada durante los últimos días se ha hecho realidad, y ahora que estás tan cerca no puedes terminar el viaje conmigo. Regresaré pronto con tus padres, y mientras tanto estarás en buenas manos, tu tía cuidará celosamente de ti.

No puedes morirte Juana, no puedes, porque si te mueres yo moriré de pena. Sé que puedes oírme y que no permitirás que esto suceda, no por ti, sino por mí, por nuestro amor. Dejaré la biblia que te dio tu madre cerca de ti para que te dé consuelo, estoy seguro de que te lo va a dar, como te lo ha dado tantas veces antes que hoy. No puedes morirte Juana, no puedes hacerme esto —sollozaba cogido de su mano como un chiquillo—. No puedes, no puedes...

Y fue incapaz de continuar, se quedó con la cabeza apoyada en el lecho sin poder contener el llanto durante un buen rato, hasta que su tía entró, lo sujetó por los hombros y le dijo:

—No te demores más, debes partir hacia Arintero. Estará bien, te lo prometo.

Hugo besó a Juana en la frente, luego en los párpados y finalmente en la boca y se levantó con gran dificultad, como si de pronto su cuerpo fuera desmesuradamente pesado y no tuviera suficiente fuerza para sostenerlo. Y empezó a caminar lentamente, como si se moviera por una ciénaga, haciendo acopio de un esfuerzo sobrehumano para sacar adelante primero un pie y después el otro del lodo que le embarraba la vida, y que en tan pocas horas lo había convertido todo en un lugar inhóspito e intransitable.

El sol ya caía mientras Hugo cabalgaba hundido en sus pensamientos por aquel camino hermano del río, adentrándose en el último tramo del valle del Curueño. Cerca del camino, un rebaño de dóciles ovejas se dirigía mansamente hacia el corral, bajo la mirada atenta del pastor y su perro, ajenas a su pena insoportable. Olía a estiércol y a monte; el viento arrastraba el gruñido de las reses entre los avellanos, los últimos golpes de un hacha y los cantos de algunos pájaros.

Hugo se iba acercando a la casa que algunos llamaban castillo, aquella casa señorial almenada, que lucía un escudo sobre la puerta, enseña de su linaje, de aquel linaje que había llevado a Juana a la guerra y que la tenía en aquella mala hora, debatiéndose entre la vida y la muerte.

Cuando la madre de Juana lo vio llegar se llevó ambas manos a la boca para ahogar el grito que le salía del alma, pero aquellas manos cansadas no pudieron reprimirlo, y resonó triste y desgarrador en todos rincones de aquel hogar, estremeciendo a cuantos se encontraban allí, que no tardaron en presentarse a la entrada. Leonor sufrió un vahído y sus hijas mayores la tuvieron que atender para que no cayera al suelo. La mujer lloraba desconsoladamente sin darle tiempo a Hugo a pronunciar una sola palabra, aunque la mirada del muchacho era suficiente.

Hugo cogió del brazo al conde y se lo llevó al interior de la casa, hasta el despacho. Allí habló a solas con él. Le explicó que Juana estaba muy grave, pero que haría todo lo posible para que se salvara. Ahora bien, necesitaba que colaborara con él para seguir adelante con el plan trazado. Le explicó cuanto había sucedido, la valentía de su hija en la guerra. Que aún no habían partido de Zamora y la doncella de la guerra ya había empezado a convertirse en leyenda. Le explicó que el rey le había concedido la mayor carta de privilegios que fuese otorgada desde que empezó el conflicto.

—¿Pero aquellos sicarios pudieron hacerse con ella, no es verdad? —preguntó el conde absolutamente trasvasado, pues era demasiada información que asimilar.

—No es del todo cierto.

—Hugo, te suplico que no te andes con rodeos. ¡Hoy no, por favor!

—El documento que robaron era en realidad una copia que nos hizo el secretario de los señores del Toral. El original lo llevaba ella entre la ropa. Se fueron convencidos de que habían sustraído el verdadero.

Entonces Hugo le hizo entrega del pergamino de privilegios firmado por el rey don Fernando y con el sello real. Pero en aquel momento estaba demasiado trastornado para fijarse en el documento, tiempo habría para estudiarlo detalladamente. El conde lo puso a buen recaudo en un cofre con llave que tenía en un lugar secreto de la biblioteca. Ahora lo primero era acudir hasta La Cándana y poder ver a su hija.

—Para que nadie sospeche del engaño, mejor será que esperemos a explicarle la verdad a doña Leonor.

El conde asintió, pues estaba convencido de que las mujeres, por naturaleza, estaban poco dotadas del necesario equilibrio mental que requería aquella situación, por ese motivo era él, amo y señor de la casa, quien siempre tomaba las decisiones familiares que les incumbían a todos.

Dejaron a sus cuatro hijas llorando desconsoladamente y, sin más demora, pues ya había oscurecido, cogieron un carro y dos caballos y partieron de la casa los condes de Arintero con Hugo a caballo delante de ellos abriendo camino, como si de una procesión fúnebre se tratara.

Recorrieron el camino envueltos en el más oscuro y triste de los silencios. Doña Leonor no podía ni sostener su cuerpo de la pena tan inmensa que la dominaba, pero la idea de ver a su hija por última vez, besar sus mejillas de mármol, abrazar su cuerpo helado, era lo único que la mantenía con vida. Quería despedirse de ella, y decidirle aquellas palabras que su hija ya no podría oír, ni contestar.

El carro se detuvo ante la casa de sus parientes, la puerta estaba abierta y la luz tenue de las candelas iluminaba la estancia. Toda la familia de la Cándana en pleno salió a recibirlos. Hugo ató el caballo, entró en la casa y sin dar explicaciones se fue directo al granero, sin que los recién llegados pararan atención en él.

—¿Dónde está mi hija? ¿Dónde está? ¡Quiero verla! —no era una exigencia, sino el llanto de palabras de alguien que sentía como su cuerpo se despedazaba y que se veía incapaz de seguir existiendo.

—Leonor, querida, ahora te llevamos junto a ella, pero estaba en tan mal estado que ha sido necesario amortajarla y meterla ya en la caja —dijo la tía, sintiendo que aquellas palabras la pellizcaban en lo más profundo de su ser, consciente del daño que le causaban a la otra mujer.

—¿Cómo? ¿Amortajada? ¿Dentro de la caja? Pero ¿qué significa esto?, ¿queréis robarme también los últimos besos, la última caricia de la piel que creció en mis entrañas...? —dijo la mujer sin poder tenerse en pie. Le acababan de arrebatar el último bastón con que contaba para sostenerse.

La cogieron entre su esposo y la tía y la sentaron en un banco de madera esperando que se recuperara, mientras una de sus dos hijas le llevaba un vaso de agua y la otra la abanicaba suavemente. Hasta que poco a poco doña Leonor fue recuperándose. El conde de Arinrtero aprovechó aquel momento de desconcierto para subir a ver a su hija acompañado de Hugo, que había bajado a buscarlo.

El muchacho acompañó al conde hasta el granero, el hombre temblaba con tanta fuerza que Hugo podía escuchar el ruido de sus ropas al subir las escaleras como si se tratara de las ramas de un árbol azuzadas por el viento. Quiso respetar la intimidad del conde y se mantuvo a una cierta distancia, en la entrada, con la espalda pegada a la pared. Cuando el hombre estuvo frente a la cama, sintió que le fallaban las fuerzas y se derrumbó junto al lecho. El pecho de su hija se movía arriba y abajo en un respirar fatigado, sin fuerza, parecido a las olas del mar de una tarde de agosto.

—Me siento orgulloso y honrado de ser tu padre, Doncella de la Guerra —dijo con un hilo de voz, cogiéndole la mano pensando que aquel leve contacto con su piel era una de las mejores cosas que le había regalado la vida, convencido de que podía oírla—. Los privilegios que has conseguido harán mucho más fácil la vida a la gente de nuestro valle, a sus hijos, a los hijos de sus hijos, que estoy convencido que recordarán tu historia y la repetirán una y mil veces para que tu nombre perdure en el tiempo como lo hacen las montañas y el riachuelo de nuestra tierra. Y para honrarte, mandaré labrar un nuevo escudo de armas de nuestro linaje con tu figura. Te amo, hija mía, aunque nunca antes te lo hubiera dicho, eres lo que más amo en esta vida. ¡Gracias por ser como eres!

Las lágrimas se agolpaban en su garganta, y el conde sintió que expresar sus sentimientos era el acto de mayor valentía que había realizado en la vida, pues le había resultado mucho más duro que guerrear en las batallas más sangrientas. Y en ese momento se sintió terriblemente mezquino haberle arrebatado a su esposa el que muy probablemente fuera su último momento junto a su hija.

—Ahora me iré, hija mía. Espero que nos volvamos a ver algún día. Pero antes de marcharme te voy a dar una última orden: has de vivir hija mía ¡No puedes morirte!

Le soltó la mano y anduvo arrastrando los pies hasta la puerta, una vez que la senectud se hubo apoderado de él. Con las primeras luces del día, los señores de Arinetro se marcharon con la carreta y el supuesto ataúd de su hija hacia la aldea para darle sepultura. Fue un viaje de silencio y lágrimas. Por más que el conde intentó cumplir con el amargo encargo, su esposa sospechó desde el primer instante que en aquella caja de madera no llevaban a su hija, pues conocía demasiado bien a su esposo. Pero como siempre había hecho hasta entonces, asumió resignadamente el futuro que habían elegido para ella. Una cosa tenía clara, si iban a celebrar aquel entierro era porque Juana ya había muerto para ellos. No hizo preguntas, simplemente lloró desesperadamente la vida que le había tocado vivir y a la hija de la que ni tan siquiera había podido despedirse.

43

Entre la vida y la muerte

Los parientes de la Cándana, salvo la tía que excusó su presencia por encontrarse indispuesta, acompañaron a Hugo a la ceremonia de sepultura que se celebró dos días después en Arintero. Tuvieron que retrasarla, ya que el conde de Aviados así lo solicitó, pues quería asistir personalmente al acto. Nunca en aquella pequeña aldea se había celebrado una misa con tanta gente. La iglesia de Arintero se hizo pequeña para acoger a todos los vecinos del valle que se habían acercado hasta allí para rendir honores a su heroína.

En pocas horas la voz ya había corrido y era pública la historia de la Doncella de la Guerra. En aquel tiempo, un reconocido cantero del valle había trabajado todas las horas necesarias hasta terminar un nuevo escudo para la casa del señor de Arintero, añadiendo a las armas de la familia un cuartel en el que había una dama a caballo empuñando una lanza y una adarga, que a partir de aquel día luciría en la fachada.

Y se obró el milagro de la popularidad, tan peligroso y delicado como un arma de doble filo. Familiares, amigos, conocidos e incluso aquellos que no la habían visto jamás, tenían alguna anécdota que los unía a la Doncella de la Guerra, todos la conocía bien y podían dar cuenta de su historia. Aquel ambiente le resultaba increíblemente nauseabundo a Hugo, que en más de una ocasión se hubiera enfrentado a más de uno, echándole en cara que nada de lo que estaba contando era cierto, que no tenía ningún derecho a hablar de Juana como si fuera de su propiedad, pero por respeto a su familia no lo hizo.

La hermana mayor de Juana, María, insistió en que se quedara en la aldea como mínimo unos días, pero él se excusó. Regresó a La Cándana después de prometerle al conde que cuidaría de Juana con todas sus fuerzas para que se salvase, porque su vida sin ella no tenía ningún sentido, y que no la abandonaría nunca.

Regresó sin más demora, tenía prisa por estar de nuevo al lado de Juana. Su tía no se había separado de ella en ningún momento. Habían pasado ya tres días desde el desgraciado ataque en que Juana resultó tan gravemente herida y continuaba muy grave, apenas abría los ojos y tan solo ingería pequeñas cantidades de agua que su tía se cuidaba de acercarle a la boca, gota a gota.

A la mañana siguiente el tío llamó a Hugo, quería hablar con él y con el resto de la familia.

—Hugo, esta mañana había algunos vecinos merodeando cerca de la casa. Tu presencia aquí les resulta extraña si Juana ya no está. Creo que debes marcharte si no quieres ponerla en peligro.

Hugo temía aquel momento, sabía que tenía que llegar.

—No voy a separarme de Juana.

—Nosotros podemos seguir cuidando de ella, pero si tu continúas aquí, no tardarán en volver. ¡Estoy seguro!

—No voy separarme de Juana, se lo prometí a su padre y pienso cumplirlo.

—Te comprendo, pero esto complica mucho las cosas.

—Déjeme un tiempo y pensaré alguna solución.

—De acuerdo, solo hasta mañana por la mañana, no podemos esperar más, el tiempo se nos echa encima, si no se te ocurre nada, sintiéndolo mucho, tendrás que marcharte.

Hugo pasó todo el día en el granero dándole vueltas al problema, las horas corrían y nada de cuanto se le ocurría le parecía lo suficientemente ingenioso para que funcionara. Durante la noche no pudo pegar ojo ni un instante, estaba desesperado, Juana apenas había mejorado y él no sabía cómo enfrentarse a aquella situación. Llegaron las primeras luces del día tan temidas por el muchacho como para el reo que espera al verdugo que lo va a ajusticiar, sabiendo que no tiene escapatoria.

Cuando oyó que el tío subía la escalera, empezó a notar que le faltaba el aire. El hombre entró en la estancia decidido a hablar con Hugo y a tomar una decisión, sabía que el tiempo era oro y que tenían que actuar cuanto antes.

—¿Se te ha ocurrido alguna solución?

Hugo no se sentía con fuerza de pronunciar las malditas letras que formaban la palabra «no». Se quedó mirando a su tío de la misma forma en que un perro mira a su amo buscando su comprensión para que no lo castigue.

Hugo ni tan solo parpadeaba, el corazón le latía tan rápido que temió que de un momento a otro le fuera a estallar. El muchacho tenía las pupilas clavadas en aquel hombre, esperando un milagro.

—Por favor... —le suplicó Hugo.

—Me duele en el alma tener que pronunciar estas palabras, pero creo que será mejor que prepares las cosas para marcharte. No podemos seguir arriesgándonos a que la descubran.

El muchacho, suplicó, sollozó e intentó por todos los medios buscar otra salida. Y justo cuando todo parecía estar perdido, Juana abrió los ojos y pronunció con gran dificultad aquellas palabras que cortaron el aire del granero.

—Si Hugo se va... Yo partiré con él.

Hugo y su tío se la quedaron mirando tan sorprendidos que no daban crédito a que realmente fuera Juana quien había hablado. El muchacho se abalanzó hacia ella y la abrazó:

—Juana, estás muy débil y es muy arriesgado —dijo Hugo en el mayor acto de generosidad de su vida, cuando su corazón revoloteaba de alegría después de haber oído su declaración.

Y de nuevo la muchacha se reafirmó en sus intenciones para que no hubiera ninguna duda:

—Si Hugo se va, me marcharé con él.

Sus tíos intentaron hacer recapacitar a Juana y que entrara en razón. Se esforzaron por que entendiera que en su estado era muy arriesgado enfrentarse a cualquier tipo de traslado. Pero ella no quiso saber nada, se mantuvo inamovible en su posición inicial y fue tajante en su respuesta, zanjando cualquier discusión posible:

—¡Iré con él!

A partir de aquel momento, todos los esfuerzos de la familia se centraron en pensar cuál era el mejor lugar a donde poder trasladarlos y en cómo hacerlo.

—Bastante lejos de aquí, en la montaña, hay lugar donde tenemos una pequeña cabaña de pastor. La utilizamos en alguna ocasión, cuando trasladamos el rebaño cerca de aquella zona. El problema es que hasta allí no vamos a poder llegar con el carro.

—Montaré en mi caballo.

—Aún no estás recuperada —insistió Hugo—. Es muy peligroso.

—¿Queréis dejar de poner trabas a todo y pensar soluciones? —dijo Juana con firmeza, exprimiendo las pocas fuerzas que tenía.

Su tía, haciendo gala de una gran templanza y mostrando una gran sensatez, tomó la palabra. Ella, como la mayoría de las mujeres, vivía a la sombra de su esposo, pero la casa y su administración eran su territorio, y siempre había destacado por su sentido práctico.

—Querida, comprendo y respeto tu decisión, del mismo modo que entiendo la posición de Hugo. Y tengo claro que eres tú quien debes decidir qué hacer con tu vida. Si tu padre consintió en que fueras a la guerra, estoy segura de que fue porque vio en ti a una mujer fuerte capaz de soportarlo. Pero debemos pensar las cosas con la cabeza antes de actuar. En el estado en que te encuentras es muy arriesgado, por este motivo yo te pediría que te quedarás en el granero hasta que estuvieras un poco más recuperada. Sé que no quieres separarte de Hugo, pero creo que lo mejor sería que se alejara unas semanas hasta que estuvieras más recuperada.

—No me separaré de él.

—Pues entonces mejor será que preparemos las cosas para la marcha y que Dios se apiade de ti.

Aquel día fue el primero que Juana empezó a tomar una sopa que su tía le preparó con esmero y con la esperanza que le diera fuerzas para el viaje. Hugo y ella tuvieron tiempo de hablar de lo ocurrido, de las palabras de los asaltadores —«hay que cumplir la misión». ¿A qué misión se referían? ¿Quién les había encargado la misión?—. ¿Cómo sabían de la existencia del pergamino? Y las últimas palabras del capitán Mendoza volvieron a resonar en sus oídos: «... no soporta que ninguna mujer se gane los favores de su esposo».

Y Juana fue tomando conciencia de que no podría volver a Arintero, tendría que vivir oculta el resto de sus días. Aquella pesadilla había resultado ser un sueño premonitorio.

Su tía les preparó un par de zurrones con cecina, pan, frutos secos..., y todo aquello que pensó que les podía servir para ir tirando al principio, con la firme idea de que, si lograba sobrevivir al viaje y a los primeros días, podrían espabilarse para conseguir comida.

Cuando empezó a oscurecer se prepararon para la marcha. Su tía la ayudó a vestirse con las ropas de varón con las que había llegado, pues consideraron que eso sería lo más práctico y seguro para el viaje. Prescindieron de todo aquello que fuera un estorbo y que la pudiera relacionar con la Doncella de la Guerra. Solo se llevarían lo imprescindible, para para ir lo menos cargados posible.

En medio de la oscuridad, la ayudaron a montar a lomos de Sultán, pero enseguida se dieron cuenta de que sola no podría cabalgar, así que montarían los dos en la misma cabalgadura y llevarían el otro caballo con las alforjas llenas para no cargar más al animal. Su tío les había hecho un mapa en un pedazo de papel, indicándoles hacia dónde debían dirigirse para encontrar la cabaña.

—No os preocupéis, por suerte estoy acostumbrado a transitar estas montañas y no creo que lo necesite, con las indicaciones que me habéis dado pienso que será suficiente.

Primas y tíos se despidieron de ellos sin poder contener la emoción, sabiendo que se enfrentaban al viaje más arriesgado que habían realizado hasta entonces, y que había muy pocas posibilidades de que Juana saliera con vida. Pero los dos habían elegido esa salida, y nadie había sido capaz de hacerlos cambiar de idea.

—Estaré bien —dijo Juana esbozando, no sin esfuerzo, una media sonrisa.

Inevitablemente sus tíos, no podían dejar de pensar en los padres de ella, que ya la daban por muerta, y habían tenido que partir de la Cándana con un ataúd falso relleno de vellón. Mientras, las dos primas, soñaban en que algún día encontraran a alguien que las amara tan intensamente como se amaban Hugo y Juana, y a pesar de la conmoción del momento y del duro trance, no podían dejar de sentir una cierta envidia de aquella prima suya que había tenido el valor de enfrentarse a su padre para imponer su voluntad, y que había gozado de una libertad que ellas no podían ni llegar a soñar.

Después de las despedidas vino la inevitable partida. Afortunadamente, el cielo estaba despejado y la luna iluminaba la noche. Aquella fue la única luz con la que contaron para el viaje. Juana iba sentada delante de Hugo y se sujetaba ligeramente a Sultán. Hugo la rodeaba con los brazos al tiempo que llevaba las riendas, y avanzaba a paso lento y seguro.

Cuando Sultán se puso en marcha, Juana empezó a tomar conciencia de la realidad a la que se enfrentaba. Podía notar cada piedra del camino, sacudiéndole la vida. El dolor fue importante desde el primer instante, como si tuviera una alimaña hurgando en sus entrañas. Fue entonces cuando empezó a pensar en la posibilidad real de que no fuera capaz de soportar el viaje que tenían por delante, pero ni aquella idea la hizo reconsiderar su decisión.

Hugo estaba concentrado en dirigir al animal, intentando buscar los tramos más fáciles del camino, pero a pesar de ello pudo notar la tensión de su cuerpo con cada vaivén, y eso aún lo ponía más nervioso. Pensó que no hacía falta preguntarle nada, tenía su cuerpo pegado al de ella y podía sentir lo que ella sentía, a través del contacto y de su respiración.

Poco a poco el cuerpo de Juana fue perdiendo la firmeza y se fue desmoronando, Hugo seguía cabalgando en silencio, muy lentamente bajo la luna, convencido de que si no se detenía, nada de cuanto estaba ocurriendo sería real, aunque él lo estuviera percibiendo con cada uno de los poros de su piel. Hasta que notó cómo el cuerpo de Juana se dejaba caer sin remedio sobre el cuello de Sultán y supo que nunca llegarían a ninguna parte, porque aquel viaje estaba a punto de terminar. Desesperado, detuvo al animal en medio de las montañas, se apeó mientras la sujetaba y después la descabalgó a ella y la tendió sobre la hierba húmeda del prado.

—Hugo, te pido perdón por no haber sido capaz de soportar este trance.

—No digas eso, Juana. Descansaremos un rato y emprenderemos de nuevo el viaje.

—Vamos a ser sinceros, es lo único que me queda, no me lo niegues.

Hugo la abrazó y se dio cuenta de que sus ropas estaban empapadas de sangre.

—Tiéndete a mi lado, Hugo y dame la mano, tengo mucho miedo a la muerte.

Se tendió a su lado, abrazándola, notando la calidez de la

vida que se le escurría de las entrañas por segundos. Y le susurró lentamente al oído unas dulces palabras para que la acompañaran en el viaje y no se sintiera sola:

—Te amo con todas mis fuerzas, Doncella de la Guerra. Te prometo que pervivirás por encima de todos los que te hemos conocido. Inventaré un bello romance para que todos conozcan tu historia y lo cantaré mientras me quede un soplo de vida por todos los rincones de nuestra tierra. Te amaré siempre, te amaré, aunque ya no estés, te amaré, aunque muera.

Nota histórica

Durante la Edad Media, la política castellana estuvo marcada por una lucha constante de alianzas. El rey Enrique IV, el Impotente, gobernó en Castilla entre 1454 y 1474, y fue, sin duda, uno de los monarcas más controvertidos. Durante su reinado la península ibérica estaba dominada en su mayor parte por la Corona de Castilla, que se disputaba el territorio con el reino de Portugal, el reino de Granada, Navarra y la Corona de Aragón.

Después de conseguir la nulidad de su matrimonio con Blanca de Navarra, Enrique IV se casó en segundas nupcias con Juana de Avis, infanta de Portugal. No tuvo ningún heredero hasta 1462, en que nació la infanta Juana. Surgió entonces toda una campaña de deslegitimación haciendo correr el rumor de que era hija de Beltrán de la Cueva, su fiel consejero. La cuestión sucesoria y las ansias de poder dividieron a la alta nobleza y al clero. La muerte del rey sin testamento, en diciembre de 1474, no hizo más que agravar dicha situación. Su hermanastra Isabel, al día siguiente de las exequias fúnebres, se proclamó reina en la ciudad de Segovia, haciendo valer el testamento de su padre Juan II y la ley castellana de sucesión, según la cual la mujer heredaba el reino si no había varón o descendencia. En realidad, Enrique IV sí tenía descendencia, Juana, de trece años de edad, pero buena parte de la nobleza no la reconocía como tal. La lucha por el poder desencadenó la llamada Guerra de Sucesión castellana (1475-1479) que enfrentó a las dos pretendientes al trono: la futura reina Isabel, la Católica, y la infanta Juana, la Beltraneja.

La guerra tuvo carácter internacional, ya que Isabel se había unido en matrimonio a Fernando, heredero de la corona de Aragón; y Juana se casó con su tío, Alfonso, el rey luso. Además, Francia intervino apoyando a Portugal con el propósito de evitar que Aragón se uniera a Castilla.

A pesar de algunos éxitos iniciales de los partidarios de Juana, la batalla de Toro o Peleagonzalo, en marzo de 1476, supuso la práctica desintegración del bando juanista que, poco a poco, fue sometiéndose a los Reyes Católicos.

La guerra aún continuó durante un tiempo, pero quedó reducida a poco más que escaramuzas a lo largo de la frontera portuguesa y, sobre todo, a la guerra naval por el control del comercio atlántico.

Aunque los conflictos bélicos han sido considerados desde tiempos inmemorables un espacio masculino, es bien sabido que las mujeres, de una u otra forma, han desempeñado un papel activo: como acompañantes, como soporte de la unidad familiar y en algunas ocasiones, como guerreras. Conocemos algunos casos de mujeres que acudieron a la guerra de forma encubierta, haciéndose pasar por hombres, como es el caso de Juana García de Arintero, el caballero Diego Oliveros. Esta también es la historia de todas aquellas que quedaron eternamente en el anonimato.

Historia o leyenda de la
«Dama de Arintero»

Las leyendas son relatos transmitidos de generación en generación que acostumbran a tener, o no, una base real y con el tiempo van alimentándose de fantasía. Existen multitud de historias de mujeres guerreras en la literatura de muchos pueblos. Por desgracia, apenas tenemos testimonios que nos acerquen a la verdadera historia de Juana García, la doncella que fue a la guerra. El pueblo de Arintero se quemó en la guerra civil junto con la casa de Juana, que posteriormente se reconstruyó. En la fachada de la casa familiar, así como en algunos pueblos de la zona, encontramos el escudo donde aparece la doncella guerrera y la inscripción:

Si quieres saber quién es
este valiente guerrero
quitad las armas y veréis
ser la Dama de Arintero

Existe un cuadro de un retrato de ella, pintado en torno al año 1650, que se encuentra en el pueblo de La Cándana, en una casa particular.

Se conserva una carta de las autoridades de Arintero dirigida a Felipe V donde reclaman que se les respeten en los privilegios con que contaban hasta entonces y que les habían sido concedidos por el rey Fernando el Católico. Según el documento, todos los vecinos del pueblo obtuvieron la hidalguía, librándose de la contribución de sangre, es decir, de la obligación de ir a la guerra, y también quedaban exentos de tributos. Además, gozaban de un permiso para organizar una feria anual, que en aquel momento era de gran relevancia económica.

La memoria colectiva conserva multitud de romances y canciones que nos recuerdan la figura de la Dama de Arintero, y que en muchos pueblos de la montaña leonesa y durante el siglo XX aún se cantaban. Las composiciones recuerdan la gesta de esta mujer leonesa que fue a la guerra y de cuya historia existen muchas versiones.

«Ya mandara el Rey lanzar,
Por todo el reino un pregón
Pa que vayan a luchar de cada casa un varón
Ya llegara la noticia
Hasta en último rincón,
Y en lugar de Arintero un noble Conde la oyó.
Prorrumpiera en maldiciones
Contra su esposa, Leonor,
Que de siete que ha tenido
ninguno salió varón
Y lo oyera la pequeña,
ya lo oyera la mayor
ya lo oyera la mediana
Doña Juana se llamó.
(...)
«Cómpreme caballo y silla
Y a la guerra me voy yo»
(...)

doña Juana se ayuntó,
el lugar para cubrir
de los condes de Arintero
y en las cortes figuró
com el nombre de Oliveros»
(...)
«Portóse como Valiente
En todo tiempo y lugar,
Y en los muros de Zamora
la Gesta llegó a realizar,
Contra aquella Beltraneja
Y aquel Rey de Portugal
Que pretendía casarse
Con la princesita real».

Poseeréis todos los montes
y no pagaréis portazgo,
y allí tú disfrutarás
con títulos nobiliarios.
Partiera para su casa
Toda llena de alegría,

(...)
«a tu noble petición
Pues seríais conocida
Por la talla y el collar,
Lo abultado de tus pechos
Y tu blando corazón»
(...)
«- Haciendo mucho ejercicio
a caballo y con el Sol
suelía hareme como un galgo
y el rostro pondrá color,
y aunque mis manos estén
acostumbradas a hilar,
soltura y bríos tendrán
por la espada manejar»
(...)
«Ya despés de grandes luchas
a su padre convenció,
y en los tercios de los reyes

« No saliendo de la duda
La ordem dio de bañar,
Y Oliveros afligida
Con temor se echó a llorar.
Por que lloras, Oliveros?
—Por qué tengo de llorar?
Que he recibido una carta
Toda llena de pesar;
(...)
- Oliveros, no me mientas,
que yo sé por lo que es,
Que valiente como un hombre
tú eres una mujer»
«Toma esas concessiones
Y vete para tu casa,
Que jamás servirá al Rey
Ninguna de la tu raza.
y antes de llegar a ella
en la Cándana moría.»[1]

1. Mariano BERRUETA, *Del Cancionero Leonés*, León, 1941, p. 303.

Doña Juana de Arintero, "La Dama de Arintero" (Cuadro del teniente coronel José Luis del Villar. Museo del Ejército).

Y también, podemos encontrar un cuadro titulado *La dama de Arintero* del año 1946, pintado por José Luis Villar, que se conserva en el Museo del Ejército del Alcázar de Toledo.

Que no se tenga hasta el momento más documentación que nos confirme y detalle su existencia, no significa que no exista, sino que hasta ahora no se ha encontrado.

Agradecimientos

Quisiera dar las gracias a mi agente Sandra Bruna, y en especial a Jordi Ribolleda por haber confiado en mí para llevar a cabo este proyecto. Su entusiasmo me ha sido de gran ayuda en todo momento.

A los historiadores en general, y en particular a los que he consultado a fin de documentarme: sin su valioso trabajo de investigación no sería posible que escritores como yo nos documentáramos para escribir nuestras novelas.

A Clara Rasero, editora adjunta de Ediciones B, la primera lectora entusiasta de esta obra, por haberse enamorado de ella y por sus comentarios. Y a todo el equipo editorial por cuidar con tanto esmero cada detalle del proceso de publicación.

A Rogelio Fernández Argüello, propietario de la supuesta casa de Juana García, la doncella guerrera, después de que se reconstruyera el pueblo arrasado por el fuego en el 1936 durante la Guerra Civil, por enseñarme el escudo de su casa donde aparece la dama con su armadura sobre el caballo y dos leyendas: «Si queréis saber quién es este valiente guerrero, quitad las armas y veréis ser la Dama de Arintero», «Conoced los de Arintero vuestra dama tan hermosa, pues que como caballero fue con su Rey valerosa». Y también por su amabilidad al hablarme del pueblo, de su historia y de la leyenda de la Dama de Arintero.

A Emilio Orejas, alcalde del municipio leonés de Valdelugueros, del que forma parte el pueblo de Arintero, por su valiosa información sobre la Mancomunidad del Curueño, un pequeño paraíso natural con una gran riqueza histórica, que me fue de gran utilidad para preparar el viaje a la zona.

A las responsables del Portal de Turismo del Alcázar de Toro, por sus detalladas explicaciones sobre la batalla de Toro o Peleagonzalo y sobre la zona, que tanto me ayudaron a la hora de contextualizar la novela.

A los amigos y familia, por sus consejos y por estar siempre a mi lado, apoyándome en todos los proyectos, especialmente a Albert Vicente, Guillem Vicente, Teresa Bassa y a Quim Vicente, por acompañarme a conocer los escenarios de la novela y ser mi fotógrafo particular.

Y a todos vosotros lectores, que sois principio y final de esta gran pasión, la escritura.